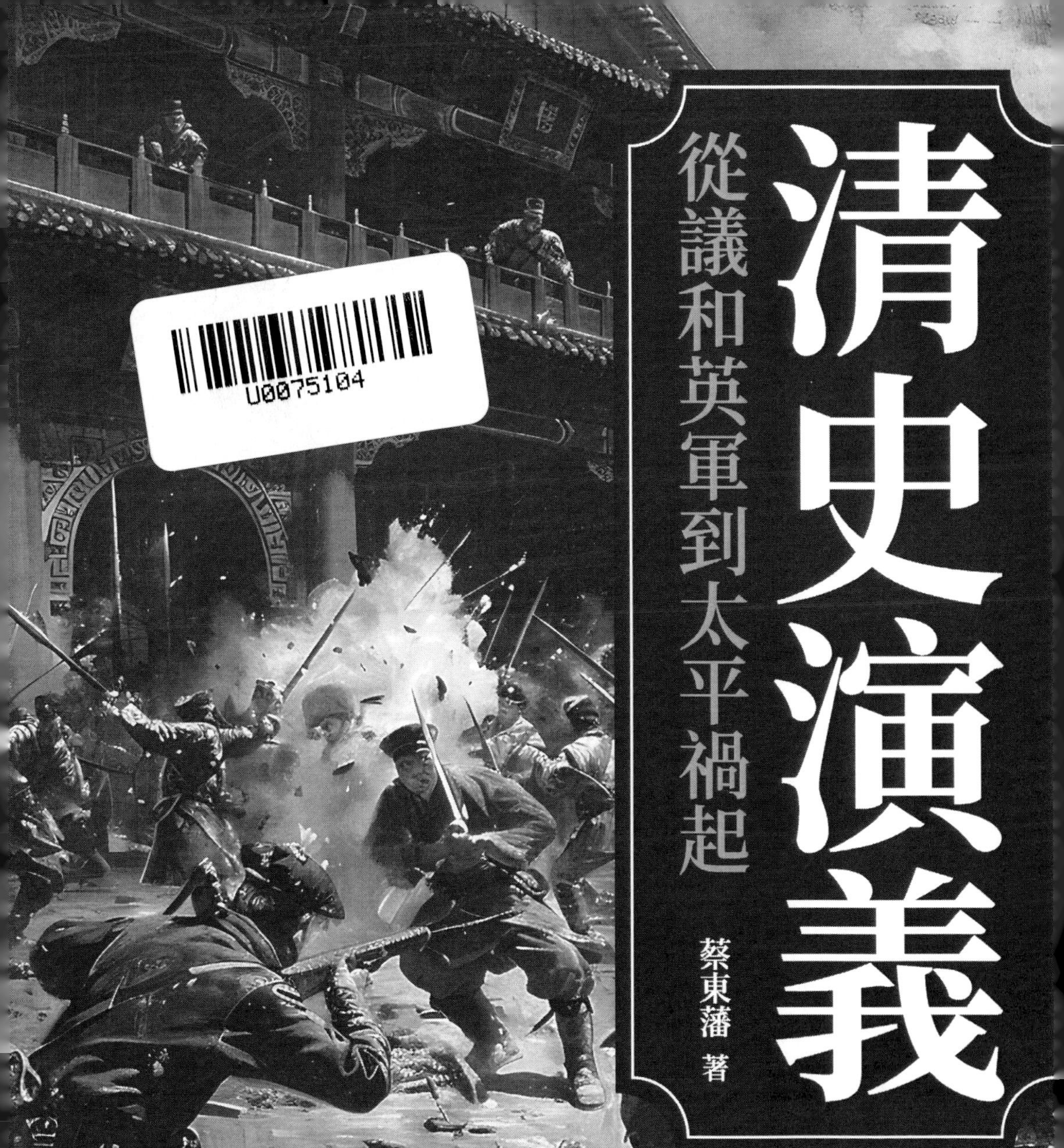

清史演義

從議和英軍到太平禍起

蔡東藩 著

ROMANCE OF QING HISTORY

外有英艦軍隊壓境、內有太平天國四起，

戰事失利、割地賠款、太平建國、兩宮垂簾……

內憂外患的清末，諸位看官且看下回表明！

目錄

目錄

目錄

林制軍慷慨視師　琦中堂昏庸誤國

卻說英國發兵的警報傳到中國，清廷知戰釁已開，命林則徐任兩廣總督，責成守禦；調鄧廷楨督閩，防扼閩海。則徐留心洋務，每日購閱外洋新聞紙，陰探西事，聞英政府已決定主戰，急備戰船六十艘，火舟二十隻，小舟百餘只，募壯丁五千，演習海戰；自己又親赴獅子洋，校閱水師，軍容頗盛。能文能武，是個將相材。道光二十年五月，特書年月，志國恥之緣起。英軍艦十五艘，汽船四艘，運送船二十五艘，舳艫相接，旌旗蔽空，駛至澳門口外，則徐已派火舟堵塞海口，乘著風潮出洋，遇著英船，放起一把火來。英船急忙退避，已被毀去杉板船兩只。

英將伯麥，賄募漢奸多名，令偵察廣東海口何處空虛，可以襲入。無奈去一個，死一個，去兩個，死一對。最後有幾個漢奸，死裡逃生，回報伯麥，說海口布得密密層層，連漁船蜑戶統為林制臺效力，不但兵船不能進去，就使光身子一個人，要想入口，也要被他搜查明白，若有一些形跡可疑，休想活著。看來廣東有這林制臺，是萬萬不能進兵呢。伯麥道：「我兵跋涉重洋，來到此地，難道罷手不成？」漢奸道：「中國海面，很是延長，林制臺只能管一廣東，不能帶管別省，別省的督撫，哪裡個個像這位林公，此省有備，好攻那省，總有破綻可尋；而且中國的京師，是直隸，直隸也是沿海省分，若能攻入直隸海口，比別省好得多哩。」為虎作倀，煞是可恨！伯麥聞言大喜，遂率艦隊三十一艘，向北進駛。

則徐探悉英艦北去，飛諮閩、浙各省，嚴行防守。閩督鄧廷楨早已布置妥帖。預募水勇，在洋巡邏，見英船駛近廈門，水勇便扮做商民模樣，乘夜襲擊，行近英艦，突用火罐噴筒，向英艦內放入，攻壞英艦舵帆，焚斃英兵數十。英兵茫無頭緒，還道是海盜偷襲，連忙抵敵，那水勇卻蕩著划槳，飛報內港去了。伯麥修好舵帆，復進攻廈門。金廈兵備道劉耀春，早接水勇稟報，固守炮臺，囊沙疊垣，敵炮不能洞穿，那炮臺還擊的彈力，很是厲害，響了數聲，把敵艦轟壞好幾艘。伯麥料廈門也不易入，復趁著東北風，直犯浙海。

浙海第一重門戶，便是舟山，四面皆海，無險可扼。浙省官吏，又把舟山群島，看作不甚要緊的樣子。英艦已經駛至，還疑外國商船，毫不防備。當沿海戒嚴時，就使是外國商船，亦須稽查，況明明是兵艦乎？英人經粵、閩二次懲創，還不敢陡然登岸，只在海面遊弋。過了兩三天，並沒有兵船出來襲擊，遂從群島中駛入，進薄定海。定海就是舟山故地，因置有縣治，別名定海，後來遂把定海、舟山，分作兩地名目。定海設有總兵，姓張名朝發，平時到也懷著忠心，只謀略卻欠缺一點，不去襲擊外洋，專知把守海口。英艦二十六艘，連檣而進，朝發方下令防禦。中軍游擊羅建功，還說外洋炮火，利水不利陸，請專守城池，不必注重海口。越是愚夫，越說呆話。朝發道：「守城非我責任，我專領水師，但知扼住海口，不令敵兵登岸，便算盡職。」隨督師出港口。

英將遣師投函，略說：「本國志在通商，並非有意激戰，只因廣東林、鄧二督，燒我鴉片煙萬餘箱，所以前來索償。若賠我煙價，許我通商，自應麾兵回國」等語。朝發叱回，令軍士開炮轟擊，英艦暫退。翌晨，英艦復齊至港口，把大砲架起桅檣上面，接連轟入，勢甚凶猛。港內守兵，抵當不住，船多被毀。朝發尚冒死督戰，左股上忽中一彈，向後暈倒，親兵趕即救回，於是紛紛潰退。英兵乘勝登岸，直薄定海城下。定海城內無兵，知縣姚懷祥遣典史金福，招募鄉勇數百，甫至即潰。懷祥獨坐南城上，見英兵緣梯上城，奔赴北門，解印交僕送府，自刎死。朝發回至鎮海，亦創重而亡。

敗報到京，道光帝即命兩江總督伊里布，赴浙視師。伊里布尚未抵浙，英將伯麥復遺書浙撫，浙撫烏爾恭額料知書中沒甚好話，不願拆閱，竟將原書發還。伯麥方擬進攻，適領事義律至軍，請分兵直趨天津。伯麥依言，遂與義律率軍艦八艘，向天津出發。

道光帝因定海失守，未免憂慮，常召王大臣會議。軍機大臣穆彰阿以諂諛邀寵，平時與林則徐等本不相和協，至是遂奏林則徐辦理不善，輕開戰釁，宜一面懲辦林則徐，一面再定和戰事宜。又是一個和珅。道光帝尚在未決，忽由直隸總督琦善，遞上封奏一本，內稱：「英國兵船，駛至天津海口，意欲求撫。我朝以大字小，不如俯順外情，罷兵息事為是。此等言語，最足熒惑主聽。且粵督林則徐，辦理禁煙，亦太操切，伏乞皇上恩威並濟，執兩用中」等語。道光帝覽了奏牘，又去召穆彰阿商量。穆彰阿與琦善，本是臭味相投的朋友，穆彰阿要害林則徐，琦善自然竭力幫忙。況且這班奸臣，屈害忠良，是第一能手，欲要他去抵禦外人，他卻很是怕死，一些兒沒能耐。

相傳義律到津，直至總督衙門求見，琦善聞英領事來署，當即迎入，義律取出英議會致中國宰相書交與琦善。琦善本由大學士出督直隸，展開細瞧，半字不識，隨令通事譯讀。首數句無非說東粵燒煙，起自林、鄧二人，春間索償，被他詬逐，所以越境入浙，由浙到津。琦善聽了，尚不在意，後來通事又譯出要約六條，隨譯隨報。看官！你道他要求的是什麼款子？小子一一開錄如下：

第一條　賠償貨價。

第二條　開放廣州、福建、廈門、定海、上海為商埠。

第三條　兩國交際，用平等禮。

第四條　索賠兵費。

第五條　不得以英船夾帶鴉片累及居留英商。

第六條　盡裁洋商（經手華商）浮費。

琦善聽畢，沉吟了好一會，方向義律道：「汝國既有意修和，那時總可商議。明日請貴兵官來署宴敘便了。」義律別去，次日，琦善令廚役備好筵宴，專待客到。約至巳牌時候，英國水師將弁二十餘人，統是直挺挺雄糾糾的走入署中。琦替接入，見他威武非凡，不由得心頭亂跳。見了二十多人，便已畏懼，若多至十倍百倍，定然向他下拜了。英兵官雖不能直接與他談論，然已瞧透他畏怯情狀，便箕踞上坐，命隨來的通事傳說：「本國已發大兵若干萬，炮船若干艘，即日可到中國。若中國不允要求，請毋後悔！」這番言語，嚇得琦善面色如土，忙央通事說情，願為轉奏。英將弁眉飛色舞，樂得大嚼一回，吃他個飽。席散後，琦善便據事奏陳，當由穆彰阿一力推薦，道光帝便命琦善赴粵查辦。琦善聞命，即與英領事義律，約定赴粵議款。義律等徐返舟出，琦善入京聽訓，造膝密陳，廷臣多未及聞知。迨琦善出京，部中接山東巡撫託渾布奏報，略稱：「義律等自津回南，路過山東，接見時很是恭順。大約為自己寫照。今因琦中堂赴粵招撫，彼亦返粵聽命」云云。嗣又接到伊里布奏本，據說：「與英人訂休戰約，願還我定海」等語。部臣方識琦善、伊里布，統是一班和事老。有幾個見識稍高，已料到後來危局，然內有穆彰阿，外有琦善、伊里布，內外朋比，說亦無益，還是得過且過，做個仗馬寒蟬。這也難免誤國之罪。

這且慢表，且說林則徐方加意海防，嚴緝私販，每月獲到販煙人犯，總有數起，則徐一一奏聞。起初接到廷寄，多是獎勉的話頭，一日，傳到京抄，上載大學士琦善奉旨赴粵查辦，則徐不禁浩嘆，正扼腕間，又接批發奏摺的硃諭道：

外而斷絕通商，並未斷絕；內而查拿犯法，亦不能淨盡。無非空言搪塞，不但終無實濟，反生出許多波瀾。思之曷勝憤懣，看汝又以何詞對朕也。特諭。

則徐覽畢無語。幕友在旁瞧著，不禁氣憤，隨道：「大帥這般盡力，反得這般批諭，令人不解。」則徐嘆道：「信而見疑，忠而被謗，古今來多出一轍。林某自恨不能去邪，所以遭此疑謗。現既奉諭申斥，不得不自去請罪。」隨即磨墨濡毫，草擬請罪摺子，並加附片，願戴罪赴浙，投營效力，當下交給幕友謄清，即日拜發。甫發奏摺，又來嚴旨一道：

前因鴉片煙流毒海內，特派林則徐馳往廣東海口，會同鄧廷楨查辦。原期肅清內地，斷絕來源，隨地隨時，妥為辦理。乃自查辦以來，內而奸民犯法，不能淨盡；外而私販來源，並未斷絕。本年福建、浙江、江蘇、山東、直隸、盛京等省，紛紛徵調，糜餉勞師。此旨林則徐辦理不善之所致。林則徐、鄧廷楨著交部分別嚴加議處。兩廣總督，著琦善署理，未到任以前，著怡良暫行護理。欽此。

越數日，大學士署理兩廣總督琦善到任，此時粵督印信，已由林則徐交與怡良；怡良復交與琦善。琦善接印在手，別樣事不暇施行，先查刺林則徐罪狀，怎奈遍閱文書，無瑕可摘；隨召水師提督關天培，總兵李廷鈺等入見，責他首先開釁，此後須要特別謹慎，方可免咎。關、李等氣憤填胸，只因總督係頂頭上司，不好出言辯駁，勉強答應而退。琦善擺著欽差架子，也不出送。

忽巡捕傳進英領事義律來文，琦善忙即展閱，閱罷，急下令將沿海兵防，盡行撤退；並舊募之水勇漁艇，一律解散。還是怡良聞著此信，趕到督署探問，琦善把義律來書交與怡良瞧閱，口中卻說道：「兄弟並不是趨奉洋人，只聖上已經主撫，不得不從圓一點。照英領事的書中，要我退兵，我只得把兵撤退，推誠相與，方好成全撫議。」明明是畏敵如虎，反說得與己無涉。怡良道：「夷情叵測，不可不防，還求中堂明察！」琦善拈鬚笑道：「兄弟在直隸時，已與義律面約休戰，還怕什麼？」怡良無可再說，隨即告別。

琦善方欣欣得意，專等義律來署議款。等了數日，毫無消息，只有屬員來報，或說是獲住漢奸，或說是捕到私販，或說是英艦出入海口，偵探虛實。惹得琦善性起，大怒道：「好好一個中國，都被這等混帳東西，鬧成這種模樣。此後若再來嘗試，定不姑貸！」屬員碰著這個頂子，大家都回到衙中，吃著睡著，樂得安逸，不管閒帳。

琦善又招了一個粵人鮑鵬，作為翻譯官，差他往來傳信。鮑鵬曾在西商處，充過買辦，為義律所奴視，琦中堂偏當他作奇材看待，言無不聽，計無不從，因此義律越知琦善無能，日夜增船櫓，造攻具，招納叛亡，準備角戰。琦善卻一些兒不防，一些兒不備，只叫鮑鵬催促義律複音。

這日，鮑鵬帶來覆文一角，琦善即命鮑鵬譯出，內說：「前索六款，統求准議，還請割讓香港一島，畀英國兵商寄居，是否限三日答覆！」這封書，便是外人所說哀的美敦書，是挑戰的意思。琦善頓足道：「這都是林則徐鬧出來的禍祟，他既要我准他六款，還要什麼香港一島，如何是好？」鮑鵬道：「香港是海口荒島，就使允給了他，也沒甚要緊。」琦善道：「這個卻未便照准。」鮑鵬道：「書中限期，只有三日，三日不復，他便要率兵進港來了。」琦善道：「你卻去對英領事說，叫他靜心伺候，待我出奏，再行答覆。」鮑鵬應命而去。琦善卻令幕賓修了一個模糊影響的奏摺，拜發出去。

隔了兩宿，鮑鵬回報義律不肯遵命，說是：「且開了仗，再好議和。」琦善大驚，正在慌張，沙角炮臺將陳連升，齎文請援，琦善不願發兵，仍遣鮑鵬赴英艦議和。鮑鵬陽雖應命，暗中卻往別處耽擱了好幾天，琦善還道他磋磨和議，不加著急，忽由飛騎來報：「陳副將連升，與英兵開戰，轟斃英兵四百多人，後因火藥傾盡，力竭身亡，連升子舉鵬與千總張清鶴，統已陣歿。沙角炮臺，已失陷了。」琦善道：「有這麼事！」竟像作夢。接連又報：「大角炮臺，亦被英人陷沒，千總黎志安，受傷出走。」琦善皺眉道：「我已著鮑鵬去止英兵，什麼鮑鵬不來，英兵只管進攻。」

語未畢，署外傳進手本，乃總兵李廷鈺求見。琦善道：「我沒有傳他回省，他來做什麼？」傳遞手本的巡捕答稱李鎮臺說有緊急事情，因此進省稟見。琦善方命傳入，相見畢，廷鈺稟道：「沙角、大角兩炮臺，俱已陷落，英兵已進攻虎門，請大帥急速發兵，由卑鎮帶去把守！」琦善道：「我奉旨前來議撫，並不是與英開戰，怎好添兵尋釁？」廷鈺道：「英兵不願就撫，奈何？」琦善道：「我已著鮑鵬前去相商，諒無不成，明後日便可沒事，老兄不必過慮！」廷鈺道：「大帥不要過信鮑鵬，鮑鵬前曾私販煙土，犯過罪案，倘再被他通洋舞弊，恐怕禍患不淺。」琦善閉著目，只是搖頭。廷鈺下淚道：「虎門係粵東門戶，虎門一失，省城萬不能保。廷鈺等死不足惜，大帥恐亦未便。」說到這一句，琦善方張目道：「據你說來，是必要添兵的。現調兵二百名，給你帶去，可好麼？」廷鈺道：「二百名不夠分布。」琦善道：「再添三百，湊成五百，想總夠了。」好像買賣人論價，可笑之至。廷鈺方起身告辭，琦善又道：「老兄帶了五百兵出去，只可黑夜中潛渡，若被英人得知，責我添兵，那時萬不肯就撫了。」廷鈺又氣又笑，告別出外，急赴虎門守威遠炮臺去了。

琦善正遣發廷鈺出署，見鮑鵬進來，好像得了寶貝，忙問撫議如何？鮑鵬答稱義律必欲照約，方許退兵。琦善道：「你如何今日才來？」鮑鵬道：「卑職前日奉命前去，義律只是不見，守候數日，方得見他，磋商許久，仍無成議。只是請大帥允准要約，非但把炮臺歸還，連定海亦即交付。」琦善道：「你再去與他商議，前六款中，煙價償他若干，廣州可以開放，香港亦可婉商，餘事待後再談。」鮑鵬去了一會，又回報：「義律已經首肯，請大帥出訂和約。」琦善道：「話雖如此，但我尚未奏准，如何與他訂約？」鮑鵬道：「可去訂一草約，然後奏准未遲。」琦善從鮑鵬言，借查閱炮位為名，與義律會於蓮花城，願償煙價七百萬圓，並許開放廣州，割讓香港。義律亦許歸還定海，及沙角、大角兩炮臺。雙方議定草約，琦善還署，即諮伊里布接收定海，一面即據義律來文，說出不得不撫情形，奏達清廷。

道光帝未經大創，安肯遽允？即命御前大臣奕山為靖逆將軍，提督楊芳、尚書隆文為參贊大臣，赴粵剿辦，並降旨道：

覽奏，曷勝憤懣。不料琦善怯懦無能，一至於此！該夷兩次在浙江、粵東肆逆，攻占縣城炮臺，傷我鎮將大員，荼毒生民，驚擾郡邑，大逆不道，覆載難容。無論繳還定海，獻出炮臺之語，不足深信。即使真能退地，亦只復我疆土，其被戕之官兵，罹害之民人，切齒同仇，神人共憤；若不痛加剿洗，何以伸天討而示國威？奕山、隆文兼程前進，迅即馳赴廣東，整我兵旅，殲茲醜類！務將首從各犯，通夷漢奸，檻送京師，盡法處治。至琦善身膺重寄，不能宣告大義，拒絕要求，竟甘受其欺侮，已出情理之外；且屢奉諭旨，不准收受夷書，膽敢附折呈遞，代為懇求，是何居心？且據稱同城之將軍、都統、巡撫、學政及司道府縣，均經會商，何以折內阿精阿、怡良等，並未會銜？所奏顯有不實，琦善著革去大學士，拔去花翎，仍交部嚴加議處！欽此。

琦善接旨，不由得身子發抖，又聞伊里布亦奉飭回任，料知朝廷變了和議，將來如何答覆英人？惶急了數天，忽又接到京中家報，說是家產都要籍沒了，心中一急，昏暈倒地，不省人事。家不可忘，國恰可賣。正是：

內家而外國，義本同休戚；
誤國即誤家，身敗名亦裂。

未知琦善性命如何，請看下回分解。

焚煙之舉，雖未免過激，然使省省有林、鄧，則善戰善守，英何能為？且但患畏葸，不患孟浪，本出自宣宗之口，林、鄧二公，不過奉上而為之耳。何物穆彰阿，敢行煬蔽，妨賢病國，縱敵殃民，弛一日之大防，釀百年之遺毒。不知者謂鴉片之禍，起自林文忠，其知者則固謂在彼不在此也。琦善奸黨，右穆左林，隳車實，長寇仇，莫此為甚。讀此回，令人惋惜，又令人憤激；雖本事實之不平，亦由抑揚之得體。

關提督粵中殉難　奕將軍城下乞盟

卻說琦善聞家產籍沒，頓時昏絕，經家人竭力施救，方漸漸甦醒，垂著淚道：「早知英人這樣厲害，朝局這樣反覆，穆中堂這樣坐視，我也不出來了。」悔已無及。於是再召鮑鵬密議。鮑鵬道：「大人不必著急！總叫得英人歡心，不與大人為難。後事歸後人處置，大人即可脫然無累了。」琦善思前想後，亦沒有救急法子，只得蒐羅歌女，擺列盛筵，時常請英使享宴，遷延時日，這英領事義律，及英將伯麥等抱著始終不讓的宗旨，外面卻與琦善周旋，大飲大吃，酒酣耳熱，還抱著歌女取樂。廣東鹹水妹，想是從此而起。正在花天酒地時候，朝旨已下，琦善接讀朝旨，方悉家產籍沒的原因，實是怡良一奏而起。小子先錄登當時的上諭道：

香港地方緊要，前經琦善奏明，如或給與，必致屯兵聚糧，建臺設炮，久之覬覦廣東，流弊不可勝言；旋又奏請准其在廣東通商，並給與香港泊舟寄住。前後自相矛盾，已出情理之外；況此時並未奉旨允行，何以該督即令其公然占踞。覽怡良所奏，曷勝憤憾！朕君臨天下，尺土一民，莫非國家所有，琦善擅予香港，擅准通商，膽敢乞朕特別施恩，且伊被人恐嚇，奏報粵省情形，妄稱地理無要可扼，軍器無利可恃，兵力不堅，民心不固，摘舉數端，危言要挾，不知是何肺腑？如此辜恩誤國，實屬喪盡天良。琦善著即革職拿問，所有家產，即行查抄入官！欽此。

琦善讀畢，眼淚復如泉水湧下，隨道：「我與怡良，無仇無隙，如何把我參奏？且他的奏稿中，不知說的什麼說話，真是可恨！」責人不責己。當下著人到撫署中，抄出怡良奏稿，回報琦善，由琦善接瞧道：

自琦善到粵以後，如何辦理，未經知會到臣，忽外間傳說：「義律已在香港出有偽示，逼令彼處民人，歸順彼國」等語。方謂傳聞未確，蠱惑人心，隨據水師提督轉據副將稟抄偽示前來，臣不勝駭異。唯大西洋自前明寄居香山縣屬之澳門，相沿已久，均歸中國之同知縣丞管轄，而議者猶以為非計，今該夷竟敢脅天朝士民，占踞全島，該處去虎門甚近，片帆可到，沿海各州縣，勢必刻刻防閒，且此後內地犯法之徒，必以此為藏納之藪，是地方既因之不靖，而法律亦有所不行；更恐犬羊之性，反覆無常，一有要求不遂，必仍非禮相向，雖欲追悔從前，其何可及？伏思聖慮周詳，無遠不照，何待臣緦緦過計。但海疆要地，外夷公然主掌，並敢以天朝百姓，稱為英國之民，臣實不勝憤憾！第一切駕馭機宜，臣無從悉其顛末，唯於上年十二月二十八日，欽奉諭旨，調集兵丁，預備進剿，並令琦善同林則徐、鄧廷楨妥為辦理，均經宣示。臣等晤見時，亦請添募兵勇，以壯聲威，固守虎門炮臺，防堵入省要隘。今英夷窺伺多端，實有措手莫及之勢。現既見有夷文偽示，不敢緘默，謹照錄以聞。

琦善瞧完，又氣又懼，急得手足冰冷。忽有水師提督關天培，遞來急報，說：「英艦復來攻虎門，請派兵速援！」琦善此時，已如死人一般，還有什麼心思去顧虎門？隨把急報擱起，一概不管。

原來英領事義律，已聞清廷主戰消息，與伯麥定議續攻，趁奕山、楊芳、隆文等未曾到粵，即調齊兵艦，高扯紅旗，向虎門出發。水師提督關天培，正守靖遠炮臺，一面飛速請援，一面督軍防禦；遙見英艦如飛而至，天培督令軍士開炮，炮聲數響，倒也擊著英艦數艘，可恨未中要害，只把鐵甲上面，打破了幾個窟窿。英艦冒險衝入，兩下裡炮聲震天，轟個不住。天培手下，多中炮倒斃，只望援軍前來接應，誰知相持多時，毫無援音。英艦得步進步，所發砲彈，越加接近，宛如雨點雷聲，沒處躲避，驀然間一顆飛彈，從天培頭上落來，天培把頭一偏，那彈正中左臂，接連又是數顆彈丸，把天培身邊幾個親兵，大半擊倒。兵士便嘩亂起來，你逃我走，個個要管自己的性命。天培左臂受傷，已忍痛不住，又見兵士紛紛潰敗，大呼道：「英人可惡，琦善可恨！天培從此殉國了。」一恨千古。就將手中的劍，向頸上一抹，一道魂靈，直升天府。

英人乘勝登岸，占據了靖遠炮臺，轉攻威遠、橫檔兩炮臺。兩炮臺上的守兵，已自聞風奔潰，總兵李廷鈺，副將劉大忠，禁止不住，也只得退走。眼見得兩炮臺盡陷，虎門失守，英人將虎門各隘，所列大砲三百餘門，及上年林則徐購得西洋炮二百餘門，統行奪去；並且長驅直入，進薄烏湧。烏湧距省城只六十里，鎮守員是總兵祥福，率同游擊沉占鰲，守備洪連科，竭力拒戰。殺了一兩日，寡不敵眾，彈藥又盡，祥總兵及麾下二將，臨敵捐軀，同時畢命，大帥怕死，裨將雖死無益。省城大震。幸虧參贊大臣楊芳，率湖南兵數千至城內，楊參贊素有威名，人心賴以少安。

是時畏懦無能的琦善，已由副都統英隆，奉旨押解進京，只怡良尚任巡撫，即與楊芳相見。當下談起琦中堂議撫事情，怡良道：「琦中堂在任時，單信任漢奸鮑鵬，墮了英領事義律詭計，一切措置，力反林制臺所為。林制臺處處籌防，琦中堂偏處處撤防，所以英人長驅直入。現在虎門險要，已經失去，烏湧地方，又復陷落，省城危急異常。幸逢參贊馳至，還好仗著英威，極力補救。」楊芳道：「琦中堂太覺糊塗，撫議未成，如何就自撤藩籬？現在門戶已撤，叫楊某如何剿辦？看來只好以堵為剿，再作計較。」怡良道：「英兵已入烏湧，海面不必講了，現只有堵塞省河的辦法。」楊芳道：「省河有幾處要隘？」怡良道：「陸路的要隘，叫做東勝寺；水路的要隘，叫做鳳凰岡。」楊芳道：「這兩處要隘，有無重兵防守？」怡良道：「向來設有重兵，被琦中堂層層撤掉，琦中堂被逮，兄弟方籌議防守。但陸兵尚敷調遣，水師各船，被英人毀奪殆盡，弄到無艦可調，無炮可運，兄弟正在焦急哩。」楊芳道：「艦隊已經喪失，且扼守河岸要緊。」遂派總兵段永福，率千兵扼東勝寺；總兵長春，率千兵扼鳳凰岡。兩將才率師前去，探馬已飛報英艦闖入省河。楊芳擬自去視師，遂起身與怡良告別，帶了親兵數百名，親到河岸督戰；行近鳳凰岡，遙聞炮聲不絕，知已與英兵開仗，忙拍馬前進到鳳凰岡前，見總兵長春，正在岸上耀武揚威，督兵痛擊，英艦已向南退去。楊芳一到，長春方前來迎接，由楊芳下馬慰勞一番，再偕長春沿河巡視，遠望南岸河身稍狹，頗覺險要，便向長春道：「那邊卻是天然要口，為什麼不見守兵？」長春答道：「河身稍狹的區處，便是臘德及二沙尾，聞林制軍督師時，曾處處駐兵，後來都由琦中堂撤去，一任英使出入，所以空空蕩蕩，不見一兵。」楊芳剛在嘆息，忽見南風大起，潮水陡漲，忙道：「不好！不好！」急傳令守兵，一齊整隊，排列岸上。楊果勇，不愧將材，可惜大勢已去。長春問是何意，芳向南一指，便道：「英艦又乘潮來也。」長春望將過去，果見一大隊輪船，隱隱駛入，比前次更多一二倍，連忙令軍士擺好炮位，灌足火藥，準備迎擊。

頃刻間，英艦已在眼前，即令開炮出去，撲通撲通的聲音，接連不斷，河中煙霧迷濛，彈丸跳擲。那英艦仗著堅厚，只管衝煙前進，還擊的飛炮火箭，亦很猛烈。楊芳、長春兩人，左右督戰，不許兵士少懈。兩邊轟擊許久，潮亦漸退，英艦方隨潮出去。楊芳道：「真好厲害！外人這般強悍，中國從此無安日了。」知己之言。是夜，即在鳳凰岡營內暫宿。

次晨，美國領事，到營求見，由兵弁入報。楊芳道：「美領事有什麼事情，要來見我？」遲了半晌，方命兵弁請美領事入營。兩下相見，分賓主坐定，各由通事傳話。美領事先請進埔開艙。楊芳道：「我朝與貴國，本沒有失好意見，上諭原准貴國通商，只是英人猖獗異常，與我尋釁，所以連累貴國。這是英人不好，並非我國無情。」美領事道：「聞英人亦不欲多事，只因天朝不准通商，兩邊誤會，才有此戰。竊想通商一事，乃天朝二百年來恩例，何妨一例通融，仍循舊制。」楊芳道：「我朝原許各國通商，寧獨使英人向隅？奈英人私賣違禁的鴉片，不得不與他交涉。且英人很是刁狡，今朝乞撫，明朝挑戰，如何可以通融？」美領事道：「這倒不妨。英領事義律，已有筆據呈交呢。」隨取出義律筆據，交與楊芳。楊芳瞧著，乃是幾行漢文，有「不討別情，唯求照常貿易，如帶違禁貨物，願將船貨入官」等語，便道：「照這筆據，似還可以商量。但英商再有販運違禁貨物，那便怎麼處置？」美領事道：「英國商人，並未隨同茲事，若准他通商，貨船便即入口，就使英兵要戰，英商也是不肯，反可制服兵船，豈不是斂兵息爭的好事麼？」楊芳道：「貴領事既與他說情，本大臣就替他奏請便是。只英艦不得無故闖入，須等上諭下來，或和或戰，再行答覆。」美領事應諾而去。

楊芳回省與怡良商議，彼此意見相同，遂聯銜會奏，大旨以敵入堂奧，守具皆乏，現由美領事為英緩頰，姑藉此羈縻，為退敵收險之計。此奏很是。這奏一上，總道廷旨允從，失之東隅，還可收之桑榆，誰知道光帝偏偏不依，真正氣數。竟下旨嚴斥道：

覽奏，憤懣之至！現在各路徵調兵丁一萬六千有餘，陸續抵粵，楊芳乃遷延觀望，有意阻撓，汲汲以通商為請，是復蹈琦善故轍，變其文而情則一，殊不可解。若如此了結，又何必命將出師，徵調官兵。且提鎮大員，及陣亡將弁，此等忠魂，何以克慰？楊芳、怡良等，只知遷就完事，不顧國家大體，殊失朕望，著先行交部嚴議。奕山、隆文經朕面諭一切，必能仰體朕意，現已到粵，兵多糧足，自當協力同心，為國宣勞，以膺懋賞，斷不准提及通商二字，坐失機宜，此次批折，著發給閱看。欽此。

是時靖逆將軍奕山及參贊隆文，還有總督祁𡊮，俱已到粵，楊芳接見，便與敘起戰事利害，及奏請羈縻緣由。奕山道：「皇上的意思是決計主剿，所以參贊出奏，致遭嚴斥。兄弟亦知粵東空虛，但難違上命，奈何？」祁𡊮道：「聞得前時林制軍，辦理的很是嚴密，何妨請他一議！」奕山點頭稱善，當由祁𡊮取出名刺，去請林則徐。

原來林則徐雖已被譴，尚未離粵，聞祁𡊮相邀，隨即入見。祁𡊮引他見了奕山，奕山便問防剿事宜。則徐道：「現在寇入堂奧，剿堵兩難。省城又是卑薄得很，無險可扼，欲要挽回大局，很不容易。只有暫時設法羈縻，計誘英艦，退至獵德二沙尾外面，連夜下樁沉船，用重兵大砲把守，令他無從闖入。一俟風潮皆順，葦筏齊備，再議乘勢火攻，方出萬全。」奕山默然不答。意中還不以為然，想總要吃個敗仗，方覺爽快。祁𡊮道：「聞省河一帶，都有英船出沒，如何誘他出去？」則徐道：「那總有法可想。」祁畡道：「這卻還仗大力。」則徐道：「林某在粵待罪，恨不將英人立刻驅逐，奈因琦中堂處處反對，無能為力，負罪愈深。今日得公等垂青，林某敢不效死。」忠忱貫日。言未畢，外面報聖旨下來，要林公出接。則徐忙出去接旨，係授則徐四品京堂，馳赴浙江會辦軍務。則徐束裝即行。粵東失了臂助。

義律待了多日，未見楊芳複音，復來催索煙價。奕山叱回，即欲發兵出戰。楊芳諫道：「兵船未備，水勇未集，此時不宜浪戰，還請固守為是！」奕山道：「各省兵士，已調集一萬七千名，粵兵亦有數萬，若再頓兵不戰，上頭亦要詰責，只好與他拚一死戰便了。」若能與他拚一死戰，也不失為忠臣，只怕是空說大話。於是令提督張必祿，屯西炮臺，出中路，楊芳由泥城出右路，隆文屯東炮臺，出左路；並遣四川客兵，及祁畡所募水勇三百名，駕著小舟，攜火箭噴筒，駛出省河，突攻英船。英船不及防備，被焚梔船二隻，舢舨船二隻，小船五隻，英兵亦斃了數百名，並誤傷美人數十。又開罪美國了。奕山聞報，正欣喜過望，慢著！忽遞到敗耗，說是英兵來打回覆陣，把我兵輪三艘毀去，我兵敗退，英艦已闖入十三洋行面前，奕山又憂慮起來。忽喜忽憂，活繪出一個庸帥。次日，探馬又飛報英兵大至，天字炮臺守將段永福敗走，炮臺被陷，炮臺上面的八千斤大砲，都被英人奪去；接著又報泥城炮臺守將岱昌及劉大忠，亦已敗退。奕山搓手道：「不得了！不得了！」忙檄兩參贊及張必祿回守省城。自己不敢出戰，到也罷了，還要調回別人保護自己，真是沒用的東西！

公文才發，又接到緊急軍報，據稱：「港內筏材油薪船，並水師船六十多艘，統被英兵及漢奸燒盡。現在英兵已進攻四方炮臺了。」奕山此時，好像兜頭澆下冷水，一盆又一盆，身子都冷了半截，免不得上城瞭望。目中遙見火光燭天，耳中隱聞炮聲震地，他在城上踱來踱去，急得愁腸百結，突見東南角上有旗號展出，後面隨著許多人馬，不覺大驚，險些兒跌下城來，仔細一瞧，乃是自己兵隊，方略定了一定神。等到兵馬已到城下，後隊乃是兩參贊押著，忙即下城，開門延入。楊芳道：「四方炮臺，據省城後山，為全城保障，現聞英兵進攻，參贊等正思馳援，因奉調回來，不敢違命。好在城中尚無要事，待楊某出去救應。」奕山道：「不，不必。昨日閩中到有水勇，已由祁督遣調往援，此刻城中吃緊，全仗諸公保護，千萬不要離城。」

正議論間，探報四方炮臺，又被英人奪去。楊芳著急道：「怎麼如此迅速！四方炮臺一失，敵兵據高臨下，全城軍民，如坐穽中，奈何奈何？」奕山道：「這……這……這，全仗楊……楊果勇侯，出……出力保全。」楊芳不暇答應，急率軍士登城固守，布置才畢，城北的火箭砲彈，已陸續射來。楊芳親至城北督防，兀坐危樓，當著箭彈，終日不退。老天恰也憐他忠心，鎮日裡大雨傾盆，把英人射來的火器，沾溼不燃。城中人心，稍稍鎮定。

看官！你道英人何故這麼強？粵兵何故這麼弱？小子細查中外掌故，方知英領事義律，雖是求撫，暗中卻屢向本國調兵。水軍統帥伯麥，早到中國，經過好幾次戰仗，上文統已敘明；陸軍統帥加至義律，亦到粵多日，這時候復來了陸軍司令官臥烏古，帶了好幾千雄兵，來粵助陣，所以英兵越來得厲害。這邊粵中將弁，因海口已失，心中早已惶懼，奕山又是個紙糊將軍，並不敢出去督戰。大帥安坐省城，將弁還肯盡力麼？因此英兵進一步，粵兵退一步，英兵越進得猛，粵兵越退得遠。炮臺失了好幾個，兵船軍械，奪去無數，將弁恰是一個不傷。應為將弁賀喜。奕山住在圍城中，既不敢戰，又不敢逃，只好虛心下氣，向屬員問計。苦極！還是廣州知府余保純，獻了一個救急的妙法子，無非是「議和講款」四字。當由余保純出去議款，經了無數口舌，復由美利堅商人，居中調停，定了四條款子，開列如下：

第一條　廣東允於煙價外，先償英國兵費六百萬圓，限五日內付清。

第二條　將軍及外省兵，退屯城外六十里。

第三條　割讓香港問題，待後再商。

第四條　英艦退出虎門。

余保純回報奕山，奕山唯唯聽命。遂蒐括藩運兩庫，得了四百萬圓，還不夠二百萬圓，由粵海關湊足繳付英人。一面又下令出城，退屯六十里外的小金山。楊芳敢怒而不敢言，只請留城彈壓，奕山也沒有工夫管他，逕自出去。隆文隨著出城，心中也憤恚萬分。到了小金山，隆文生起病來，竟爾逝世。小子敘到此處，也嘆息不置，隨筆成一七絕道：

主和主戰兩無謀，庸帥何能建遠猷？
城下乞盟太自餒，西江難濯粵中羞。

和議已定，英人曾否退兵？且待下回再詳。

去了一個琦善，又來了一個奕山。清宣宗專信滿人，以致專閫諸帥，多屬庸駑，雖以老成歷煉之楊芳，屢建奇績，洊膺侯爵，至此發言建議，猶不能邀宣宗之信用；彼關天培輩，寧尚值宸衷一顧?忠憤者徒自捐軀，狡黠者專圖倖免，邊事之壞，自在意中。觀琦善之被逮，為之一快；繼任者為一奕山，又為之一嘆。關天培等之殉難，為之一慟；楊芳、怡良會奏之被斥，尤為之一惜。至城下乞盟，願允四款，更不禁涕淚交垂矣。書中自成波瀾，閱者心目中，應亦轆轤不置。

效屍諫宰相輕生　失重鎮將帥殉節

卻說英國兵艦，自收到兵費後，總算拔椗出口，慢慢兒地退去，從佛山鎮取道泥城，經蕭關三元里。三元里奇民，因英人沿途肆掠，憤憤不平，遂糾眾攔截，豎起平英團旗幟，把英兵圍住。英兵終日衝突，不能出圍，統帥伯麥亦受傷。義律亟遣漢奸混出圍場，遣書余保純求救。保純亟率兵往解，翼義律等出圍，始得脫去。奕山不敢實奏，捏稱：「焚擊英船，大挫凶鋒，義律窮蹙乞撫，只求照舊通商，永不售賣鴉片，唯追交商欠六百萬圓。當由臣等與他議約，令他退出虎門外面。」道光帝高居九重，只道奕山是親信老臣，不至捏飾，當下准奏，誰知他是一片鬼話。楊芳奏請撫議，並不要六百萬償銀，反加申斥；奕山飾詞上告，將賠償兵費之款，捏稱追交商欠，雖改重從輕，而償銀總是確實，乃反准奏不駁，謂非重滿輕漢而何？

朝中只惱了一個大學士王鼎，上了一道奏章，說：「撫議萬不可恃，將軍奕山，其償銀媚外罪，較琦善尤重。」這篇奏牘，好似朝陽鳴鳳，曲高和寡，哪裡能回動聖聽？況王鼎是山西蒲城人氏，並非皇帝老子戚族，憑你口吐蓮花，總是不肯相信。當時留中不發，後來細問內監，方知道光帝覽了奏牘，倒也有點動容，經權相穆彰阿袒護奕山，不說奕山有罪，反說奕山有功，因此把奏章擱起不提。王中堂得此消息，已自憤恨，適廷議追論林則徐罪狀，謫戍伊犁，協辦大學士湯金釗，因保薦林則徐材可重用，亦遭嚴譴，連降四級。王中堂料是穆彰阿暗中唆使，氣得滿腹膨脹，隨即囑咐家人，願效史魚屍諫，草了遺疏數千言，歷述穆彰阿欺君誤國，不亟治罪，大局無安日，海疆無寧歲。結尾有「臣請先死以謝穆彰阿」等語。遺疏寫畢，讀了一遍，便嘆道：「奸賊若除，我死亦瞑目了。」當下將遺疏恭陳案上，並用另紙一條，留囑家人，飭他明日拜發；隨望北謝恩，懸梁自盡。其跡似迂，其心無愧。

這一死傳到王大臣耳中，很是驚異。穆彰阿是個多心人，料得王中堂無病而逝，必有緣故，然而憑空懸想，總不能摸著頭腦，搔頭挖耳的想了一會，暗道：「有了，有了！」忙飭家僕去召一個謀士。謀士非別，乃是戶部主事軍機章京聶澐。聶澐一到，穆彰阿囑他探聽王中堂死事。聶澐與王中堂兒子王伉向來熟識，此番受穆彰阿囑託，遂借弔喪為名，當夜前去偵察。行過弔禮，由王家僕役引入客廳。聶澐遂私問王中堂死狀，王僕遂一五一十，告訴聶澐，並說出遺疏大略。聶澐道：「我與你家大少爺，素來莫逆，你去取出遺疏，令我一瞧！」王僕道：「現在少爺忙得很，不便通報。」聶澐道：「你不必通報少爺，你私下去取了出來，我一瞧過，便好歸還。」王僕尚是為難，聶澐允給他千金。俗語說得好：「重賞之下，必有勇夫」，況不過盜取一張文牘，稍費手腳，坐得千金，那裡有做不到的道理？王僕去了片刻，即將遺疏取來。聶澐一瞧，嚇得瞠目伸舌，便向王僕道：「這篇遺疏，虧得未上，若上了這疏，貴東人要惹大禍了。」王僕知識有限，也吃了一驚。聶澐道：「我既允你千金，快隨我去取！這遺疏由我取去，另換一張方好。」當下不及告辭，匆匆徑去。王僕隨到聶寓，由聶澐取出筆墨，另寫數行，假作王鼎遺疏，付與王僕，複檢出銀票千兩，作為贈資。王僕稱謝而去。

聶澐忙把遺疏轉呈穆彰阿。穆彰阿瞧了一遍，說道：「險極，險極！這事幸虧有你，你是拔貢出身，還好應試，將來我總設法謝你一個狀元。」雙手瞞天，無事不可為，區區狀元，值得什麼。聶澐歡喜異常，把千金都不提起，直到後來為穆彰阿所聞，方照數給還。待至禮部試期，穆彰阿不忘前言，替他暗通關節。總算信實。偏同考官中有個山西人，本充御史，得了聶澐試卷，竟藏好篋中，上了鎖，絕不提起，到填榜時候，主司房考不得聶卷，相顧錯愕。還是御史自說：「某夕閱卷，不戒於火，有一卷為火所燼，想來便是聶卷。榜發後，當自議請處了。」好好一個狀元，被這侍御送掉，應為聶澐扼腕。嗣後御史自請處分，解職回籍，這位權勢赫奕的穆中堂倒也沒法害他，只一手提拔聶澐，歷任至太常侍卿，這是後話慢表。

且說奕山與英人議和，單就廣東一省，議定休兵息戰，此外全不相關。清廷只道是和議已定，可以沒事，令江、浙各省裁兵節餉。不意英人仍不肯罷兵，一面率軍艦退出虎門，經營香港，規復廣東貿易，一面復思借戰勝餘威，率軍北進。適伯麥調印度戰艦至粵，遂與義律等決議北犯，途次遇著颶風，撞破坐船。奕山、祁𡠋等，張皇入告，說：「英艦漂沒無數，浮屍蔽海。」道光帝還疑是海神有靈，飭頒藏香，令祁敬謝禱天。可笑！

英政府令大使璞鼎查代義律職，海軍少將巴爾克代伯麥職，義律、伯麥回國。璞鼎查、巴爾克會同臥烏古，帶領軍艦九艘、汽船四艘、運送船二十三艘，於道光二十一年七月遊弋閩海，進犯廈門。此時鄧廷楨已得罪革職，與林則徐同戍伊犁，閩浙總督換了顏伯燾。這位顏制臺，頗熱心拒外，到任後方督修戰備，奈朝旨反令他裁兵節餉，只好緩緩布置。忽聞英兵入犯，急馳至廈門防禦；甫到廈門，英艦已闖入鼓浪嶼口。顏制臺急飭兵開炮，接連炮響，轟沉英國火輪船五艘。英艦反蜂擁齊進，彈丸如雨點般打來。他的砲彈不是望空亂發，只併力攻一炮臺。一臺破，再攻一臺。廈門口岸，本有炮臺三座，起初顏制臺防他分攻，也派兵分守，誰知他卻一座一座地攻打，這座被毀，那座早已震動。兼且炮臺統用磚石砌成，未疊沙垣，彈丸飛至，不是擊坍，便是擊破。自辰至酉，炮臺多半毀壞。英兵用小船駁到岸邊，分路登岸，官軍不能抵禦，水陸皆潰。金門鎮總兵江繼藝，身中砲彈，落水溺死。副將凌志，署淮口都司王世俊，水師把總紀國慶、楊肇基、季啟明等，各力戰而亡。英兵據了炮臺，反將炮臺上面的大砲移轉向北，對著廈門官署轟擊，房屋七洞八穿，興泉永道劉矅春同知顧效忠皆遁走。顏制臺也只得退守同安。

英兵乘勢劫掠，廈民大憤，推陳姓為首，聚集五百人，抗英五千眾。英兵用大砲，廈民用抬槍，打了一仗，英兵死了百人，廈民只死三人，因此英兵不敢久駐，仍退泊鼓浪嶼。越數日，又進攻廈門，副將林大椿、游擊王定國又被擊斃。還虧提督普陀保、總兵那丹珠督兵力禦，擊沉英艦一艘，方揚長而去。顏制臺初奏廈門失守，旋即報稱收復，奉旨責他先事疏防，降三品頂戴留任。

閩海少安，英艦轉入浙海。適兩江總督裕謙繼伊里布後任，至浙視師。裕欽差任事剛銳，可惜未嫻武備。先是調林則徐到浙，亦係由他密薦，則徐方感他知遇，竭力籌防，怎奈遣戍命下，不能逗遛。兩下相別，彼此灑了幾點熱淚。裕謙雖非將才，然存心很是忠誠，著書入秉公褒貶，並不以滿人少之。會裁兵節餉的上諭頒到浙江，裕欽差心中大不謂然，時常遣人偵探英艦動靜。忽報英兵在粵，新增戰艦，聲言將移兵入浙，連忙寫好奏本，請清廷轉飭奕山，問明何故有英人入浙傳言？該英人是否誠心乞撫，抑仍是得步進步故智？誰料廷旨批迴，反說：「英人赴浙，出自風聞，不足為據，著裕謙仍遵前旨，酌量撤兵，不必為浮言所惑，以至糜餉勞師。」這位裕欽差看到此語，不禁嘆氣道：「敵常增兵，我反撤兵，兩不抖頭，可笑可恨！想來總是穆中堂主見。穆彰阿穆彰阿！你要誤盡國家了！」隨赴鎮海閱防。途中接廈門失陷消息，飛檄定海鎮總兵葛雲飛、處州鎮總兵鄭國鴻、安徽壽春鎮總兵王錫朋，統兵五千，嚴守定海。這三位總兵統是忠肝義膽，葛公雲飛，尤智勇雙全。雲飛係浙江山陰人氏，是武進士出身，超擢至定海鎮總兵；道光十九年，丁父憂回籍；二十年，海疆事棘，奪情起用。他因定海先嘗陷落，收復後，守備空虛。雲飛到任，請三面築城，環列巨炮，堵住竹山門深港，使不復通舟；且增築南路土城，與五奎山諸島相犄角。裕欽差到浙時，頗有心採用，奈朝廷叫他裁兵，囑他節餉，他若還要築城增壘，豈不是違拗聖旨？因此把築城事中止。這時三總兵同到定海，手下兵只有五千。三總兵閱視形勢，議扼要駐守。王錫朋願守曉峰嶺，鄭國鴻願守竹山門，道頭街一帶，歸葛雲飛扼守。唯曉峰嶺背面負海，有間道可入，三鎮兵只三千名，不敷分派，且炮火亦不夠用。由王、葛二公商議，請增派兵船及大砲，堵住間道。

當下飛詳鎮海，裕謙接到詳文，邀浙江提督余步雲，共議添兵事宜。步雲道：「浙江要口，第一重是定海，第二重是鎮海，鎮海比定海，尤為要緊。現在鎮海防兵，亦只數千，自顧不暇，還有什麼兵馬炮火可以調遣？」王、葛兩總兵，亦有詳文到步雲處，步雲已戒他死守，毋望援兵。裕謙道：「這麼一個要緊海口，只有幾千兵馬！」余步雲道：「上年恰不止此數，因朝旨屢促裁兵，所以減去三分之一，現在只四千名營兵了。」裕謙道：「這正沒法可想，只得聽天由命。天若不亡浙江，定海應保得住，鎮海也可無慮。本大臣以身許國，到危急時，拚死報君便了。」忠有餘而智不足，即此可知。

步雲退出，戰信已到，英兵已來攻定海，駛進竹山門，被我軍奮勇迎擊，轟斷英船大桅桿，英兵已退去了。裕謙稍稍放心。過了兩日，又報英兵繞出吉祥門，入攻東港浦，被我炮擊卻，現英人改由竹山嘴登岸。鄭鎮臺正在截擊哩。接連又到緊急文書兩角：一角是王總兵錫朋詳文，一個是葛總兵雲飛詳文。裕謙展開一瞧，統是請大營濟師，便道：「怎麼處？怎麼處？定海兵尚有五千，此處兵恰只四千，難道三總兵未曾知悉麼？若我親去督戰，恐怕鎮海沒人把守，我看這余軍門步雲，事事推諉，很是刁猾，恐怕也靠不住呢。現在沒處調兵，奈何，奈何？」就將詳文擱過一邊，只自一人愁眉兀坐。

適值天氣沉陰，連日霪雨，弄得越加愁悶，遂出了營，上東城眺望。突見城外招寶山懸著白旗，不由得慌張起來，便下城去召總兵謝朝恩。朝恩未至，警信又到，乃是曉峰嶺失陷，王總兵錫朋，中槍陣亡，壽春營潰散。裕謙正在驚愕，朝恩已踉蹌進來，報稱竹山門失守，鄭總兵亦戰歿了。裕謙道：「莫非訛傳。把王總兵誤作鄭總兵。」鄭王二姓，百家姓上本是聯接，王已先死，鄭何能免？道言未絕，外面已遞進敗耗，確是鄭國鴻又死。裕謙道：「三總兵已死二人，單剩一個葛雲飛，想總支持不住。好！好！三總兵不要怨我不救，看來我也是難保了。」說畢，淚如雨下。朝恩見主帥傷心，也陪了兩三點淚珠，一面恰勉強勸慰。裕謙道：「我恰不是怕死，若怕死也不來督師了。只可惜三員大將，一朝俱盡，國家從此乏材。還有一樁可疑的事情，招寶山上，如何豎起白旗來？」

朝恩道：「招寶山上，乃是余提督軍營，為什麼豎起白旗，卑鎮倒也不解。」裕謙道：「開戰掛紅旗，乞和掛白旗，這是外洋各國通例。現在本帥並不要乞和，英兵還未到鎮海，那余軍門偏先懸白旗，情跡可知。我朝養士二百年，反養出這般賣國的大員來，越叫人痛惜三總兵。」朝恩道：「待卑鎮去問明提臺，再作區處。」朝恩趨出，外面又傳報葛總兵雲飛陣亡。統用虛寫，比實寫尤覺悽慘。裕謙此時又悲又惱，悲的是三總兵陣歿，惱的是余步雲異心。躊躇一夜，想出一個盟神誓眾的法兒。

待到天明，忽見巡捕進來，呈上手本，說是義勇徐保求見。裕謙問徐保隸何人部下，巡捕答稱是葛鎮臺部下。裕謙遂傳令入見。徐保入帳，請過了安，便稟道：「葛鎮臺陣歿，現由小兵舁屍內渡，已到此處。」裕謙問葛鎮臺陣歿情狀，徐保答道：「英人從曉峰嶺間道攻入，先破曉峰嶺，次陷竹山門，王、鄭二鎮臺，先後陣亡，葛鎮臺扼住道頭街，孤軍激戰，鎮臺手掇四千斤大砲，轟擊英兵，英兵冒死不退。鎮臺持刀步鬥，陣斬英酋安突得，無如英兵來得越多，我鎮臺拚命督戰，刀都斫缺三柄，英兵少卻。鎮臺擬搶救竹山門，方仰登時，突來兩三員敵將，夾攻鎮臺，鎮臺被他劈去半面，鮮血淋漓，尚且前進；不防後面又飛來一彈，洞穿胸前，遂致殞命。小兵到夜間尋屍，見我鎮臺直立崖石下，兩手還握刀不放。左邊一目，睒睒如生，小兵欲負屍歸來，那屍身兀立不動，不能挪移。隨由小兵拜祝一番，請歸見太夫人，然後屍身方容背負，駕著小船，潛渡至此。」裕謙嘆道：「好葛公！好葛公！」當下命隨員偕了徐保，往去祭奠，並檄大吏護喪還葬，一面飛章出奏。

料理已畢，遂召集部將，設著神位，飭同宣誓，總兵以下，統共到來，獨余步雲不到。裕謙正思啟問，謝朝恩已近前稟道：「余軍門已差武弁伺候。」裕謙冷笑道：「想是本帥不曾親邀，所以不到。」那邊提轅武弁，聞了此語，急忙上前請安，稟稱軍門現患足疾，特來請假。裕謙搖頭道：「敵兵到來，那足自然會好了。」既曉得步雲異心，如何不先為撤換？叱退武弁，隨至神位前祭告。此時牲醴早陳，香燭齊爇，當由裕欽差行跪叩禮，眾將官亦隨同跪叩。裕欽差親讀誓文，無非勸勉屬下文武，同仇敵愾，倘有異心，神人共殛等語。不求己而求神，簡直是搗鬼。方才讀罷，猛聽得隱隱炮聲，自遠至近，不由得驚訝起來，便即起身誓眾道：「本帥的誓文，想大家都已聽明，不日間英兵到來，須靠大家同心抵禦，有功立賞，有罪立刑。」總兵謝朝恩，先應了聲「得令」，眾將士也隨聲附和。裕謙方命軍士們撤了神位祭禮，正思向謝朝恩追問招寶山白旗緣故，探馬忽報英兵來了。謝朝恩即抽身告辭，裕謙執著朝恩手道：「這城屏障，便是招寶山及金雞嶺兩處。老兄駐守金雞嶺，本帥很是放心，只有招寶山放心不下。」朝恩道：「這要看朝廷洪福，卑鎮願以死報。」當下由裕謙親送出營，朝恩匆匆別去。

裕謙遂登陣守城，城下忽來了余步雲，由兵士將弁啟門放入。步雲徑上城來見裕謙，裕謙便道：「軍門足疾已瘉麼？」步雲道：「足疾尚未痊可，因敵兵入境，不得不前來請教。」裕謙道：「誓死對敵，此外沒有什麼法子。」步雲道：「敵兵很是厲害，萬一挫失，全城要糜爛了。」裕謙道：「這也沒法。依你怎麼處？」步雲道：「據步雲愚見，只可暫事羈縻。外委陳志剛人頗能幹，不如叫他前去議撫。」裕謙笑道：「我道軍門有什麼妙策，城下乞盟的事件，本帥卻不願聞。」步雲道：「大帥既不願議撫，此處恐守不住，只好退守寧波。」裕謙正色道：「敵到鎮海，便退寧波，敵到寧波，將退何處？我與軍門都受朝廷重任，難道叫我逃走麼？」步雲碰了一個釘子，下城自去。

約過兩三個時辰，遙見招寶山上，已換了英國旗號，裕謙大驚道：「不好了！余步雲賣去招寶山了。」果然探馬報來，招寶山被陷，余軍門不知下落。接著，又報：「英兵攻金雞嶺，謝朝恩擊死英兵數百，因招寶山失守，軍士驚潰，謝鎮臺身中數創，也即殉難，金雞嶺又被英人奪去了。」裕謙道：「罷罷罷！」言未畢，英兵已到城下。城外守兵，逃避一空。裕謙下城，解下城防，交副將豐伸泰送與浙撫，自己投奔學宮前，跳入泮池。經家人撈救，已剩得奄奄一息。文武官員，聞裕謙投水，都棄城逃走。只有縣丞李向南，冠帶自縊。臨死對，還有兩首絕命詩。其詩道：

有山難撼海難防，匝地奔馳盡犬羊；
整肅衣冠頻北拜，與城生死一睢陽。
孤城欲守已倉皇，無計留兵只自傷；
此去若能呼帝座，寸心端不聽城亡。

英兵遂乘勝入城，踞了鎮海。

欲知後事，且看下回。

本回以王相國鼎及裕欽差謙為主腦，兩人皆清室忠臣，惜乎其為愚忠。王鼎屍諫，無論其遺疏未上，為奸黨用賄取去，即使不然，穆彰阿方沐君寵，能一擊即倒乎？古人有為國除奸者矣，寧必屍諫？裕謙明知余步雲之奸，不能立申軍法，如穰苴之斬莊賈，已成大錯；且定海孤懸海外，與其萬不可守，曷若內捍鎮海，自固堂奧，乃以三鎮敢死之將，置諸必不可守之城，以兩端懷異之人，授以險要必爭之地。用隋侯珠，彈千仞雀，卒至兩城迭陷，力竭軀捐，雖曰見危授命，於國事究何補焉？故忠固足憫，忠而愚，蓋不能無疵云。

奕統帥因間致敗　陳軍門中炮歸仁

卻說英兵入鎮海城，懸賞購緝裕謙，因裕謙在日，嘗將英人剝皮處死，且掘焚英人屍首，所以英人非常忿恨。其時裕謙經家人救出，舁奔寧波，聞到這個消息，又由寧波奔餘姚，裕謙一息餘生，至此方才瞑目。進至蕭山縣的西興壩，浙撫劉韻珂差來探弁，接著裕欽差屍船，替他買棺入殮。當由劉韻珂據事入奏，奏中並敘及余步雲心懷兩端等情。看官！你道這余步雲究往何處去呢？步雲自入城見裕謙後，回到招寶山，見英兵正向山後攀登，他竟不許士卒開炮，即棄炮臺西走，先到寧波，繼走上虞。生了三隻腳，還假稱有病。英兵攻入寧波，復犯慈溪，還恐內地有備，焚掠一回，出城而去。

清廷聞警，特旨授奕經為揚威將軍，侍郎文蔚，都統特依順為參贊，馳赴浙江防剿；粵撫怡良為欽差大臣，移駐福建，調河南巡撫牛鑑，總督兩江，分任南北沿海的守禦。奕經奏調川、陝、河南新兵六千，募集山東、河南、江淮間義勇，及沿海亡命徒數萬。以道光二十二年元旦至杭州，大小官員出城迎接，不消細說。奕經特別起勁，留參贊特依順駐守杭州，自己偕參贊文蔚，督兵渡江，進次紹興。沿途頗也留意招徠，故福建水師提督王得祿，願至軍前投效，奕經嫌他年老，勸他回籍。前泗州知州張應雲，入營獻計，奕經虛心下問。應雲道：「英人深入內地，都由漢奸替他導引，其實漢奸所為，不過貪圖賄賂，並沒有什麼恩義相結。現聞寧波紳民，統延頸盼望大軍，那班漢奸，又都是本地百姓，若大帥亦懸重賞招撫，漢奸可變作洋諜，大軍出剿，使他作為內應，定卜成功。這便是兵法上所說的『因間』二字，敢乞大帥明鑑！」張應雲因間之計，並非全然紕謬，但亦視乎善用不善用耳。奕經道：「這策恰是很妙，但叫誰人去招呢？」應雲道：「卑職不才，願當此任。」奕經大喜，遂議定進兵方略：令參贊文蔚率兵二千，出屯慈溪城北的長溪嶺；副將朱貴、參將劉天保，率兵二千，出屯慈溪城西的大寶山，專圖鎮海；總兵段永福率兵勇四千，偕張應雲出襲寧波；故總兵鄭國鴻子鼎臣，統率水勇東渡，規復定海；海州知州王用賓，出駐乍浦，僱漁舟渡岱山，策應鼎臣；奕經自率兵勇三千，駐紮紹興東關鎮，接運糧餉，排程兵馬。

計劃已定，各路同時出發，只望旗開得勝，馬到成功。誰知鄭鼎臣航海東去，遇著大風顛簸，先蕩得七零八落，沒奈何收兵回來，帆檣已損破不少，總算數千名水勇，還幸生全。王用賓出渡岱山，因鼎臣遇風回航，反致孤軍深入。到定海附近，被英人偵悉，放炮的放炮，縱火的縱火，連忙逃回，漁船已一半被毀了。一路完結。

段永福與張應雲居然招集許多義勇，又收買漢奸，令為內應，先由段永福伏兵城外，約期正月晦日攻城，偏這漢奸反覆無常，陽與張應雲聯繫，暗中卻把師期通報英將。兩面賺錢，不愧漢奸二字。英將巴爾克，忙與璞鼎查商議。璞鼎查是英國有名的謀士，便定了一個將計就計的法子，先期佯開城門，誘段永福入城。虧得永福刁猾，只令前隊五百人進去，一入城中，兩旁火彈雨下，英兵左右殺出，段軍轉身就逃。腳長的人，逃出了一半性命，還有一半，統做了寧波城中的炮灰。永福、應雲不敢再戰，先後奔回東關。兩路完結。

還有出屯慈溪的兩將，素稱驍勇，劉天保欲立首功，先自發兵，甫至鎮海城外，就大聲呼噪。英兵聞警登城，接三連四的開放大砲，招寶山上的英兵，又發炮相應，憑你劉天保如何勇力，究竟血肉身子，敵不過兩邊砲彈，只得退回大寶山。朱貴接著埋怨他不先通知，以致敗退，劉天保尚倔強不服。不想英兵反水陸並進，來攻大寶山。劉天保紮營山左，朱貴率長子昭南，紮營山右。英兵自右攻入，朱貴麾兵迎擊，前隊用抬炮數十，更迭激射，擊斃英兵三四百名，英兵前仆後繼，只是不退。朱貴父子，亦拚命相搏，從辰時戰到申時，朱軍饑渴交加，單望天保軍相救，天保軍竟鎮日不到。忽來了一支人馬，衝陣而入，朱貴還道是天保軍至，誰知他一入陣中，倒戈相向，才識是洋人賣通的鄉勇，前來抗拒官軍。朱貴怒極，下令搜殺，奈隊伍已被衝亂，洋人乘間抄襲，後面導引水師登岸，巨炮火筒，射燒營帳，煙焰蔽天。這時候，天保軍亦受衝擊，反從山左竄到山右，弄得朱軍越亂。朱貴見勢不支，猶誓死格鬥，把手中所執大旗，插在地上，搶著一柄大刀，拍馬馳赴敵陣，見一個，殺一個，大約殺了幾十個英人，身上亦著了數創，馬亦受傷。朱貴被馬掀下，英兵統用著長矛，來戳朱貴，不防朱貴突然躍起，把敵矛奪住兩桿，左右衝蕩，嚇得英兵紛紛倒退。英將見戰朱貴不下，暗中攜著手槍，乘朱貴殺入，陡發一彈，可憐蓋世英雄，倒斃沙場上面。長子昭南，見父已倒地，忙衝出父屍前，猛力抗拒，意中想保護父屍；怎奈英兵攢聚，雙拳不敵四手，雖格殺英兵數名，已是身無完膚，大叫一聲而亡。父忠子孝，朱氏有光。手下親兵二百五十人，沒一個不殉難。還有知縣顏履敬，在後面督糧，距大寶山二里，聞報朱軍鏖鬥，登高觀戰，遙見朱軍危急，奮然道：「我與朱協臺交好多年，理應出去幫助。」忙脫了外衣，拔出佩刀，下山馳赴，僕從上前諫阻，履敬道：「我此去明知一死，但能上報君恩，下全友誼，死亦甘心，何足懼哉？」僕從見主子不允，也只得隨著，馳入陣中，死鬥一場，統中炮身死。死友義僕，足垂千古。

劉天保奔回長溪嶺，促文蔚往援朱貴，文蔚不允，部下亦代為力請，始許發兵二百。時已薄暮，傳報朱軍覆沒，慌得面如土色，急令截回二百兵，夤夜逃走。我不解道光帝何故專用這等人物，想總由平時會拍馬屁。到了東關，那位揚威將軍奕經，早已接得敗耗，遁到杭州去了。

先是兩江總督伊里布，奉旨回任，因家人張喜往來英船，事涉通番，被逮入都，按律遣戍。浙撫劉韻珂與伊里布素有感情，上了一道奏章，說他因公得罪，心實無他。英人向來器重伊里布，就是伊僕張喜亦素得洋人傾服，倘令伊里布來浙效力，該英人不復內犯，亦未可定，伏望俯賜採納等語。保薦伊里布，無非叫他議和。道光帝竟言聽計從，赦伊里布罪，賞他七品頂戴，令赴浙營效力。並授宗室尚書耆英署杭州將軍，連宗室都任命出來，道光帝之心如揭。與參贊齊慎，一同赴浙。又密諭奕經，叫他注意防堵，暫勿出戰，靜俟機會。英將見浙省不敢發兵，遂欲轉略長江，斷絕南北交通，威嚇中國，先勒索寧波紳士，犒軍銀一百二十萬圓，才許退兵。紳士無奈，東湊西借，方得如數交去。英艦乃退，只留兵千餘名，輪船四艘，駐守定海。

奕經忙奏陳收復寧波，劉韻珂亦照樣馳奏。奏摺才發，乍浦的警報又到。乍浦係浙西海口，向屬嘉興府管轄，駐有漢兵六千三百人、滿兵千七百人，副都統長喜及同知韋逢甲率兵抵禦，遙見英艦列陣而來，好像山阜一般，滿漢兵先已氣索，弄得腳忙手亂。英艦尚未近岸，他卻亂放槍炮，一顆兒都沒有放著。等到英艦攏岸，彈藥已經用盡。那邊英兵，蓬蓬勃勃，砲彈如雨點般打來，岸上的官兵，赤手空拳，焉能抵擋？自然敗北而逃。長喜、韋逢甲禁喝不住，也只得退回城中。英兵登陸進攻，猛撲東門，城上炮石齊發，擊傷英兵多名，英兵繞攻南門，長喜亦由東至南，奮力督守。忽見城中火起，煙塵抖亂，長喜料知漢奸內應，欲下城搜捕，那時英兵已緣梯登城，長喜左攔右阻，致受重傷，遂下城投水。經親兵救出，隔宿乃亡。韋逢甲力戰多時，炮傷左脅，亦即斃命。佐領隆福額特赫、翼領英登布、驍騎校該杭阿等，統同殉難。佐領果仁布妻塔塔拉氏懼城陷被辱，與二女投井死。生員劉楙被虜，由英人逼寫告示，不從被殺。傭工陸貴，遇著英兵，叫他抬炮，他反大罵，被英兵一槍戳死。木工徐元業，也被英人執住，令他引搜婦女，他卻自刎而盡。還有庠生劉東藩女，年二十二，尚未出嫁，英兵見她生有姿色，用刀脅劉，令女受汙，女不從，也投入井中。劉進女鳳姑，年十九，出城避難，遇英兵尾追，不能急走，反轉身痛詈，甘心受刃。餘外殉難的人，多不知名姓，無從記載，相傳共七百多人。揚忠表節，是好稗官。自從英人犯浙，別處城邑百姓，多望風先避，獨乍浦猝遭失陷，趨避不及，罹禍最酷。上自官弁，下至工役婦女，寧為玉碎，毋為瓦全，也算是歷史上光榮呢。古道猶存，今亡矣夫。

適值伊里布至浙，巡撫劉韻珂亟令赴英艦議款，英將巴爾克未許。還是家人張喜下船一談，巴爾克只索還俘虜十數名，揚帆退去。張喜有這般能力，真也奇怪。當由劉韻珂一一奏明，伊里布遂由七品銜，升至副都統了。承蒙家人抬舉。英艦自乍浦退出，轉入江蘇，駛至吳淞口，江南提督陳化成夙具將略，本係福建同安縣人，清廷鑑他忠勇，特破迴避本鄉的故例，超擢廈門提督。嗣因江防緊急，調任江南。方才到任，即迭接定海、鎮海敗耗。江、浙是毗連省分，浙省遇警，江南應該戒嚴。吳淞又是長江南面的要口，向設東西兩炮臺，互為犄角。化成督兵把守，三閱寒暑，與士卒同甘苦，就使風霜雨雪，他也同將弁們在營住宿，軍中感他惠愛，呼他作為陳佛。及英兵進逼吳淞，總督牛鑑也到寶山縣督防。牛鑑膽氣很小，忙召化成熟商。寶山距吳淞只六里，一召便到，牛鑑見了，別事不聞提起，單問保全生命的法兒。化成道：「大帥不要驚慌！吳淞口向設炮臺，用炮扼險，可決勝仗。只叫大帥坐鎮寶山，不可輕出輕入！那時化成自能退敵。」牛鑑道：「可靠得住麼？」化成道：「兵家勝負，雖是不能預料，但一夫拚命，萬夫莫當。總叫上下將弁，戮力同心，何愁不勝？」牛鑑道：「全仗！全仗！」化成告退，仍回吳淞。參將周世榮接著，問制軍有無對敵方略？化成微笑道：「老哥別問！只我與你的福氣，統是不薄。」世榮不覺驚訝，化成道：「明日與英人開戰，得了勝仗，我與你同受上賞；萬一戰敗，死且不朽，非福而何？」當夜，遣別將守東炮臺，自與周世榮守西炮臺。

次日，化成手執紅旗，登臺揮戰。英艦先發炮射來，化成亦發炮出去。一邊仰攻，一邊俯擊，兩下裡喊殺震天，煙霧蔽日。相持多時，化成走到最大的炮門後面，親自動手，望準英艦，放將出去，不偏不歪，正中英艦的煙囪，一聲炸裂，沉下海底去了。臺上的官兵，齊聲歡呼。化成又開第二炮，這一炮，卻沒有前時的準，只擊斷了英艦的桅桿，放到第三炮，仍不過擊斷船桅；第五六回放炮，卻是射不著；接連打了數十回，雖擊死英兵數百名，終不能打沉英船。化成性急起來，把住錨頭，仔細窺著，適有一艦鼓輪駛入，化成連擊兩炮，一炮擊著敵艦的汽鍋，一炮擊著敵艦的輪葉，那艦向下一沉，又望上一躍。一躍一沉，鑽入水底，只剩了桅桿的頭梢，微露海面。這邊臺上鼓譟如雷，比第一炮越發歡躍。化成亦欣喜非常。

這位牛大帥，聞知官兵得勝，也想到軍前揚威，跨上寶馬，馳出南門。不要他輕出，他偏輕出。徐州兵亦隨著前來，由總兵王志元押陣。牛大帥意氣揚揚，只道英艦已退出口外，他來虛張聲勢，託詞策應。縱著馬上了海塘，見兩邊正在酣戰，你一炮，我一槍的轟擊，他已驚得目瞪口呆；突然面前落下一顆流彈，險些兒把靈魂飛去，轉身就跑。這一跑，跑出大禍祟來了。不要他輕入，他偏輕入。原來臺上兵弁聞制臺親來督戰，正特別奮勇，忽見牛制臺奔回，徐州兵統同駭散，海塘上杳無人跡，還道後面伏著英兵，不禁慌亂；心中一慌，手中漸漸疏懈。這時英兵攻西炮臺不下，方轉攻東炮臺，東炮臺守兵，聞西炮臺炮聲漸稀，錯疑西炮臺已經失守；又經牛大帥一逃，不由的魂銷魄喪，棄臺而走。

英兵乘勢登岸，踞了東炮臺，復來夾攻西炮臺。化成前後受敵，危急萬分，周世榮請化成退兵，化成拔劍叱道：「庸奴，庸奴！我誤識汝。」世榮易服潛逃。這位陳提臺化成，尚竭力支撐，手燃巨炮，猛擊英兵，怎奈顧前不能顧後，後面的砲彈，接連打來，化成受了數彈，噴下幾口狂血，捨生取義去了。守備韋印福、千總錢金玉、許林、許攀桂、外委徐大華、姚雁字等，見提臺陣亡，感他平時的恩惠，情願隨死，乃與英兵鏖戰許久，究竟眾寡不敵，先後戰歿。武進士劉國標，趁這血戰的時候，奪出陳化成屍身，背負而出，藏在蘆葦裡面，嗣經嘉定縣令練廷璜，遣人舁至關帝廟殯殮。百姓多扶老攜幼，爭來哭奠，生榮死哀，陳提臺也好瞑目。只牛制軍奔回寶山，未曾喘息，忽報東西兩炮臺，統已失陷，提督以下，多半殉難，英兵已來攻寶山了。牛鑑不待聽畢，忙帶親兵若干，拚命出走。英兵勢如破竹，直入寶山，轉陷上海，又揚帆入長江口，去追這位牛大帥。江浙有幾句童謠道：

一戰甬江口，制臺死，提臺走；
再戰吳淞口，提臺死，制臺走；
死的死，走的走，沿海碼頭多失守。

究竟牛鑑能逃得性命否，容待下回再表。

奕經、牛鑑，平時本無功績可言，乃用以作折衝之選，其致敗也宜矣。朱貴父子，及陳提臺化成，皆驍勇善戰，一誤於文蔚之不救，一誤於牛鑑之猝逃，奕經於無可諉之中，猶可強諉，牛鑑則膽小如鼷，聞炮驚走，坐亂軍心，徒委陳化成於敵手，為國家失一良將，其罪殆不可勝誅矣。本回於朱、陳戰狀，極力形容，即所以甚奕經、牛鑑之罪。旁及死事諸將弁，及殉節諸工役婦女，尤足愧煞庸奴。

江甯城萬姓被兵　靜海寺三帥定約

卻說牛鑑自寶山逃走，沿路不暇歇腳，一直奔回江寧。英兵即溯江直入，徑攻松江。松江守將姓尤名渤，乃是壽春鎮總兵，從壽春調守松江城。他聞英兵入境，帶著壽春兵二千，到江口待著。英兵見岸上官軍，一隊一隊的排列，嚴肅得很，他也不在心上，仗著屢勝的威勢，架起巨炮，向岸上注射。尤總兵見敵炮放來，令兵士一齊伏倒；待砲彈飛過，又飭兵士盡起，發炮還擊。這二千壽春兵，是經尤總兵親手練成，坐作進退，靈敏異常，俄而起，俄而伏，由尤總兵隨手指揮，無不如意。英兵放來的砲彈，多落空中，官兵放去的砲彈，卻有一大半擊著。相持兩日，英兵不得便宜，轉舵就走，分擾崇明、靖江、江陰境內，都被鄉民逐出。

當下英將巴爾克、臥烏古及大使璞鼎查，密圖進兵的計策。臥烏古的意思，因長江一帶，水勢淺深，沙線曲折，統未知曉，不敢冒昧深入，還是璞鼎查想了一個妙計。看官！你道他的妙計是怎樣？他無非用了銀錢，買通沿江漁船，引導輪船駛入。中國人多是貪財，所以一敗塗地。沿途進去，測量的測量，繪圖的繪圖，查得明明白白，並探得左右無伏，遂決意內犯。

鎮江紳士，得此消息，忙稟知常鎮通海道周項。周項同紳士巡閱江防，紳士指陳形勢，詳告堵截守禦事宜。周頊笑道：「諸君何必過慮！長江向稱天塹，不易飛渡，江流又甚狹隘，水底多伏暗礁，我料英兵必不敢深入。他若進來，必要擱淺。等他擱淺的時候，發兵夾擊，便可一舉成功，何必預先籌備，多費這數萬銀錢呢？」敵已在前，他還從容不迫，也是可哂。遂別了紳士，逕自回署。誰知英艦竟乘潮直入，追薄瓜州，城中兵民，已經逃盡，無人抵敵。英兵轉窺鎮江，望見城外有數營駐紮，就開炮轟將過去。這鎮江城外的營兵，乃是參贊齊慎及提督劉允孝統帶，聞得敵炮震耳，沒奈何出來對敵，戰了一場。敵炮很是厲害，覺得支持不住，還是退讓的好，一溜風跑到新豐鎮去。又是兩個不耐戰。

城內只有駐防兵千名，綠營兵六百，老弱的多，強壯的少，軍械又不甚齊備，副部統海齡，恰是個不怕死的硬漢，率兵登城，晝夜守禦，英兵進薄城下，攻了兩日，不能取勝。又是臥烏古等想出聲東擊西的詭計，佯攻北門，潛師西南，用火箭射入城中，延燒房屋。海齡正在北門抵禦，回望西南一帶，火光衝天，英兵已經上城，料知獨力難支，忙下城回署，將妻妾兒女，一古腦兒鎖入內室，放起火來，霎時間闔門一炬，盡作飛灰。海齡在大堂上，投繯殉節。英兵入城，把餘火撲滅，搜捕官吏，已經一個不留。沿江上下的鹽船估舶，或被英兵炮毀，或被梟匪焚掠，一片煙焰，遮滿長江。揚州鹽商，個個驚恐，想不出避兵法兒，只得備了五十萬金的厚禮，恭送英兵，才蒙饒恕。英艦直指江寧，東南大震。

牛制臺奔回江寧，總道是離敵已遠，可以無恐，城中張貼告示，略稱：「長江險隘，輪船汽船，不能直入，商民人等，盡可照常辦事，毋庸驚惶！」這班百姓見了文告，統說制臺的言語，總可相信。那時電報火車，一些兒都沒有，但叫官場如何說，百姓亦如何做，到了鎮江失守，南京略有謠傳，牛制軍心裡雖慌，外面還裝出鎮定模樣，兵也不調，城也不守。簡直是個木偶。忽然江寧北門外，烽火連天，照徹城中，城內外的居民，紛紛逃避。牛制軍遣人探聽，回報英兵艦八十多艘，連檣而來，已至下關。牛制軍被這一嚇，比在寶山海塘上那一炮，尤覺厲害。

呆了好一歇，忽報伊里布由浙到來，方把靈魂送回，才會開口，好一個救星。道了「快請」二字。伊里布入見，牛鑑忙與他行禮，獻茶請坐，處處殷勤。便道：「閣下此來，定有見教。」伊里布道：「伊某奉詔到此，特來議撫。」牛鑑道：「極好，極好！中英開釁，百姓擾得苦極了，得公議撫，福國利民，還有何說？」伊里布道：「將軍耆英，亦不日可到，議撫一切，朝旨統歸他辦理。伊某不過先來商議，免得臨時著忙。」牛鑑聽罷，便道：「耆將軍尚未到來，英兵已抵城下，這且如何是好？」伊里布道：「小價張喜，與英人多是相識，現不如寫一照會，差他前去投遞，便可令英人緩攻。」牛鑑道：「照會中如何寫法？」伊里布道：「照會中的寫法，無非說欽差大臣耆英，已奉諭旨，允定和好，請他不必進兵。再令小價張喜，與他委婉說明，包管英人罷兵。」牛鑑喜極，隨令文牘員寫好照會，即挽伊里布叫入張喜，親自囑託，即刻令投送英船。張喜唯唯而去。老家人又出風頭。去了半日，才來回報，牛鑑不待開口，忙問道：「撫議如何？」張喜道：「據英使璞鼎查說，和議總可商量，但耆將軍到此無期，曠日持久，兵不能待，須就食城中方可。」牛鑑聞他和議可商，已覺放心；及聽他就食城中的要約，又著急起來，便道：「據這句話，明明是要來攻城，這卻如何使得？」張喜道：「家人亦這樣說，同他辯駁多時，他說要我兵不入城，須先辦三百萬銀子送我，作了兵餉，方好靜候耆將軍。」大敲竹槓。牛鑑道：「這也是個難題目。銀子要三百萬，哪裡去辦？」

道言未絕，外面報副將陳平川稟見，牛鑑傳入。平川請過了安，向牛鑑道：「壽春鎮的援兵，已到城下，求大帥鈞示，何日開戰？」牛鑑道：「要開戰麼？這事非同兒戲，倘一失敗，南京難保，長江上游，處處危急，豈不是可怕麼？」平川道：「不能戰，只好固守，請下令閉城，督兵登陴方好。」牛鑑道：「你又來了。前日將軍德珠布，聞英兵已到，飭十三城門統行關鎖。你想朝廷現主撫議，如何可閉城固守，得罪英人？我與伊都統費盡口舌，才爭得『已啟申閉』四字。德將軍掌管全城鎖鑰，我沒奈何去懇求他，你如何也說出這等話來？」平川道：「耆將軍尚在未到，撫議尚無頭緒，倘英人登岸攻城，城中沒有防備，如何抵敵？」牛鑑不禁變色道：「英將並不來攻城，你卻祝他攻城，真正奇怪！本帥自有辦法，不勞你們費心！」當下怒氣勃勃，拂衣起座，返身入內。不愧姓牛。平川只得退出。

牛鑑到了內廳，親寫了一封急信，叫幹役兩名，把信付他，令他加緊馳驛，去催耆欽使。一面又命張喜，再赴英艦，與他附耳談了數語。什麼祕計，諸君試一猜之！張喜領命又去。

看官！你道這個家人張喜，真能夠與英帥面談麼。原來英艦中有個末弁，叫做馬利遜，能作漢語，張喜與馬利遜認識，數次往返，統由馬利遜介紹：此次仍由馬利遜引見璞鼎查，兩邊言語，也由馬利遜傳譯。璞鼎查就問三百萬兵餉，可曾備齊麼，張喜道：「耆將軍即日可到，和事就可開議。牛大帥恐貴使性急，特遣張某前來相告。貴國初意，無非為了通商的事情，現我朝願允許通商，貴國當可罷兵了。」璞鼎查道：「要我罷兵，也是容易，但須依我幾件事情。第一件須賠償煙價，要一千二百萬圓。」張喜道：「廣東已給過六百萬圓，如何今日還要倍索？」璞鼎查道：「那是兵費，不是煙價。現在我兵由粵到此，餉項又用去數千萬，亦須照例賠償。」張喜不禁伸舌，便道：「還要賠兵費麼？」璞鼎查道：「煙價、兵費外，香港是要割讓的。香港以外，還要把廣州、福州、廈門、寧波、上海五港口，開埠通商。」張喜道：「款子有這麼多！」璞鼎查道：「還有，還有。講和以後，俘虜是要放還；將來兩國通使，應用平等款式。此外如我國的商民，損失頗多，也應酌量賠償。煩你去通報貴國公使，如肯照允，當即退兵。」璞鼎查真是潑辣。張喜不敢辯論，便辭別了璞鼎查，當由馬利遜送他登岸。張喜向馬利遜道：「議和的條件，這般厲害，恐怕是不易辦到。」馬利遜道：「我與你向來熟識，不妨對你直言。這是我國所索，並非中國所許。此次我國興兵，通商為主，不在銀錢，但得兩三港貿易，已能如願，餘事由中國裁酌便了。」張喜點頭告別。相傳馬利遜本是中國人，因在英領事處，服役多年，投入英籍。英領事嘉他勤慎，所以拔他作了英官。馬利遜這番言語，也算是暗地關會，特別有情。

張喜據實回報，牛鑑不好遽復，又延挨了兩三天，忽聞欽差大臣耆英到了，牛鑑忙出城迎接。耆英入城，談起和戰事宜，與牛鑑很是投機。也是牛類。剛擬去拜會英帥，英帥的照會已到，大略照前時所說的款子。耆英按照各款，稍稍駁詰，即行諮復。不料英使璞鼎查，定要件件依他，方許講和，否則明日開戰。這個照會答覆過來，急得耆英、牛鑑、伊里布，沒法擺布。忽報英艦高懸紅旗，聲勢洶洶，準備開仗。耆英不得已，復遣張喜赴英船，與約翌朝會商。璞鼎查卻翻著臉道：「還要商議什麼？允與不允，一言可決。聞汝大帥還添調壽春兵，與我接仗，我卻不怕，明日同你交鋒便了。」張喜忙說：「沒有這事。」璞鼎查不信，還是馬利遜從旁緩頰，方說：「明日辰刻，如再不允，我兵一齊登岸，運炮至鍾山頂上，轟碎你的全城，休要後悔！」分明恫嚇。張喜還報。

翌晨，耆英遣侍衛咸齡、藩司黃恩彤、寧紹臺道鹿澤長，往英艦會商。兩邊磋議了一回，由璞鼎查定出數款：第一款是，清、英兩國，將來當維持平和。這一條是面子上語，無關得失。第二款是，清國須給英兵費洋一千二百萬圓，商欠三百萬圓，賠償鴉片煙六百萬圓，共二千一百萬圓，限三年繳清。第三款是，開廣州、廈門、福州、寧波、上海五港，為通商口岸，許英人往來居住。第四款是，割讓香港。第五款是，放還英俘。第六款是，交戰時為英兵服役的華人，一律免罪。第七款是，將來兩國往覆文書，概用平行款式。第八款是，條約上須由清帝鈐印。咸齡等見了此款，明知厲害得很，但是耆將軍等一意主和，不好再行申駁，只說：「即日照奏，請俟政府批迴，即可定約。」璞鼎查道：「須要趕緊，遲則不便。」咸齡等唯唯趨出，急報知耆英等，將條約草案呈上。耆英也不待瞧明，即與牛、伊二人會銜，飭文牘員寫好奏章，由八百里加緊驛使，馳奏北京。

道光帝覽奏，未免懊惱，立召軍機大臣會議。軍機大臣不敢多嘴，只大學士穆彰阿道：「兵興三載，糜餉勞師，一些兒沒有功效，現在只有靖難息民的辦法。等到元氣漸蘇，再圖規復不遲。唯鈐用御寶一條，關係國體，不便允准，應飭耆英等改用該大臣關防，便好了案。」見小失大，忽近圖遠，真好相才。道光帝遲疑一會，才道：「照你辦罷！」當由軍機處擬旨，飭耆、牛、伊三人遵行。

耆、牛、伊三人，奉到上諭，見各款都已照准，只有鈐用御寶，須改易三大臣關防，暗想這是最後一款，諒來英使總可轉圜，遂令張喜至英艦知會，約期相見。馬利遜先問張喜道：「議和各款，已批准麼？」張喜道：「件件批准，只鈐用御寶事不允。」馬利遜道：「我國最重鈐印，這事不允，各議款都無效了。」張喜突然一驚，半晌道：「且待三帥等會過英使，再作計較。」馬利遜道：「我國禮節，與中國不同，欽使制府，必欲來會，請用我國的平行禮。」張喜道：「是否免冠鞠躬？」馬利遜道：「免冠鞠躬，仍是平時的禮節，軍禮只舉手加額便是。」張喜道：「簡便得很，我去稟明便了。」

兩人別後，轉瞬屆期，耆、牛、伊三帥，帶領侍衛司道，徑往英舟。璞鼎查出來相見，兩下用了平行禮，分賓主坐定，訂定盟約，倒也歡洽異常。耆、牛、伊回城後，又想了一樁拍馬屁的法子，備好牛酒，於次日親去犒師，到了英舟，璞鼎查忽辭不見。三人馳回，急令張喜去問馬利遜，一時回報，據英使意見，日前議定各款，一字不能改易，如或一字不從，只好兵戎相見，毋煩犒勞！耆英道：「他如何知我消息？我昨日與英使相會，因初次見面，不好驟提易印二字，今日是借了犒師的名目，去議這件款子。偏偏他先知覺，不識有哪個預報詳情？」張喜在旁，垂頭不答。牛鑑道：「為了這事仍要用兵，殊不值得，想聖上英明得很，且再行申奏，仰乞天恩俯准，當無不可。」耆英道：「如何說法？」伊里布道：「奏中大意，只叫說鈐用御寶，乃是彼此交換的信用。我國用御寶，彼國君主，亦應照辦，講到平行款式，尚屬可行。這麼說來，想皇上亦不至再行申斥。況內有穆中堂作主，我們備一密函，先去疏通，自然容易照准了。」耆英依言照辦，奏摺上去，果然降旨依議。耆英等再赴英艦，與璞鼎查申明允議，約定儀鳳門外的靜海寺中，兩下換約。屆期免不得有一番手續，小子不欲再詳，只好大書道光二十二年七月二十四日，即西曆一千八百四十二年八月二十九日，清英結南京條約，和議告成，便算完案。第一次國恥。但英艦尚未退去，兵弁多上岸遊覽，江南華麗，遠勝他省，青年婦女妝扮得百般妖豔，英兵不懂中國禁忌，就上前去握手相親，嚇得婦女們大叫救命，惱了許多男子漢，說他怎麼無禮，將英兵圍住，手打腳踢，著實的敲了一頓。這一場瞎鬧，幾乎又惹起大交涉來。英將要下令赴鬥，耆、牛、伊三人，亟遣黃藩司前去道歉。那英將不肯干休，定欲按問，沒奈何將鬧事的百姓拿了幾個，枷號示眾。不願作元緒公，恰要他吃獨桌。並出示曉諭軍民，只說：「外洋重女輕男，握手所以示敬，居民不要誤會，致啟嫌隙！」若比握手更親一層，便是相敬如賓了。眾百姓似信非信，因內外交相脅迫，只得忍氣吞聲罷了。

到八月終旬，英兵先得六百萬圓償金，方退出江寧，還屯舟山。長江一帶無英兵，唯舟山及鼓浪嶼，英兵尚不肯撤退，須俟償款交清，方行撤去。清廷無可奈何，只好一期一期的解他賠款。道光帝痛定思痛，想懲辦一二庸帥，遮蓋自己臉面。廷臣窺伺意旨，參本彈章，陸續投呈，於是道光帝連下諭旨。牛鑑革職逮問，命耆英代任江督，奕山、奕經、文蔚，亦仿牛鑑例逮治，余步雲正法。獨伊里布特沐重恩，升任欽差大臣，赴粵議互市章程，這是議和的功績，清廷原特別優待他的。

轉瞬間又是一年，春王正月，詔閩督怡良讞臺灣獄。革臺灣總兵達洪阿、兵備道姚瑩職，海內譁然。這件案情，也是從英兵入境而起。英艦入犯的時候，曾遣偏師窺臺灣，達洪阿、姚瑩督率參將邱鎮功，守禦雞籠口，見英艦駛入，開炮抵敵，轟退英兵。當下捷報到京，道光帝下旨嘉獎。嗣後英兵又窺大安港，達洪阿、姚瑩，預設埋伏，誘敵進口，英艦鼓輪直入，巧巧觸著暗礁，霎時間伏兵齊起，奮勇上船，擒住白人二十四名，黑人一百六十五名，炮二十門，及英兵所得浙軍器械，約數百件。捷報再上，道光帝親書硃諭，賞達洪阿太子少保銜，加姚瑩二品頂戴。達、姚二人，將英俘監住，請旨正法，有旨批准。達洪阿等也算謹慎，把黑人一百六十四名斬首，留白人不殺。到了江寧議和，兩國當交還俘虜，臺灣只交出白人。英使璞鼎查，尋了間隙，遍訴江、浙、閩粵諸大吏，略說：「臺中兩次俘獲，均係遭風難民。鎮臺達洪阿、道臺姚瑩，垂危邀功，請會奏懲處！」這位和事老耆英，連忙上奏，洋奴，洋奴！達洪阿聞這消息，也具奏宣告原委，最後的一篇奏牘，恰是自請開缺，候欽派大臣查辦。道光帝遂飭怡制臺渡臺訊究，一面將達、姚二人撤任。正是：

功罪不明先受譴，忠奸未辨已蒙冤。

畢竟怡制臺訊究後，達、姚二人得罪與否，請看下回分解。

中英開釁，為禁煙而起，屢戰屢敗，直至江寧受困，情見勢絀，不得已而乞和。種種條款，令人難堪，耆、牛、伊三大臣，唯唯諾諾，不敢少違。英人始願，且不及此，何其怯歟？顧後人以此為五口通商之始，目為耆、牛、伊罪案，吾謂通商尚不足病，重洋洞闢，萬國交通，中國寧能長此閉關乎？但戰事為禁煙而起，至和議成後，於禁煙二字，絕不提及，是真可怪。英人未嘗不允禁煙，我既事事如約，則禁煙二字，應不難乘此提議，數十百年之積毒，不至長遺，尚足為萬一之補救。乃議和諸臣，見不及此，清宣宗亦屢敗而懼，含糊了事。虎頭蛇尾，能毋為外人窺破耶？本回寫牛鑑，寫伊里布，寫耆英，暗中實寫宣宗。語重心長，隱含無數感慨。

怡制軍巧結臺灣獄　徐總督力捍廣州城

卻說閩浙總督怡良，本是達、姚二人的頂頭上司，只回軍務倥傯，朝廷許他專摺奏事，達、姚遂把始末戰事，直接政府，閩督中不過照例申詳，多未與議，因此怡良亦心存芥蒂。此次奉旨查辦，大權在手，樂得發些虎威，聊洩前恨。外不能禦侮，內卻偏要擺威，令人可惱！到了臺灣，騶從雜沓，儀仗森嚴，臺中百姓，聞得怡制臺為辦案而來，料與達鎮臺、姚道臺一方面，有些委屈，途中先攔輿鼓譟，爭說達、姚二官員的好處，制臺大人不必查究。達洪阿得了此信，連忙親往馳諭，百姓們才漸漸解散。

怡制臺一入行轅，門外又有一片鬧聲，經巡捕來報，外面的百姓，每人各執香一炷，闖入行轅來了。怡良問為何事，巡捕答稱，百姓口中無非為達鎮臺、姚道臺伸冤。此時達、姚二人見過怡制臺，已自回署，怡良忙著人傳見。不一時，達、姚俱到，百姓分開兩旁，讓兩人入轅。怡良此時，只得裝出謙恭模樣，起身相迎，與兩人行過了禮，隨說：「兩位統是好官，所以百姓這般愛戴。現仍勞兩位勸慰百姓，禁止喧鬧，兄弟自然與二位伸冤。」達、姚二人忙稟道：「大帥公事公辦，卑職等自知無狀，難道為了百姓，便失朝廷賞罰麼？」正答議間，外面的喧聲越加鬧熱。怡良忙道：「二位且出去勸解百姓，再好商量。」達、姚二人，只好奉命出來，婉言撫慰。眾百姓道：「制臺大人，既已到此，何不出來坐堂，小百姓等好親上呈訴。」達姚二人，乃再請怡制臺坐出堂去，曉諭百姓。怡良沒法，親自出堂，見外面有無數百姓，執著香，黑壓壓的跪了一地。前列的首頂呈詞，由巡捕攜去，呈與怡良。怡良大略一瞧，便道：「本憲此來，原是與達鎮、姚道伸冤，汝等百姓，好好靜候，千萬不要喧譁。」眾百姓尚是不信，又經達姚二人再三勸慰，百姓方才出去。

怡良又邀達、姚二人入內，便道：「二位的政聲，兄弟統已知悉，但上意恐有誤撫議，所以遣兄弟前來。」一面取出密旨，交與二人閱看，內有「此案如稍有隱飾，致朕賞罰不公，必誤撫局，將來朕別經察出，試問怡良當得何罪」等語。煬灶蔽聰，前後多自相矛盾。兩人閱過上諭，便道：「卑職等的隱情，已蒙大帥明察，甚是感德不忘，現只請大帥鈞示便了！」怡良道：「現在英人索交俘虜，臺中擒住的英人，已多半殺卻，哪裡還交付得出？兄弟前時曾有公文寄達兩位，叫兩位不要殺戮洋人，兩位竟將他殺死一大半，所以今日有這種交涉。」達洪阿道：「這是奉旨照辦，並非卑鎮敢違鈞命。」怡良道：「君要臣死，不得不死。專制時代的讕語。現在撫議已成，為了索交俘虜一事，弄得皇上為難，做臣子們也過意不去。為兩位計，只好自己請罪，供稱：『兩次洋船破損，一係遭風擊碎，一係被風擱沉，實無兵勇接仗等事。前次交出白人數十名，乃是臺中救起的難民，此外已盡逐波臣，無處尋覓。』照此說來，政府可以藉詞答覆，免得交涉棘手了。」計策恰好，只難為了達、姚。達洪阿不禁氣忿道：「據大帥鈞意，飭卑鎮等無故認罪，事到其間，卑鎮等也不妨曲認。但一經認實，豈非將前次奏報戰仗，反成謊語？欺君罔上，罪很重大，這卻怎麼處？」怡良道：「這倒不妨，兄弟當為二位轉圜。」遂提筆寫道：「此事在未經就撫以前，各視其力所能為。該鎮、道志切同仇，理直氣壯，即辦理過當，尚屬激於義憤。」寫到此處，又停了筆，指示兩人道：「照這般說，兩位便不致犯成大罪，就使稍受委屈，將來再由兄弟替你洗刷，仍好復原。這是為皇上解圍，外面不得不把二位加罪，暗中卻自有轉圜餘地。兄弟準作保人，請兩位放心！」如此做作，可謂苦心孤詣。達、姚二人，沒奈何照辦。

怡良就將寫好數語，委文牘員添了首尾，並附入達、姚供狀，馳驛奏聞。道光帝一併瞧閱，見怡良奏中，末數語，乃是：「一意鋪張，致為藉口指摘，咎有應得」三語。總不肯放過。遂密逮達、姚二人入都，交刑部會同軍機大臣審訊。隱瞞百姓，陽謝英人，苦極苦極！道光帝自己思想，無故將好人加罪，究竟過意不去，刑部等的定讞，也是不甚加重，遂由道光帝降旨道：

> 該革員等呈遞親供，朕詳加披閱，達洪阿等原奏，僅據各屬文武士民稟報，並未親自訪查，率行入奏，有應得之罪。姑念在臺有年，於該處南北兩路匪徒，疊次滋擾，均迅速蕆事，不煩內地兵丁，尚有微勞足錄。達洪阿、姚瑩，著加恩免其治罪！業已革職，應毋庸議！欽此。

臺灣的交涉，經這麼一辦，英人算無異言。這是怡制臺的功勞。奈自洋人得勢後，氣焰日盛一日，法、美各國，先時嘗願作調人，江寧和約，不得與聞，免不得從旁譏議；況且中國的敗象，已見一斑，自然乘勢染指。是時欽差大臣伊里布赴粵，與英使璞鼎查，開議通商章程，尚未告成，伊已病歿。清廷命兩江總督耆英，繼了後任，訂定通商章程十五條。自此英人知會各國，須就彼掛號，方可進出商船，輸納貨稅。法、美各商，以本國素未英屬，不肯仰英人鼻息，遂直接遣使至粵，請援例通商。耆英不能拒，奏請許法、美互市，朝旨批准，隨於道光二十四年，與美使柯身，協定中美商約三十四款，又與法使拉萼尼，協定中法商約三十五款，大旨仿照英例。唯約中有「利益均霑」四字，最關緊要。耆英莫名其妙，竟令他四字加入，添了後來無數糾葛，又上法、美的當。這且待後再詳。

只江寧條約，五口通商，廣州是排在第一個口岸，英人欲援約入城，粵民不肯，合詞請耆英申禁。耆英不肯，眾百姓遂創辦團練，按戶抽丁，除老弱殘廢，及單丁不計外，每戶三丁抽一，百人為一甲，八甲為一總，八總為一社，八社為一大總，懸燈設旗，自行抵制英人，不受官廳約束。會英使璞鼎查，自香港回國，英政府命達維斯接辦各事。達維斯到粵，請入見耆英。耆英曉得百姓厲害，即遣廣州知府劉潯先赴英艦，要他略緩數日，等待曉諭居民，方可入城相見。

知照後打道回衙，適有一鄉民挑了油擔，在市中賣油，衝了劉本府馬頭，被衙役拿住，不由分說，撳倒地上，剝了下衣，露出黑臀，接連敲了數十百板。市民頓時嘩鬧，統說官府去迎洋鬼子入城，我們百姓的產業，將來要讓與洋人，應該打死。這句話，一傳兩，兩傳十，惱得眾人性起，趁勢嘯聚，跟了劉本府，噪入署中。劉本府下了輿，想去勸慰百姓，百姓都是惡狠狠一副面孔，張開臂膀，恨不得奉敬千拳。嚇得劉本府轉身就逃，躲入內宅。百姓追了進去，署中衙役，哪裡阻攔得住？此時闖入內宅的人，差不多有四五千。幸虧劉本府手長腳快，扒過後牆，逃出性命，剩得太太、姨太太、小姐、少奶奶等，慌做一團，殺雞似的亂抖。百姓也不去理他，只將他箱籠敲開，搬出朝衣朝冠等件，擺列堂上。內中有一個赳赳武夫，指手畫腳的說道：「強盜知府，已經投了洋人，還要這朝衣、朝冠何用？我們不如燒掉了他，叫他好做洋裝服色哩！」眾人齊聲贊成。當下七手八腳，將朝衣、朝冠等，移到堂下，簡直一把火，燒得都變黑灰。倒是爽快，但也未免野蠻。又四處搜尋劉本府，毫無蹤跡。只得罷手，一排一排的出署。

到了署外，督撫已遣衙役張貼告示，叫百姓亟速解散，如違重究。眾百姓道：「官府貼告示，難道我們不好貼告示麼？」當由唸過書的人，寫了幾行似通非通的文字，貼在告示旁邊，略說：「某日要焚劫十三洋行，官府不得干預，如違重究！」趣極。這信傳到達維斯耳內，也不敢入城，退到香港去了。百姓越發高興，常在城外尋覓洋人，洋人登岸，不是著打，就是被逐。英使憤甚，迭貽書耆英，責他背約。耆英辯無可辯，不得已招請紳士，求他約束百姓，休抗外人。紳士多說眾怒難犯，有幾個且說：「百姓多願從戎，不願從撫，若將軍督撫下令殺敵，某雖不武，倒也願效前驅。」耆英聽了，越加懊恨，當即掇茶謝客。返入內宅，眉頭一皺，計上心來，展毫磨墨，拂箋寫信，下筆數行，折成方勝，用官封黏固，差了一個得力家人，付了這信，並發給路費，叫他星夜進京，到穆相府內投遞。家人去訖，過了月餘，回報穆相已經應允，將來總有好音。耆英心中甚喜，只英使屢促遵約，耆英又想了一個救急的法兒，答覆英使，限期二年如約。於是耆英又安安穩穩的過了一年。

道光二十七年春月，特召耆英入京，另授徐廣縉為兩廣總督，葉名琛為廣東巡撫。這旨一下，耆英額手稱慶，暗中深感穆相的大德，前信中所託之事，讀此方知。日日盼望徐、葉二人到來。等了數月，徐、葉已到，耆英接見，忙把公事交卸，匆匆的回京去了。

光陰如箭，倏忽間又是一年。英政府改任文翰為香港總督，申請二年入城的契約，舊事重提，新官不答。廣東紳士已聞知消息，忙入督署求見，由徐廣縉延入。紳士便開口道：「英人要求無厭，我粵萬不能事事允行。粵民憾英已久，大公祖投袂一舍，負杖入保的人，立刻趨集，何慮不勝？」廣縉道：「諸君既同心禦侮，正是粵省之福，兄弟自然要借重大力。」

紳士辭去，忽由英使遞來照會，說要入城與總督議事。廣縉忙即照復，請他不必入城，若要會議，本督當親至虎門，上船相見。過了兩日，廣縉召集吏役，排好儀仗，出城至虎門口外，會晤英使文翰。相見之下，文翰無非要求入城通商，廣縉婉言謝卻。當即回入城中，與巡撫葉名琛，商議戰守事宜。名琛是個信仙好佛的人，一切事情，多不注意；況有總督在上，戰守的大計劃，應由總督作主。此時廣縉如何說，名琛即如何答。城中紳士，又都來探問，爭說：「義勇可立集十萬，若要開仗，都能效力，現正佇候鈞命！」廣縉道：「英人志期入城，我若執意不許，他必挾兵相迫，我當預先籌備。等他發作，然後應敵，那時便彼曲我直了。」紳士連聲稱妙。

不想隔了一宿，英船已闖入省河，連檣相接，輪煙蔽天，闔城人民，統要出去堵截。廣縉道：「且慢！待我先去勸導，叫他退去。他若不退，興兵未遲。」隨即出城，單舸往諭。文翰見廣縉隻身前來，想劫住了他，以便要求入城。兩下方各執一詞，忽聞兩邊岸上，呼聲動地，遂往艙外一望，幾乎嚇倒。原來城內義勇統已出來，站立兩岸，好像攢蟻一般，槍械森列，旗幟鮮明，眼睜睜的望著英船，口內不住的喝逐洋人。文翰一想，眾寡情形，迥不相同，萬一決裂，恐各船盡成齏粉，於是換了一副面龐，對著徐制臺虛心下氣，情願罷兵修好，不復言入城事。中國百姓，能時時如此，何患洋人？廣縉亦溫言撫慰。勸他休犯眾怒，方好在廣州海口開艙互市。文翰應允，就送廣縉回船，下令將英船一律退去。

廣縉遂與名琛合奏，道光帝覽奏大悅，即手諭道：

洋務之興，將十年矣。沿海擾累，糜餉勞師。近年雖累臻靜謐，而馭之之法，剛柔不得其平，流弊以漸而出。朕深恐沿海居民蹂躪，故一切隱忍待之，蓋小屈必有大伸，理固然也。昨因英使復申粵東入城之請，督臣徐廣縉等，迭次奏報，辦理悉合機宜。本日又由驛馳奏，該處商民，深明大義，捐資禦侮，紳士實力匡勷。入城之議已寢。該英人照舊通商，中外綏靖，不折一兵，不發一矢，該督撫安內撫外，處處皆抉摘根源，令外人馴服，無絲毫勉強，可以歷久相安。朕嘉悅之忱，難以盡述，允宜懋賞以獎殊勳。徐廣縉著加恩賞給子爵，准其世襲，並賞戴雙眼花翎。葉名琛著加恩賞給男爵，准其世襲，並賞戴花翎以昭優眷。發去花翎二枝，著即分別只領！穆特恩、烏蘭泰等，合力同心，各盡厥職，均著加恩照軍功例，交部從優議敘。候補道許祥光、候補郎中伍崇曜，著加恩以道員儘先選用；並賞給三品頂戴。至我粵東百姓，素稱驍勇，乃近年深明大義，有勇知方，固由化導之神，亦其天性之厚；難得十萬之眾，利不奪而勢不移。朕念其翊戴之功，能無惻然有動於中乎？著徐廣縉、葉名琛宣布朕言，俾家喻戶曉，益勵急公親上之心，共享樂業安居之福。其應如何獎勵，及給予扁額之處，著該督撫獎其勞勩，錫以光榮，毋稍屯恩膏以慰朕意。餘均著照所議辦理！欽此。

這道上諭，已是道光二十九年四月內的事情。道光帝以英人就範，從此可以無患，所以有小屈大伸的諭旨。誰知英人死不肯放，今年不能如願，待到明年；明年又不能如願，待到後年；總要達到目的，方肯罷手。外人的長處，便在於此。這且慢表。且說道光帝即位以來，克勤克儉，頗思振刷精神，及身致治，無如國家多難，將相乏材，內滿外漢的意見，橫著胸中，因此中英開釁，林則徐、鄧廷楨、楊芳等幾個能員不加信任，或反貶黜。琦善、奕山、奕經、文蔚、耆英、伊里布等，庸弱昏昧，反將更迭任用。琦善、奕山、奕經、文蔚四人，雖因措置乖方，革職逮問，嗣後又復起用。御史陳慶鏞，直言抗奏，竟說是刑賞失措，未足服民。道光帝也嘉他敢言，復奪琦善等職。怎奈貴人善忘，不到二年，又賞奕經二等侍衛，授為葉爾羌參贊大臣，奕山二等侍衛，授為和闐辦事大臣，琦善二等侍衛，授為駐藏大臣，後竟升琦善四川總督，並授協辦大學士，奕山也調擢伊犁將軍。林、鄧二人，未始不蒙恩起復，林督雲貴，鄧撫陝西，然後究賢愚雜出，邪正混淆，又有權相穆彰阿，彷彿乾隆年間的和珅，妒功忌能，貪贓聚斂，弄得外侮內訌，相逼而來。道光帝未免悒悒。俗語說得好：「憂勞足以致疾。」道光帝已年近古稀，到此安能不病？天下事往往禍不單行，皇太后竟一病長逝，道光帝素性純孝，悲傷過度。皇四子福晉薩克達氏，又復病歿。種種不如意事，叢集皇家，道光帝痛上加痛，憂上加憂，遂也病上加病了。總括一段，正是：

天有不測風雲，人有旦夕禍福。

究竟道光帝的病體，能否痊癒，待至下回續敘。

道光晚年，為民氣勃發之時。臺灣讞案，達洪阿、姚瑩，幾含不白之冤，閩督怡良，又思藉端報復，微臺民之合詞訴枉，達、姚必遭冤戮。雖復奏案情，仍有「一意鋪張，致遭指摘」等語，然上文恰諭其志切同仇，激於義憤，於譴責之中，曲寓保全之意，皆臺民一爭之效也。至若廣州通商，為江寧條約所特許，英人入城，粵民拒之，以約文言，似為彼直我曲之舉，然通商以海口為限，並非兼及城中，立約諸臣，當時不為指出界限，含糊其詞日廣州，固有應得之咎，而於粵民無與。者英誘約而去，徐廣縉銜命而來，微粵民之同心禦侮，廣縉且被劫盟，以此知吾國民氣，非真不可用也。但無教育以繼其後，則民氣只可暫用，而不可常用。本回於臺、粵民氣，寫得十分充足，實為後文反擊張本。滿必招損，驕且致敗，作者已寓有微詞矣。

清文宗嗣統除奸　洪秀全糾眾發難

卻說道光帝身體違和，起初尚勉強支持，日間臨朝辦事，夜間居圓明園慎德堂苫次。孝思維則。延至三十年正月，病勢加重，自知不起，乃召宗人府宗令載銓，御前大臣載垣、端華、僧格林沁，軍機大臣穆彰阿、賽尚阿、何汝霖、陳孚恩、季芝昌，內務府大臣文慶，入圓明園苫次，諭令諸大員到正大光明殿額後，取下祕匣，宣示御書，乃是「皇四子奕」五字，遂立皇四子奕為太子。道光帝時已彌留，遂下顧命道：「爾王大臣等，多年效力，何待朕言。此後夾輔嗣君，總須注重國計民生，他非所計。」諸臣唯唯聽命。一息殘喘，延到日中，竟爾殯天去了。皇四子遂率內外族戚及文武官員，哭臨視殮，奉安入宮，不煩細敘。

這皇四子奕，本是孝全皇后所出，前文已經敘過。道光帝早欲立為皇儲，嗣後又鍾愛皇六子奕訢，漸改初意，不過孝全崩逝，疑案未明，道光帝始終悲悼，倘若不把皇四子立為太子，總有些過意不去，因此逡巡未決。是時濱州人侍讀學士杜受田，在上書房行走，授皇子讀書，他與皇四子感情最深，滿擬皇四子入承宗社，將來穩穩是個傳相。旋因道光帝意有別屬，未免替皇四子捏一把汗。一日，皇四子到上書房請假，適值左右無人，只一位杜老先生，兀坐齋中，皇四子便向他長揖，並說請假一日。杜老先生問他何事，皇四子答稱奉父皇命，赴南苑校獵。杜老先生便走至皇四子前，與他耳語道：「四阿哥至圍場中，但坐觀他人馳射，萬勿可發一槍一矢；並當約束從人，不得捕一生物。」皇四子道：「照這麼說，如何覆命？」杜老先生道：「覆命時，四阿哥須如此如此，定能上邀聖眷。這是一生榮枯關頭，須要切記！」筆下半現半隱，令人耐讀。皇四子答應而去。行到圍場，諸皇子興高采烈，爭先馳逐，獨他一人呆呆坐著，諸從人亦垂手侍立。諸皇子各來問道：「今日校獵，阿哥為什麼不出手？」皇四子只說是身子未快，所以不敢馳逐。獵了一日，各回宮覆命，諸皇子統有所得，皇六子奕訢獵得禽獸比別人更多，入報時，尚露出一種得意模樣。偏偏皇四子兩手空空，沒有一物。道光帝不禁怒道：「你去馳獵一鎮日，為何一物沒有？」皇四子從容稟道：「子臣雖是不肖，若馳獵一日，當不至一物沒有。但時當春和，鳥獸方在孕育，子臣不忍傷害生命，致干天和；且很不願就一日弓馬，與諸弟爭勝。」道光帝聽到此語，不覺轉怒為喜道：「好！好！看汝不出有這麼大度，將來可以君人。我方放心得下哩。」於是遂密書皇四子名，緘藏金匣。

道光帝崩，皇四子為皇太子，即皇帝位，以明年為咸豐元年，是謂文宗。即位後，尊謚道光帝為「宣宗成皇帝」。又因生母孝全皇后早已崩逝，咸豐帝素受靜皇貴妃撫養，至此尊為康慈皇貴太妃，奉居壽康宮；後尊為太后，奉居綺春園，就是宣宗頤養太后的住所。以七阿哥奕譞生母琳貴妃，溫良賢淑，亦尊為琳貴太妃，奉居壽安居西所，統特別敬禮，一體孝養。隨封弟奕誴為惇親王，奕訢為恭親王，奕譞為醇郡王，奕詥為鐘郡王，奕譓為孚郡王；且追念杜師傅的擁戴大功，立擢為協辦大學士。知恩報恩，確不愧君人之度。杜師傅更力圖報稱，所有政務，時常造膝密陳，因此求賢旌直的詔旨，連篇迭下。起擢故雲貴總督林則徐、漕督周天爵、總兵達洪阿、道員姚瑩等，多是杜協揆暗中保薦，中外翕然稱頌。還有一種最得人心的上諭，由小子錄述如下：

任賢去邪，誠人君之首務。去邪不斷，則任賢不專。方今天下因循廢墜，可謂極矣。吏治日壞，人心日澆，是朕之過。然獻替可否，匡朕不逮，則二三大臣之職也。

穆彰阿身任大學士，受累朝知遇之恩，不思其難其慎，同德同心，乃保位貪榮，妨賢病國；小忠小信，陰柔以濟奸回，偽學偽才，揣摩以逢主意。從前戎務之興，穆彰阿傾排異己，深堪痛恨。如達洪阿、姚瑩之盡忠宣力，有礙於己，必欲陷之。耆英之無恥喪良，同惡相濟，盡力全之。似此之固寵竊權者，不可列舉。我皇考大公至正，唯知以誠心待人，穆彰阿得以肆行無忌，若使聖明早燭其奸，則必立寘重典，斷不姑容。穆彰阿恃恩益縱，始終不悛，自本年正月，朕親政之初，遇事模稜，緘口不言。迨數月後，則漸施其伎倆，如英船至天津，伊猶欲引耆英為腹心，以遂其謀，欲使天下群黎，復遭塗炭。其心陰險，實不可問。潘世恩等保林則徐，伊屢言林則徐柔弱病軀，不堪錄用；及朕派林則徐馳往粵西，剿辦土匪，穆彰阿又屢言林則徐未知能去否。偽言熒惑，使朕不知外事，其罪即在於此。

至若耆英之自外生成，畏葸無能，殊堪詫異。伊前在廣東時，唯抑民以媚外，罔顧國家。如進城之說，非明驗乎？上乖天道，下逆人情，幾至變生不測。賴我皇考洞悉其偽，速令來京，然不即予罷斥，亦必有待也。今年耆英於召對時，數言及如何可畏，如何必應事周旋，欺朕不知其奸，欲常保祿位，是其喪盡天良，愈辯愈彰，直同狂吠，尤不足惜。

穆彰阿暗而難知，耆英顯而易著，然貽害國家，厥罪維鈞。若不立申國法，何以肅綱紀而正人心？又何以使朕不負皇考付託之重歟？第念穆彰阿係三朝舊臣，若一旦竟寘之重法，朕心實有不忍，著從寬革職，永不敘用。耆英雖無能已極，然究屬迫於時勢，亦著從寬降為五品頂戴，以六部員外郎候補。至伊二人行私罔上，乃天下所共見者，朕不為已甚，姑不深問。

辦理此事，朕熟思審度，計之久矣，實不得已之苦衷，爾諸臣其共諒之！嗣後京外大小文武各官，務當激發天良，公忠體國，俾平素因循取巧之積習，一旦悚然改悔，毋畏難，毋苟安，凡有益於國計民生諸大端者，直陳勿隱，毋得仍顧師生之誼，援引之恩，守正不阿，靖共爾位，朕實有厚望焉。布告中外，咸使知朕意，欽此。

原來咸豐帝即位時，天津口外突來英船兩艘，只說是赴京弔喪。直隸總督據事奏聞，咸豐帝召問穆彰阿及耆英兩人，統答稱英人請助執紼，無非為修好誠意，不如命他入京。獨咸豐帝心中不以為然，隨命直隸總督婉言謝卻。英船亦起椗退去。於是咸豐帝因英人恭順，回憶前次海疆肇釁，實由議撫諸臣，未戰先怯，釀成種種失敗的結果，遂追論前罪，將穆、耆二人分別譴責。穆、耆二人，罪無可逭，但為英人弔喪起見，亦未免近於周內，兩國通好，弔賀固宜，乃以卻之使去，即目為恭順，因追論疆事失敗之罪，揆情度理，殊嫌失當。穆、耆二人雖因新主當陽未免有些寒心，然一年還沒有過得，就使上頭變臉，也不至這般迅速。誰料迅雷不及掩耳，革職奪級的上諭陡然下來，穆彰阿欲想挽回，已經沒法，只得除下了紅寶石頂子，脫下了一品仙鶴補服，沒情沒緒的領了一班妻妾子婦，回入自己的旗籍去了。還算運氣。耆英做過大學士，一落千丈，降到五品頂戴，自想也沒有臉面在朝打諢，也謝職而去。這且不必細表。

但咸豐帝諭旨中，有派林則徐馳赴粵西、剿辦土匪等語，小子敘到這事，竟要大大的費一番筆墨了。先是道光二十八年，兩廣歲饑，盜賊蠭起，廣西的東南一帶，做了強盜窠，變成一個強梁世界。慶遠府有張家福、鍾亞春，柳州府有陳亞葵、陳東興，潯州府有謝江殿，象州有區振祖，武宣縣有劉官生、梁亞九，統是著名的盜魁，四處劫掠，橫行鄉里。巡撫鄭祖琛年老多病，很是怕事，偏偏這強盜東馳西突，沒有一日安靜，百姓苦得了不得，到各處地方官稟報。地方官差了幾個衙役，下鄉查緝，捕風捉影，簡直是一個沒有拿到。還有一班猾吏，與強盜多是同黨，外面似奉命緝盜，暗裡實坐地分贓，百姓越加焦急，又推了就地紳士，向撫院呈訴。這位吃飯不管事的老撫臺，見了數起呈文，都是詳報盜案，免不得叫出幾位老夫子，令他寫好了幾角公文，飭府州縣嚴行捕盜。公文發出，鄭老撫臺又退入內室，吃著睡著，享那自在的閒福。這班府州縣各官，早知鄭撫臺沒甚嚴峻，也學那鄭撫臺模樣，糊糊塗塗的過去，憑他什麼申飭，仍舊毫不在意。百姓沒法，不得已自辦團練，守望相助。從此百姓自百姓，官吏自官吏，官吏不去過問百姓，百姓也不去倚靠官吏。自鄭老撫臺以下各官，樂得在署中安享榮華，擁著嬌妻美妾，吸盡民膏民脂。不意桂平縣金田村中，起了一個天空霹靂，直把那四萬萬方里的中國，震得蕩搖不定，鬧到十五六年，方才平靖，這也是清朝的大關煞，中國的大劫數。敘入洪楊亂事，應具這副如椽大筆。

金田村內，有個大首領，姓洪名秀全，本係廣東花縣人氏，生於嘉慶十七年。早喪父母，年七歲，到鄉塾中讀書，唸了幾本四書五經，學了幾句八股試帖，想去取些科名，做個舉人進士，便也滿願，怎奈應試數場，被斥數場。文字無靈，主司白眼。他家中本沒有什麼遺產，為了讀書赴考，更弄得兩手空空，沒奈何想出救急的法子，賣卜為生，往來兩粵。把洪氏歷史，敘得特別明白，就可定實洪氏一生行誼。忽聞有位朱九濤先生，創設上帝教，勸人行道，自言平日嘗鑄鐵香爐，鑄成後就可駕爐航海。秀全疑信參半，就邀了同邑人馮雲山，去訪九濤。見面勝於聞名，便拜九濤為師，誠心皈依。九濤旋死，秀全繼承師說，仍舊布教。適值五口通商，西人陸續來華，盛傳基督教義，基督教推耶穌為教主，也尊崇上帝，有什麼《馬太福音》及《耶穌救世記》等書。秀全購了一二部，暇時瞧閱，與自己所傳的教旨，有些相像，他就把西教中要義，採了數條，羼入己意，匯成一本不倫不類的經文。謬稱上帝好生，在一千八百年前，見世人所為不善，因降生了耶穌，傳教救世。現在人心又復澆薄，往往作惡多端，上帝又降生了我，入世救人。上帝名叫耶和華，就是天父，耶穌乃上帝長子，就是天兄。這派說話，已是戛戛獨造了。

後來與雲山赴廣西，居桂平、武宣二縣間的鵬化山中，借教惑民，結會設社，會名叫做三點會（取洪字偏旁三點水的意義）。桂平人楊秀清、韋昌輝，貴縣人石達開、秦日綱，武宣人蕭朝貴，爭相依附。秀全與蕭朝貴，最稱莫逆，就把妹子許嫁了他。洪妹名叫宣嬌，倒有三分色藝，朝貴很是畏服；為此一段姻緣，越發鞠躬盡瘁，幫助秀全。秀全得親這幾個黨羽，遂差他分投各邑，輾轉招集，運動了桂平富翁曾玉珩，入會輸資，信教受業。秀全趁這機會，開起教堂，更立會章，不論男女，皆可入會傳教，更不論尊卑老幼，凡是男人，統稱兄弟，凡是婦女，統稱姊妹。每人須納香鐙銀五兩，作為會費。這樁是第一要緊。起初被誘的人，尚是寥寥，秀全與馮雲山、蕭朝貴等，密議了一個計策，裝成假死。外面不知是假，聽說洪先生已死，都來弔唁。蕭朝貴因是妹婿，做了喪主，受吊開喪。秀全便直挺挺的仰臥在靈床上，但見靈幃以外，有幾個上來拜奠，有幾個焚化紙錢，有幾個會中婦女，還對著靈幃，嬌滴滴的發作哀聲，你也哭聲洪哥哥，我也哭聲洪哥哥，這位洪哥哥，聽到此處，暗中笑個不了，勉強忍住了數日。倒也虧他。日間裝作死屍模樣，夜間與幾個知己，仍是飲酒談心。過了七天，突把靈幃撤去，靈床抬出外面焚掉。當下驚動無數鄉民，都來探問。蕭朝貴答稱洪先生復生，因此人人傳為異事。

洪先生復遍發傳單，說要講述死時情狀，叫鄉民都來觀聽。看官！你道這等愚夫愚婦，能夠不墮他術中麼？當下就在堂中設起講壇，擺列桌椅，專等鄉民聽講。到開講這一日，遠近趨集，齊入教堂，比看戲還要鬧熱。只見上面坐著一位道冠道服，氣宇軒昂，口中叨叨說法，這個不是別人，就是已死復生的洪秀全。但聽秀全說道：「我死了七日，走遍三十三天，閱了好幾部天書，遇了無數天神、天將，並朝見天父，拜會天兄，真是忙得了不得。世間一年，天上只有一日，列位試想這七日內，天上能有多少時候？我見天上的仙闕瓊宮，正是羨煞，巴不得在天父殿下，充個小差使，做個逍遙自在的仙人。怎奈天父說我塵限未滿，仍要回到凡間，勸化全國人民，救出全國災厄，方准超凡歸仙。餘外還有無數訓辭，都是未來的世事。天機不可洩漏，我所以不便詳告。最要緊的數句，不能不與列位說明：『清朝氣數將盡，人畜都要滅絕，只有敬拜天父，尊信天兄，方可免災度厄。』我前時設會傳教，還是憑著理想，今到天上見過天父天兄，才信得真有此事。列位如願入會懺悔，定能趨吉避凶，我可與列位做個保人，不要錯過機會。」說到此處，即由馮雲山、蕭朝貴等，取出一本名簿，走到壇下，朗聲呼道：「列位如願入會，趕緊前來報名。」於是聽講的人，統願報名入會，只愁會費沒有帶來，與馮、蕭諸人商量暫欠。馮雲山道：「暫欠數日不妨，但已經報過了名，會費總當繳納，限期七日一律繳清，如或延宕，要把姓名除沒，將來災難萬不能逃呢。」那班愚民齊聲答應，一一報名，登入會簿，隨退出堂外。有錢的即刻去繳，沒有錢的就典衣鬻物，湊足五兩數目，趕至堂內繳訖。愚民可憐。

秀全開講數日，入會的人，累千盈萬。黨徒也多了，銀子也夠了，留住廣西，秀全遂蓄著異謀，想乘機發難，遂令馮雲山募集同志，自己返到廣東，招徠幾個故鄉朋友，共圖起事。秀全已去，雲山且招兵買馬，日夕籌備，漸被地方官吏察覺，出其不意，將雲山拿去。雲山入獄，富翁曾玉珩等費了無數銀錢，上下納賄，減輕罪名，遞解回籍。此時秀全已招了好幾個朋友，方想再赴廣西，巧遇雲山回來，仍好同行。轉入廣西省平南縣，遇著土豪胡以晃，意氣相投，又聯作臂助，各人在以晃家一住數日。楊秀清、韋昌輝、石達開、秦日綱諸人，聚居金田村，日俟秀全到來，望眼將穿。旋探得秀全寄居在以晃家內，忙率眾迎至金田。秀全見金田寨內多了幾個新來的豪客，互通姓名，一個係貴縣人林鳳祥，一個係揭陽縣人羅大綱，一個係衡山縣人洪大全，談吐風流，性情豪爽，喜得洪秀全心花怒開，傾肝披膽地講了一會，當下殺牛宰豕，歃血結盟，誓做異姓弟兄，大有桃園結義、梁山泊拜盟的氣象。當下第一把椅子，就推了洪秀全，第二把椅子，推了楊秀清。洪、楊慨然不辭，竟自承諾，隨令眾人蓄髮易服，託詞興漢滅胡，竟就金田村內，豎起大元帥洪的旗幟來了。小子記得石達開有一詩云：

大盜亦有道，詩書所不屑。
黃金似糞土，肝膽硬如鐵。
策馬度懸崖，彎弓射胡月。
人頭作酒杯，飲盡仇讎血。

這一首詩中，已寫盡這班人物粗莽豪雄的狀態。但推那洪秀全作為首領，也未免擇錯主子，小子不欲細評，且至下回敘述洪楊起事的戰史。

高宗用一和珅，釀成川、楚、陝之亂凡九年。清宣宗用一穆彰阿，釀成洪楊之亂凡十五年。養奸之禍，若是其甚歟！曰：一奸人進，群奸亦連類而升，內而公卿庶尹百執事，外而督撫道府州縣，皆奸黨也。無在非奸黨，即無在非亂源，掊克聚斂，激成民怨，伏處草澤者，乘間而起，天下無寧日矣。迨至奸謀敗露，菑害已至，雖誅奪元凶，亦覺其晚。齊王氏一婦人耳，猶能擾攘四五省，洪秀全傳會西教，詐死惑民，一發而不可收拾。非跳梁者之果有異能，殆權奸當道，小民鋌走之所由致也。本回可與五十一回參看，而用筆則詳略褒貶，具見苦心。

欽使迭亡太平建國　悍徒狡脫都統喪軀

卻說洪秀全、楊秀清等，蟠踞了金田村，氣焰日盛，桂平知縣差了幾十皂班快班，前往緝捕，不是被殺，就是被逐；而且風聲日緊，有戕官據城的謠傳。桂平縣官，連忙申詳府道，府道又申詳巡撫。鄭撫臺祖琛，杜門不出，方喜盜案漸稀，清閒度日，忽接桂平警報，內說洪楊蓄謀不軌，與尋常盜賊不同，他不禁憂慮起來，搔頭挖耳地思想。想了半日，尚無妙策，就邀了幾位幕賓，同議剿匪事宜。三個臭皮匠，比個諸葛亮，竟想出一個奏報北京迅派大員的計策。當由幕友修好奏摺，即日拜發。咸豐帝覽奏之下，便召杜協揆受田入議，受田力保故雲貴總督林則徐，及故提督向榮。於是朝旨特下，派林則徐為欽差大臣，向榮為廣西提督，迅赴粵西剿辦；一面令鄭祖琛出省督師。鄭撫臺接到此旨，一喜一懼：喜的是有人接替，可以少卸肩子；懼的是欽使未到，仍要出省剿匪。左思右想，無可奈何，只得帶了綠營兵數千，出了省城，慢慢地南下，行至平樂府，竟就此屯駐了。原來平樂府西南，就是潯州府，桂平是潯州首縣，鄭老撫臺明哲保身，暗想平樂府尚是安靖，若再南行，便要近著盜窠，倘或被圍，恐怕老命都要送脫；因此半途中止，裹足不前。這個妙策，想也是幕友教他。

會提督向榮馳到桂林，聞巡撫已出省督師，料想金田一面，由撫臺親自督剿，當不致蔓延四出，自己不如向柳州、慶遠一帶，先剿土匪，翦滅洪楊羽翼，然後夾攻金田，較易蕩平。主見一定，遂飭弁飛陳鄭撫臺。鄭撫臺不知可否，令他便宜行事。於是向榮遂出柳州、慶遠，轉入思恩、南寧，沿途殺逐無數盜賊，頗有摧枯拉朽的威勢。

怎奈鄭撫臺安駐平樂，洪、楊等也暫不出發，只是蓄糧備械，從容布置，方思剋日大舉，忽探得欽差大臣林則徐奉旨前來，秀全大驚道：「罷了罷了！林公一到，我輩休了。」石達開在旁道：「大哥何膽怯至此？難道不聞水來土掩，將到兵迎麼？」秀全道：「並非愚兄膽怯。這林公智勇雙全，英人尚敵他不過，何況我輩？」石達開道：「弟亦曉得林公厲害，但我軍餉械充足，總可支撐數月。倘果不能支撐，兄弟們尚可航海逃命，且待林公到來，再圖進止！」秀全聽說，略略放心，只差人窺探林欽差行程。

過了一二天，探報林欽差已到潮州普寧縣，廣西巡撫鄭祖琛革職遣戍，由林欽差兼任巡撫事。秀全愈加惶急，正躊躇間，見洪大全趨入，笑容滿面道：「大哥恭喜！林欽差死了。」秀全不覺躍起，便問道：「可真麼？」大全道：「自然真的。現聞滿清政府已命前兩江總督李星沅繼任欽差大臣，廣西藩司勞崇光，署理巡撫了。」秀全道：「這全仗上帝保佑，但不識李星沅是何等人物？」大全道：「想總不及林欽差能耐。鄙意不若乘他未到，趕速發兵。」秀全道：「很好很好。」忙召楊秀清等定議出發。石達開道：「若要出兵，預先做張檄文，宣告貪官汙吏的罪孽，才算得師出有名呢。」秀全道：「這須勞老弟大筆！」石達開道：「論起文字一道，還要讓大全兄。」秀全隨令大全草檄，不到一時，草成檄文道：

奉承天道弔民伐罪大元帥洪謹以大義布告天下：竊以朝有奸臣，甚於盜賊；署中酷吏，無異豺狼，利己殃民，剝閭閻以充囊槖，賣官鬻爵，進諂佞而抑賢才；以致上下交徵，生民塗炭。富貴者稔惡不究，貧窮者含憤莫伸，言者痛心，聞者裂眥。即以錢漕一事而論，近加數倍，三十年之稅，免而復徵，重財失信，挖肉敲脂，民財竭矣。劇盜四起，嗷鴻走鹿，置若罔聞，外敵交攻，割地賠錢，視為常事，民命窮矣。朝廷恆舞酣歌，諱亂世而作太平之宴，官吏殘良害善，掩毒焰而陳人壽之書，萑苻布滿江湖，荊棘遍叢道路，民也何罪？遭此鞠凶！我等志士仁人，傷心惻目，用是勸人為善。設教牖蒙，乃當道斥為莠民，誣為匪類，欲逞殘民之焰，遽操同室之戈。我等環顧同胞，義難袖手，因之鼓勵同志，出討鉅奸。凡我百姓兄弟，不必驚惶！商賈農工，各安生業！富者助餉，貧者效力，智者協謀，勇者仗義，共襄盛舉，再造昇平，則虎狼戢而天日清，蟊賊除而苗禾殖矣。倘有愚民助桀為虐，怙惡不悛，天兵所到，必予誅夷，凜之慎之！檄到如律令。

檄文一發，便制定旗幟，取炎漢以火德旺的意義，全用紅色，更令人人用紅布包頭，紮束妥當，各執軍械，排齊隊伍，從金田村出發，進屯大黃江，遂分攻桂平、武宣、貴縣、平南等縣，前鋒直到象州。清廷再授周天爵署廣西巡撫，加總督銜，迅赴廣西辦理軍務。既遣李星沅，復遣周天爵，初次著手，已嫌駢枝。覆命兩廣總督徐廣縉，派兵夾剿。廣縉遣副都統烏蘭泰，赴廣西佐理軍事，與向提督榮，分統二軍，進剿洪楊。又是歧出。

向榮兵至馬鹿嶺。馬鹿嶺在大黃江對面，由秀全遣兵堵守。向榮一鼓而上，驅散洪軍，追至武宣，又與洪軍酣戰。洪軍敗走，入紫荊山。此時烏蘭泰軍亦到，分頭攻截，又因李星沅已馳抵柳州，周天爵亦馳抵桂林，俱派兵協剿。無如李、周二人，意見未合，李星沅素重向榮名，所遣各軍，統令歸向榮節制。周天爵兼任督務，以權出向榮上，派遣將弁，暗中授意，令直接撫轅管轄，不受提轅干涉。烏蘭泰又為廣東總督所派遣，更與向榮各豎一幟，各分門戶。向榮迭遭牽掣，自然要向李欽使處嘵嘵申訴。李欽使飛諮周署撫，又遭周署撫辯駁，李欽使也未免憤激，疏請簡派統帥，一面進次武宣，憂心內焚，遂致病作。星沅係湖南湘陰人氏，秉性忠孝，疊任封疆大員，累建政績。道光帝晏駕，他自江南入京，哭臨盡禮。咸豐帝即位，召對大廷，語多稱旨，並因母老乞歸。咸豐帝鑑他誠摯，允他暫歸省親。適林則徐病歿普寧，乃復下旨令為欽差大臣。星沅入告母陳太夫人，即馳赴粵西，至是病日增劇，竟致不起。遺疏言：「賊不能平，不忠；養不能終，不孝；殮用常服，以彰臣咎。」咸豐帝見他遺疏，也不禁垂淚，推重李星沅，便陰貶周天爵。一面優旨嘉卹，賜予祭葬；一面令大學士賽尚阿率都統巴清德，副都統達洪阿督京師精兵四千人赴粵視師。周天爵聞星沅病故，遂劾奏向榮不遵節制。咸豐帝因星沅疏中有隱怨天爵等語，遂罷天爵督師，褫總督銜，改用鄒鳴鶴為廣西巡撫。

賽尚阿至軍，即飭各路進攻紫荊山。紫荊山前面叫做新墟，後面叫做雙髻山、豬仔峽，統是異常險隘。當下達洪阿攻西南，烏蘭泰攻西北，總兵李能臣經文岱攻東南，巴清德會集向榮軍，自紫荊山後路攻入，直登豬仔峽，據住要口。洪楊等拚命抵敵，究因要口已失，不能支持，遂率眾倒退。向榮等步步緊逼，進奪雙髻山要隘。洪軍乃棄了紫荊山，分水陸兩路，竄入永安州。賽尚阿即馳疏奏捷，得旨嘉獎。當時總道巢穴已破，可以指日肅清。不想永安失守的警信，又報入清營。原來永安本乏守備，洪楊等窺他空虛，竟率眾攻入守城，官吏早逃得不知去向。秀全既得了永安城，遂與會黨擬定國號，叫做太平天國。自稱天王，封楊秀清為東王，蕭朝貴為西王，馮雲山為南王，韋昌輝為北王，石達開為翼王，洪大全為天德王，秦日綱、胡以晃等四十餘，各稱丞相軍師，居然要與大清國抗衡了。純是皇帝思想，安知援救同胞？清軍因他蓄髮易服，稱為發逆；亦叫他作長毛賊。他卻呼清軍為妖。

賽尚阿聞洪楊已入永安，急移屯陽朔縣，督諸軍追剿。諸軍統領，總要算向榮、烏蘭泰最勇，追至永安城下，立營數十。向榮統北路，烏蘭泰統南路，旗幟鮮明，刀槍密布，險些兒要踏破城池。怎奈兩將素不相容，你要速，我要緩；你要合，我要分；一連數月不下。失機在此。烏蘭泰麾下，有故秀水知縣江忠源，素為知兵，至是往返調停，總未能解嫌釋怨。會都統巴清德病歿，兵士亦多觸暑瘴，銳氣漸衰。江忠源夜出巡邏，見永安城北角獨闕圍兵，忙入營稟烏蘭泰道：「現在長毛都聚集城內，全靠今日合圍，悉敵殲除，方免後患。卑職巡繞四周，見城北獨留出不圍，倘被他竄逸，將來四出為殃，大為可慮。」烏蘭泰道：「城北歸向軍門督攻，我卻不便干涉。」忠源道：「這事關係甚大，還請大人與向軍門熟商。」烏蘭泰默然不答。忠源道：「大人若不便與商，待卑職自去見向軍門，只請大人命下便是。」熱誠可敬。烏蘭泰道：「這卻不妨聽便。」忠源奉命，徑至向營求見，由向軍門召入，行過了禮，便獻上合圍的計議。向榮道：「古人說得好：『困獸猶鬥。』若將這城四面圍住，賊眾無路可走，定然誓死固守。現已攻了兩三個月，未能破入，兄弟所以撤去一隅，誘他出來，以便截擊。一則得城較易，二則亦不怕他遁去，豈非兩全之策麼？」忠源道：「大人明見，未始不能破賊，但我現有三萬多人，賊眾不過萬餘，我眾彼寡，盡可合圍。若恐血肉相搏，所失亦多，何不斷他樵採，絕他水道，使他自亂？不出十日，包可攻入了。」向榮仍是不依，忠源退出，自嘆道：「此計不用，我輩難逃大劫了。」遂回報烏蘭泰，歇了數天，託病自去。可惜！

洪秀全見城北無兵，便有意潰圍，自己帶領楊秀清、馮雲山、石達開出北門，令洪大全、秦日綱等出東門，蕭朝貴、韋昌輝等出南門，林鳳祥、羅大綱出西門，乘著黑夜，一聲吶喊，便向四門殺出。清軍雖也日夜防備，怎奈全城悍黨，猛撲出來，好像餓虎饑鷹一般，這邊圍住，那邊被他衝出，那邊圍住，這邊被他衝出。烏蘭泰適在東門，望見洪大全等出來，忙率兵抵敵，大全亦轉尋烏蘭泰角鬥，兩下酣戰，畢竟烏蘭泰勇力過人，奮戰數合，將洪大全活捉過去。秦日綱忙來搶救，已是不及，復惡狠狠地與烏蘭泰相撲。烏蘭泰麾軍四逼，把秦日綱困在垓心。日綱正在危急，巧逢蕭朝貴、韋昌輝兩路殺入，救出日綱，清總兵長瑞、長壽二人，忙去攔阻，怎禁得蕭韋一軍，大刀闊斧，逢人便砍，二總兵措手不及，都喪掉了性命。蕭朝貴、韋昌輝、秦日綱等，合眾東走，烏蘭泰尚不肯舍，只飭人押解洪大全入京，自率兵尾追而去。

是時北門無兵，由洪楊等拍馬驅出，行了一二里，突遇清兵攔住，為首大將，正是向榮。當下火光如炬，槍聲如雷，兩軍混戰多時，殺得地慘天愁，塵昏月暗。秀全部下統是異常精銳，憑你向軍門如何能耐，不過殺了一個平手。不防林鳳祥、羅大綱等，又從西邊殺到，秀全得了這軍，特別抖擻精神，與向軍死戰。向榮尚拚命攔截，誰知老天又偏偏下起雨來，弄得官兵拖水帶泥，有力難使。總兵董先甲、邵鶴齡又先後戰歿，眼見得這位洪天王要被他竄去了。向榮收兵入城，檢點隊伍，已傷亡不少，慨然道：「悔不聽江忠源計策，相持數月，只得了一座空城，目下賊眾北竄，定去窺伺省會，省會一失，廣西全省統難保了。」前策已失，此策亦只得了一半。隨即整頓兵隊，出了永安城，從間道馳赴桂林去訖。

這邊烏蘭泰尾敵東追，遙望蕭韋各軍，繞山北走，料知敵眾將犯省垣，遂命軍士竭力趕上，將到六塘墟，敵眾已不知去向，當下紮駐了營，令偵騎四探，回報賊兵已踞住墟中。烏蘭泰升帳，傳集將弁，便道：「本都統受國厚恩，願與賊同生死，現聞賊眾已踞六塘墟，想必是休養數日，出犯省城，不乘此奮力邀擊，省城定要遭殃。」說到此處，令部下取過一盂，突拔佩刀，向臂上刺入，頓時血灑盂中，復令攪入清水，陳於案上，向將弁道：「諸君如熱忱報國，請飲此血！」將弁等不敢違慢，便個個向前，各呷一口。飲畢，拔營北進，直指六塘墟，急如電掣，疾若星馳。勇有餘而智不足。行入墟口，夕陽已是西下，但見樹木叢雜，路徑紛歧。副將金玉貴上前稟請，擬就此暫駐，待明晨進兵。烏蘭泰道：「行軍全靠銳氣，若待至明日，氣便衰了。本都統定要今日殲賊，雖死不辭。」讖語。金玉貴不敢多言，即隨烏蘭泰前進。愈入愈險，愈險愈暗，一聲鼓響，長毛從暗中殺出。左有秦日綱，右有韋昌輝，烏蘭泰全然不懼，列炬開戰。你一刀，我一槍，爭個你死我活。相搏多時，韋、秦二人率眾退去，烏蘭泰仍驅軍窮追。直到將軍橋，日綱、昌輝逾橋過去，烏蘭泰亦怒馬當先，跑過了橋，官兵逐隊隨上，甫過一半，豁喇一聲，橋梁中斷，墜水的人不計其數。惱得烏蘭泰怒氣衝天，索性向前，不顧後面，忽見前面來了一大隊長毛，打著東王、南王旗號，讓過韋、秦，截住烏蘭泰。烏蘭泰不管死活，上前衝突。此時天尚未明，猛聽得一陣炮響，彈子如飛蝗般射來，烏蘭泰身先士卒，毫無遮護，身中竟著了三彈，跌下馬來。部將田學韜，疾忙趨救，巧巧一彈飛到面前，躲閃不及，正中腦袋，腦漿迸出，死於非命。烏蘭泰亦狂噴鮮血，大叫一聲而亡。

可為勇者鑑。霎時間烏軍前隊，統被長毛殺斃，只後隊還在橋南，由金玉貴帶著，正思渡水接應，見長毛兵已回殺前來，料知主將陷沒，忙令部兵整陣而退。自己獨怒目橫矛，立於橋側，大呼道：「長髮賊敢過來鬥三百合否？」長毛見他單騎直立，不覺驚異，便去稟報楊秀清。秀清拍馬趨出，在橋北遙望，見玉貴身穿白袍，威風凜凜，不由得暗暗驚嘆，隨道：「這位白袍將，好像唐朝薛仁貴，我等不要惹他，讓他去罷！」長毛思想，不過爾爾。當下麾兵退去。玉貴亦舒徐不迫，回呼部兵，改道趨桂林。

原來洪秀全出永安時，相約北趨，至此會合韋、秦各軍，得了勝仗，遂直犯桂林，進逼城下。抬頭一望，守城兵統已嚴列，防備得非常周到。秀全對眾人道：「這個鄒妖，倒很有點來歷。你看他防兵密布，好嚴肅得很哩。」話尚未畢，城上的槍炮已一齊射來，秀全轉身就走，退五里下寨。次日，復遣石達開、韋昌輝等，率眾進攻，又被守兵擊退。回報妖將向榮，亦在城中，秀全道：「怪不得！怪不得！我道鄒妖那有這般厲害！」又接連攻了數日，一些兒不得便宜，俄報東岸碟州又有妖兵來了，秀全忙令馮雲山前去迎敵。雲山去訖，達開獻計道：「廣西僻處偏隅，無足輕重，我軍不如悉銳北上，道出兩湖，據江為守，相機以爭中原，方為上策。」秀全鼓掌道：「好計，好計！」遂下令拔寨都起，東出碟州想策應馮雲山。忽接前哨來報，南王追妖兵至蓑衣渡，中炮身亡。秀全不聽猶可，聽了雲山死信，魂靈兒都飛入九霄雲外。接連又報天德王被解入京，慘遭極刑。秀全大叫道：「痛哉，痛哉！」一語出口，兩眼直視，竟向前撲倒。真耶假耶？正是：

揭竿才託中興號，聞耗先驚死黨亡。

洪秀全倒地後，若果身死，倒也風平浪靜了。

但秀全是個亂世魔王，人叫他死，天偏叫他不死，這正沒法，容小子下回接敘。

洪楊發難金田，尚是么魔小丑，林公不亡，洪、楊徒航海出走，與波臣為伍已耳。林公即亡，繼起者果同心協力，合圖撲滅，則聚而殲之，尚為易事。乃李、周相嫉，烏、向不睦，坐使入網之魚，終致漏網；陷阱之獸，又復脫阱。雖曰天數，寧非人事？本回敘洪、楊四出之原因，以見將帥不和之大弊。語曰：「和氣致祥，乖氣致戾。」觀此益信。

駱中丞固守長沙城　錢東平獻取江南策

卻說洪秀全暈厥過去，經眾人七手八腳，扶起灌救，半晌才漸漸醒來，不禁長嘆道：「出師未捷，先傷兩將，使我如失左右手，真是可痛可恨！」眾人極力解勸。秀全又問道：「哪個妖將，傷我兄弟雲山？」探弁答稱是「江忠源」。看官！你道這江忠源何故又來？他自託病告歸後，料得長毛必逸出永安，北犯桂林，桂林有失，必入湖南。湖南係忠源原籍，為保全桑梓起見，不得不募勇赴援。適有同里劉長佑與忠源意氣相投，忠源遂邀為臂助，招集鄉勇千人，出援桂林，甫到磔州，已被馮雲山截住。忠源佯退，誘雲山至蓑衣渡，數槍並發，將雲山擊死。秀全聞到江忠源姓名，還不曉得他的智略，便道：「什麼江妖，敢傷我南王？兄弟們替我前去，除滅江妖，報復大仇。」眾人齊聲得令，個個摩拳擦掌，向蓑衣渡殺去。

只見江軍紮在蓑衣渡對岸，部下甚是寥寥。秀全命部眾劫奪民船，渡將過去；才到中流，這船竟停住不動。對岸開了一炮，四面八方，小船齊集，統用火槍火箭，向長毛船上擲去。秀全仗著多人，冒火死鬥。不想南風陡起，火勢愈猛，一船被焚，那船又燃；要想回船逃生，恁你划槳搖櫓，總是窒礙難行。秀全不信，令死黨泅水窺探，回報：「船底統是大樹，七枒八杈，把船隻牽住，所以不便行動。」從悍黨口中述出，才識江忠源妙計。秀全急棄掉大船，改乘小船，駛到岸旁，登陸東竄。這一仗，燒死了許多長毛兵，乃是洪秀全出兵以來未曾受過的大虧。不過長毛可以隨處擄脅，沿途經過，村落為墟，戰敗時只剩殘兵疲卒，轉眼間又是士飽馬騰。行為如此，還稱他作義兵，誰其信之？

江忠源聞長毛東走，飛稟欽差大臣賽尚阿，出師攔截。這賽大臣的行蹤，小子久不提起，只好從此處補敘。原來賽大臣無他謀略，專工趨避，自長毛逸出永安後，他已從陽朔潛返桂林。嗣聞桂林又要被兵，復從桂州退至永州。永州係湖南門戶，此番長毛東走，正望永州出發，所以江忠源飛請出師。忠源著急萬分，那賽大臣卻雍容坐鎮，視作沒事模樣，因此洪秀全掠地攻城，勢如破竹。提督余萬清駐守道州，聞長毛將至，棄城遁去，秀全等從容入城。占踞月餘，復分兵破江華、永明、嘉禾、藍山等縣，轉入桂陽州郴州。

警報直達長沙。長沙是湖南省城，巡撫駱秉章，與秀全本是同鄉，幼時又與秀全同學，嘗在暑夜同浴魚池。秀全出了一課，要秉章屬對。秀全的出句是「夜浴魚池，搖動滿天星斗」，秉章的對句是「早登麟閣，挽回三代乾坤」。兩人志趣，少小時已見一斑。兩人各自驚嘆。此次成為仇敵，秀全未免畏懼三分，遂在郴州逗留不進。蕭朝貴上帳請道：「大哥何不去奪長沙？留在此地做什麼？」秀全道：「長沙有駱秉章守住，非可輕敵，只好慢慢進兵。」朝貴道：「一日過一日，等到妖兵四集，我們要坐困了，還是趕緊進兵為是。」秀全尚在遲疑，被朝貴催逼不過，只得移攻永興。永興城內的縣官，聞敵先潰，秀全復長驅直入。朝貴仍請進攻長沙，秀全道：「妹夫！你不要性急，駱秉章非同小可，不應冒昧進攻。」朝貴道：「大哥休張他人銳氣，滅自己威風！我兵從廣西到湖南，只蓑衣渡吃了場虧，此外戰無不勝，攻無不取，簡直是不曾費力。駱妖係湖南巡撫，湖南一省，統歸他管轄，為什麼不派重兵分守？據我看來，毫不中用。大哥怕他，朝貴卻不怕他呢。」言未畢，探馬來報，駱秉章已罷官了，現在繼任的巡撫，叫做張亮基。朝貴便起身道：「大哥所怕的駱妖，已經罷職，這是天意叫我去取長沙，小弟願去走一遭。」秀全道：「你既要去，須多帶人馬。」朝貴道：「不必，不必，小弟部下有銳卒千人，已經敷用，包管可得長沙。」秀全應允。朝貴入內，別了洪宣嬌，宣嬌囑他小心，朝貴道：「區區長沙城，有何難取？若不取得，誓不回軍。」隨與宣嬌作別，竟帶了千名死士，出永興城，向東北出發。

這蕭朝貴果然厲害，一經出兵，好似風馳雨驟的過去，破安仁縣，轉陷攸縣，及醴陵縣，進薄長沙城下。湖南新任巡撫張亮基，尚未到省，舊撫駱秉章，因總督程矞采出駐衡州，無從交卸，所以還在城中，突聞長毛已來攻城，忙率提督鮑起豹，登陴守禦，並飛檄各鎮入援。城內兵民，不道長毛來得這般迅速，統驚慌得了不得，幸虧駱秉章晝夜巡查，隨時撫慰，鮑起豹留心防堵，甚至向城隍廟中，舁出神像，置諸城樓，與他對坐，藉安民心。朝貴攻了數日，沒有效果，氣得暴跳如雷，喝令部兵猛撲。城上守兵，險些兒抵擋不住，忽見清總兵和春、常祿、李瑞、德亮等，率軍馳至，朝貴才停住勿攻，固壘自守。和春等見朝貴壁壘森嚴，軍械環列，倒也不敢惹他，只在城外紮駐了營，相持又數日。

會清廷因長毛圍急，賽尚阿、程矞采二人坐駐衡永，畏縮不前，嚴旨把他革職，調徐廣縉馳督兩湖，並促廣西提督向榮速援湖南。向榮嘗輕視賽尚阿，不願受他節制，所以桂林圍解，他便託病安居，不肯前敵，至賽已革職，方才啟行。向榮未抵長沙，江忠源已倍道馳至，兩人相較，優劣自見。遙望朝貴兵分據城外天心閣，立柵甚堅。忠源道：「閣上地勢甚高，賊眾據此，長沙危了。」急領兵爭奪天心閣，一場惡戰，方把朝貴兵殺退。朝貴憤極，仍督眾攻南門，手執令旗，當先躍登；不防城上飛下一彈，對準朝貴頭上，撲的一聲，把頭顱轟破，墜地而死。

死信傳至永興，秀全大吃一驚，與秀清道：「我說駱秉章有些才智，不可輕敵，偏這蕭妹夫硬要前去，被他擊斃，寧不痛心！」秀清未答，洪宣嬌已號哭入帳，問阿哥來討丈夫，弄得秀全無言可答。還是秀清從旁勸解，並許率眾復仇，宣嬌方肯止哭，於是率眾北行，飛撲長沙。宣嬌亦領了一班大腳婦女，自成一隊，跟隨軍後。其時張亮基及向榮，統到長沙城內，援軍大集，數近五萬。秀全屢攻無效，復廣募礦夫，屢鑿地道。地雷兩發，俱被向榮麾下鄧紹良、瞿騰龍等，搶險堵塞，反傷斃長毛數百名。秀全沒法，潛令解圍。宣嬌尚不肯從，秀全許他另置男妾，方隨同西去。

江忠源率兵馳逐，途遇秀全斷後軍，鏖戰被刺，傷髀墜馬，逃免回營。入城見新撫亮基，力陳河西一帶，兵備空虛，請調兵扼堵，亮基也依計調遣。奈河西諸將，都畏長毛聲勢，作壁上觀。秀全遂從容走寧鄉，破益陽，出湘陰，渡洞庭，直達岳州。岳州文武各官，自提督博勒恭武以下，統已逃去。秀全整隊而入，得了武庫一所，啟門細瞧，甲仗炮械，不計其數，乃是吳三桂遺物。秀全喜出望外，傳令進攻漢陽，先向江口劫奪商船五千餘艘，駕載部眾，舳艫蔽江，旌旗耀日，順流而下，直抵漢陽。知府董振鐸死守三日，救兵不至，城被陷，振鐸率家丁巷戰而死。知縣劉宏庚自縊。秀全轉向漢口焚掠五晝夜，百貨為空。

時值隆冬，江水已涸，中漲巨州，秀全令部眾連舟為梁，環貫鐵索，從漢陽接到武昌，環城設壘。巡撫常大淳，督兵數百拒守。向榮自湖南馳救，至洪山下寨。洪山在武昌城東，向榮因漢口已失，不欲並守孤城，所以在洪山立營，與城中遙為犄角。駐紮才定，楊秀清率眾夾攻，見向營堅壁勿動，幾回衝突，統被擊退。是夕月色無光，秀清總道向軍初到，不敢襲擊，便安心睡著。誰料到了夜半，寨外人馬喧天，鼓聲震地，秀清從夢中驚覺，忙起來抵敵，見向軍如潮湧入，一將躍馬入營，舞著大刀，左右亂砍，秀清不見猶可，見了這人，大喝道：「好個背義負盟的張嘉祥，來！來！來！我與你拚三百合罷。」隨拍馬向前，持刀力戰，約十數合，耳邊但聽得一片呼聲，都道：「快捉楊賊！」秀清心怯，轉身便逃。怎奈向軍緊追不捨，部眾已被他殺得七顛八倒，正在危急，幸石達開、林鳳祥前來救應，與向軍惡鬥一場，還殺不過向軍，又來了陳坤書、郜雲官等一枝新兵，方才戰退向軍。這番敗仗，長毛兵死了不少，被毀營壘十幾座，失去槍炮二千有餘。秀清咬牙切齒，恨煞張嘉祥，連石達開等亦憤憤不已。

看官！你道張嘉祥是何等樣人？他本是廣東高要縣的大盜，洪、楊倡亂，召張入黨。初次與向榮對壘，秀清令嘉祥率二百人，至向營詐降，向榮探知來意，留住二百人，另易二百壯士，從嘉祥出戰，大敗賊眾。秀清遂將嘉祥妻子，一併殺訖。嘉祥不能轉去，遂投順向榮，改名國梁，向榮亦特別優待。只秀清還不曉得他改名，所以曾叫他為嘉祥。

向榮得此大勝，正思進兵援城，忽天雨如注，朔風凜冽，兵士不能前進，只好緩待數天。經這一兩，武昌城被地雷轟破，常大淳以下藩臬各官，統同殉難。清廷聞警，因徐廣縉逗留湘潭，延不到任，以致寇勢日熾，遂革職逮問。授向榮為欽差大臣；起故大學士琦善，選兵駐河南。此老又現。調張亮基署湖廣總督；潘鐸署湖南巡撫；截住駱秉章回京，令署撫湖北。原來駱秉章前次罷官，實被賽尚阿劾奏。賽尚阿奉命督師，道出湖南，供張獨薄，遂劾他吏治廢弛，因此奪職。補足上文，且貶賽尚阿。嗣因賽尚阿得罪，朝旨乃仍令撫楚。這時候，已是咸豐二年十二月了。

秀全便在武昌度歲，居然御朝受賀，大開盛宴。適外面來報，有一書生求見，遞上名刺，秀全一瞧，乃是浙江歸安人錢江，便道：「白面書生，何知大事。」已露驕態。言下有拒絕意。還是石達開上前說：「現時正要延攬人才，不宜謝客。」因命召入。錢江進內，長揖不拜。秀全見他氣度雍容，倒也有些器重，便令錢江旁坐，問他來歷。錢江答道：「錢某前時曾充林則徐幕賓，林公罷職，英兵入境，錢某集眾明倫堂，鼓勵紳民，方思聯合上下，出去抵敵，乃混帳官府，主張和議，反說錢某無端滋事，飭知縣梁星源捕某下獄，後被押解回籍，鬱鬱久居。今聞大王起義，是以不遠千里，前來求見。」明珠暗投，也是可惜。秀全道：「你既來此，有何見教？」錢江道：「大王欲手定中原，此處非久居之所，還應亟圖進取，方可得志。」秀全道：「我亦作這般想。但聞滿廷怕我北伐，已遣什麼琦善，率大兵阻截河南。看來河南非急切可攻，只好暫住武昌，相機行事。」錢江道：「武昌居四戰之地，萬難長守。況向榮現逼城下，設或清兵再集，那時四面受困，如何是好？」秀全道：「進兵四川可好麼？」錢江道：「也是不好。為大王計，第一著是取江南，第二著是取河南，第三著是取山東。從前明太祖破滅胡元，也是從這三路出發，大王現欲破滅滿清，何不仿行此策？」計畫未嘗不是，馬屁也算會拍了。秀全聞到此言，不禁眉飛色舞，便道：「先生真是異才！今日正在開宴，請先生暢飲三杯，再當領教。」錢江也不推辭，只與幾位頭目，行過相見禮，便在洪天王側侍宴。天王便問他表字，叫做東平。飲至半酣，議論風生，樂得秀全手舞足蹈，彷彿如劉備遇孔明，苻堅遇王猛一般。興盡席散，錢江乘夜做了一篇好文字，於次日入呈秀全，秀全展閱道：

草莽臣錢江上言：伏維天王起義之初，笄髮易服，欲變中國二百年胡虜之制，籌謀遠大，創業非常，知不以武昌為止足也明矣。今日之舉，有進無退，區區武昌，守亦亡，不守亦亡；與其坐以待亡，孰若進而冀其不亡？不乘此時長驅北上，徒苟安目前，懈怠軍心，甚無謂也。或謂武昌襟帶長江，控汴梁而引湘鄂，據險自固，然後間道出奇。以一軍出秦川，定長安，或以一軍趨夔州，取成都。不知秦隴四塞，地錯邊鄙，人悍物嗇，糧食艱難。且重關疊險，縱我攻必克，必大費兵力，勞而無成，固貽後悔。得不償失，亦棄前功，況削其支爪，究不若動其腹心之為愈也。至於四川一局，今昔異形。其在蜀漢之時，先以諸葛之賢，繼以姜維之志，六出九伐，不得中原寸土，賴吳據長江之險以為唇齒，尚難得志，況今日哉？方今天下財庫，大半聚於東南，當此逐鹿於寧謐之時，欲以四川一隅敵天下，江知無能為也。以江愚昧，不如舍西而東，金陵建業，皆帝王建都之所。淮灑汴梁，實真人龍起之方。宜先取金陵，以為基本，次取開封以為犄角，終出濟南以圖進取。握齊魯之運河，可以坐困通倉之食，截南北之郵傳，可以牽制勤王之師。如此而有不成功者，江未信也。故為今日計，莫若急趨江南。南京底定，招集流亡，秣厲兵馬，扼要南堵，揮軍北上。左出則趨江北以進戰，急則可調淮揚之軍以繼之；右出則據黃河以拒敵，急則可調開歸之軍以應之。再發銳卒以圖西略，徇行河內州縣，直抵燕翼無返旆；更遣偏師以收南服，戡定浙東郡邑，閒窺閩粵無輕舉。兵不止於一路，計必出於萬全。外和諸戎，內撫百姓，秦蜀一帶，自可傳檄而定，此千載一時之機會也。自漢迄明，天下之變故多矣。分合代興，原無定局。晉亂於胡，宋亡於元，類皆恃彼強橫，賺盟中夏，然皆不數十年而奔還舊部，從未有毀滅禮義之冠裳，削棄父母之毛血，如今之甚且久者。帝王自有真，天意果誰屬？復我文物，掃彼腥羶，陣堂旗正，不必祕詐，軍行令肅，所至如歸。彼縱有滿州蒙古殫精竭慮之臣，吉林索倫精騎善射之將，雖欲不望風投順，我百姓其許之乎？更有期者，草茅崛起，締造艱難，必先有包括之心，寓乎宇宙，而後有旋乾轉坤之力。知民之為貴，得民則興；知賢之為寶，求賢則治。如漢高祖之恢廓大度，如明太祖之夙夜精勤。一旦天人應合，不期自至。否則分兵而西，武昌固不能久守，且我之勢力一渙，即彼之勢力復充。久而久之，大勢一去，不能復振，噬臍之悔，誠非江所忍言者矣。芻見所及，不敢自隱，伏乞採擇施行！

秀全閱畢，便道：「奇才，奇才！」錢江開口稱臣，已中秀全之意，故極口獎賞。遂封錢江為軍師，即於咸豐三年正月元旦，連舟萬餘，載資糧軍火財帛，及所掠男婦五十萬，棄武昌東下。沿江守卒，望風披靡，只壽春總兵恩長，奉江督陸建瀛命，在中流截擊，麾下只松江兵二千名，不值長毛一掃，恩長戰死，舟師盡潰。陸建瀛方率兵數千，移舟上駛，才到九江，接到恩長死耗，從兵恟懼，霎時潰散。建瀛手下，只有十七人，駕著二舟，踉蹌走江寧。真不濟事。秀全遂於正月初九日破九江，十七日陷安慶，安徽巡撫蔣文慶自盡。秀全留安慶三日，得藩庫銀三十餘萬兩、漕米四十餘萬石，又掠得子女玉帛無數。驅運入舟，乘勝東指，連破太平、蕪湖等縣，擊斃福山總兵陳勝元，至正月二十九日，已到江寧城下。連營二十四座，列舟自大勝關達七里州，水陸兵號稱百萬，晝夜兼攻，憑南京城如何堅固，也要被他踏平了。小子有詩記事道：

天昏地黯鬼神愁，百萬強徒出石頭。
想是東南應遇劫，欃槍一現碎金甌。

究竟江寧被陷否，下回再行分解。

本回前半截是傳駱秉章，後半截是傳錢東平。駱秉章係清室名臣，長沙一役，駱已罷職，猶督兵固守，始終保全。洪秀全解圍西去，雖渡洞庭、陷武漢，而後路卒為所握。湖南不下，湘北寧能長有乎？且其後洪氏之滅，多出湘勇力，假使當時無駱秉章，則長沙已去，即有曾、羅諸人，何所恃而募勇？何所據而練軍？以此知長沙之倖存，實為保障大江之鎖鑰。清有駱公，清之幸也。錢東平掉三寸舌，獻取江南之計，不得謂其非策。明太祖嘗建都金陵矣，安得謂江南之不必取耶？唯棄武昌而不守，殊為失算。武昌據長江下游，可南可北，可東可西，洪氏有兵百萬，何不分兵東下，一守武昌，一取江南，聯繫長江上下以固根本，而顧勸其舍西取東也，奚為乎？助洪氏者，東平也，誤洪氏者，亦東平。東平固不足道哉！

陷江南洪氏定制　攻河北林酋挫威

卻說江寧被困，總督陸建瀛率綠營兵守外城。將軍祥厚、副都統霍隆武，率駐防兵守內城。城外商民亦自募義勇隊出擊，守陣官兵發炮助戰。義勇兵係臨時召募，究竟不諳戰陣，被長毛殺敗，轉身逃回，城上的炮聲還是不絕，一陣彈子，把義勇打死無數，餘眾駭潰。長毛兵乘勢撲城，陸制臺本是個文吏出身，不善督兵，勉強守了七八日，外援不至，彈丸又盡，長毛在儀鳳門外，暗穴地道埋藏地雷，一聲爆發，城崩數丈。守門兵連忙搶築，連駐守別門的將弁也聞聲趕集，專堵一隅。不防長毛別隊，偏從三山門越城而入，外城遂陷。陸制臺自殺，秀全等進了外城，復攻內城，祥厚、霍隆武又拚命防禦，閱兩晝夜，力竭身亡，內城亦破。長毛不問好歹，不管親仇，見財便奪，逢人便砍，遇有姿色的婦女，拖的拖，拉的拉，姦淫強暴，無所不至。豈是興漢人物？城中官紳及兵民死難，多至四萬餘人。時咸豐三年四月十日也。從洪氏東下以來，連書月日，一以見各城之易失，一以志洪氏之極盛。

秀全出所獲貲財，大犒將士，部眾都稱他萬歲，他亦居然稱朕，稱部下頭目為卿。皇帝想到手了。隨召集東王楊秀清、北王韋昌輝、翼王石達開等及軍師錢江會議。錢江復上興王策，大旨在注重北伐；此外如設官開科，抽釐助餉，通商睦鄰，墾荒開礦諸條，一一申明。秀全道：「先生的奏議，統是因時制宜的良策，朕自當次第施行。但金陵係王氣所鍾，朕即欲建都定鼎，可好麼？」錢江尚未回答，東王楊秀清道：「弟意本欲進攻河朔，昨聞老舟子言，河南水少無糧，地平無險，倘戰被困，四面受敵。此處以長江為天塹，城高池深，民富食足，正是建都的地方，何必異議！」錢江因東王勢大，不好多言，只說：「東王計畫，很是有理，只鎮江、揚州一帶，亟宜攻取，方可隔斷南北清軍，鞏固金陵根本。」秀清道：「這著原是要緊。」遂不待秀全下令，竟向大眾道：「何人敢去取鎮江、揚州？」丞相林鳳祥應聲願往。秀清道：「林丞相膽略過人，此去必定獲勝。但一人卻是不足，還須數人同去方好。」當下羅大綱、李開芳、曾立昌等都願隨鳳祥前行。秀清道：「甚好，甚好！」遂請秀全發令，命眾人率眾去訖。

秀全復道：「朕既在此地建都，難道仍稱為南京麼？」秀清道：「我朝既名天國，何不就稱為天京？」秀全大喜，就把總督衙門改為王宮，揀擇故家大宅作為諸王府，募集工匠，大興土木，修築得非常華麗。於是定官制、立朝儀，訂法律官制，以王位為最大，統轄一切政務，次為丞相，有天官、地官、春官、夏官、秋官、冬官等名目，兼理文武。行軍則專屬武職，叫做天將，有三十六檢點，及七十二指揮。又設立女官，分充宮府中女簿書，算是男女平等。朝儀設君臣座位，免去一切拜跪儀文。會議時依次坐定，言者起立，方許發言。法律如蓄妾有禁，賣娼有禁，纏足有禁，鬻奴有禁，吸鴉片有禁，略似西國的摩西十誡，號為天條，犯者立誅。以三百六十六日為一年，有閏日，無閏月。每七日一禮拜，讚美上帝。另建說教臺，高數丈，演說宗教，常作天父附身的模樣。總之是不古不今不中不西的一般制度。確評！宮殿既成，正殿叫做龍鳳殿，匾額是「龍鳳朝陽」四字，旁有兩聯，一聯是：「虎賁三千，直掃幽燕之地；龍飛九五，重開堯舜之天。」一聯是：「撥妖霧而見青天，重整大明新氣象；掃蠻氛以光祖國，挽回漢室舊江山。」這兩聯，大約是錢軍師手筆。秀全把掠取女子，選擇好幾十名，充作妃嬪，遂諏吉行升御禮，戴紫金冕，前後垂三十六旒，穿黃龍袍，渾身統用繡金盤成，當下升了御座，受文武百官朝賀。禮畢，就在殿中大饗群臣。

忽報清欽差大臣向榮，統率大兵數萬，已到城東孝陵衛紮營了。秀全大驚道：「這個向妖，怎麼慣與我作對？總要設法除滅了他，方可安心。」道言未絕，又報清欽差大臣琦善，統率直隸、陝西、黑龍江馬步各軍，與直隸提督陳金綬、內閣學士勝保，已自河南出發，來攻天京了。秀全道：「怎麼好？怎麼好？」錢江起座道：「陛下不必著急！揚州一帶，已由老將林鳳祥等出去攻略，當能截住北軍；況琦善那廝，前在粵時，很是沒用，這路兵不足為慮。只向榮很是耐戰，又有張國梁為助，聲勢浩大，須要派遣重兵，屯駐城外，才可無虞。」正議論間，鎮江、揚州的捷音，絡繹前來，並接林鳳祥奏議，略說：「二月二十一日，拔鎮江，二十三日，陷揚州，一路進行，毫無阻礙。現得金銀若干、子女若干，齎送天京，伏祈賞收。唯滿廷遣琦善到此，統率各妖，約有數萬，臣觀他營伍不整，攻城不力，毫不足懼，但留臣指揮曾立昌，防守揚州，已足堵禦，臣願率兵北伐」等語。秀全向錢江道：「果不出軍師所料。」錢江道：「林丞相雖是雄才，唯孤軍深入，未免疏虞，應請添派大兵，作為後應方好。」秀清道：「就派吉丞相文元前去。」錢江道：「吉丞相麼？」言下有不足意。秀清道：「吉文元係北王親戚，當不致有異心。」錢江道：「並非防他有異心，但為北伐計，非計出萬全不可。」秀清道：「方今滿清精銳，已聚南方，北省地面，料必空虛，有林、吉二人前去，何慮不勝？」錢江不便再爭，遂由秀清派吉文元去訖。原來吉文元妹子嫁與北王韋昌輝，韋為北王，楊為東王，兩人勢力相當，楊欲獨攬大權，恐韋從旁牽掣，因此先把吉文元調開，削他羽翼，以便將來篡立。錢江窺破此意，只因洪、楊為患難交，疏不間親，只得嘿然。韋楊內鬨張本。

秀全便道：「江北妖營，已不足慮，江南妖營，如何抵禦？」錢江道：「第一著是添派重兵，分堵要口，只叫堅守得住，不必與他開仗；待他曠日持久，兵心懈弛，自有破敵之策。第二著是分擾安徽、江西，截他後路，斷他餉道，憑他如何驍勇，不能耐久，將來總是難逃吾手。」秀全亟稱妙計。秀清道：「安徽、江西係江南上流，關係甚大。看來安徽一帶，須勞翼王，江西一帶，須勞北王，我願與天王共守此城。現在我軍部下，如李秀成、陳玉成等，統是後起英雄，叫他分堵江南，何怕向、張二妖。」仍是私意。秀全道：「好！好！」遂命北王韋昌輝出兵江西，翼王石達開出兵安徽。諸王統已調開，秀清可橫行無忌了。兩王各帶天將數十人，長毛數萬眾，分路而去。

秀清又遣派部下各將，分堵雨花臺、天保城、秣陵關各要口，密布得銅牆鐵壁相似，遂一味驕淫奢佚，恢拓府第至周圍四五里，服食起居，概與秀全相等。搜取城內美女三十六人，充作妾媵，號為王娘，統是破瓜年紀，綽約丰神；又與天妹洪宣嬌私相來往，亦未免有苟合勾當。每一出門，前後擁護數千人，金鼓旌旄等類數十件，又有洋縐五色巨龍一大條，長約百丈，高亦丈餘，行不見人，隨著音樂，大吹大打的過去；然後繼以大轎，轎伕五十六人，轎內左右，立著一對男女，右係孌童，左係嬌妾，一捧茗甌，一執蠅拂，彷彿神仙相似。每晨高坐府中，官屬先以次進見，隨後去朝洪天王。這位天王，亦耽情酒色，鎮日裡在後宮取樂，十日中只有一二日視朝，軍事文報，刑賞黜陟，一任秀清所為。秀清又是個色中餓鬼，漸漸弄得形神尪弱，還要慫恿天王，速開男女各科，由秀清主試，錢江為副。男狀元取了池州人程文相，女狀元取了金陵人傅善祥。男狀元乃是陪賓，秀清注意在女狀元。男科題為《蓄髮》檄，程文相文中有云：「髮膚受父母之遺，無翦無伐；鬚眉乃丈夫之氣，全受全歸。忍看辮髮胡奴，衣冠長玷，從此簪纓華胄，髦弁重新。」由錢江拔為男狀元。女科題為《北爭》檄，傅善祥文中有云：「問漢官儀何在？燕雲十六州之父老，已嗚咽百年；執左單于來庭，遼衛八百載之建胡，當放歸九甸。今也天心悔禍，漢道方隆，直掃北庭，痛飲黃龍之酒；雪仇南渡，並摧北伐之巢。」由錢江拔為女狀元。秀清本不甚通文，統歸錢江取錄，只看中這女狀元，才貌俱全，便叫她充東王府女簿書，日司文牘，夜共枕蓆。女狀元感恩圖效，特別婉媚恭順，太無廉恥。秀清非常合意。不料積寵生嬌，批判牋牘，信口詆罵，屢言首事諸酋，狗矢滿中，甚至秀清亦被她批得一文不值。秀清憤怒起來，竟說她嗜吸黃煙，枷號女館。狀元二字掃地了。紅顏女子，受了這般淩辱，免不得憮憮成病。病中上書秀清。內稱：「素蒙厚恩，無以報稱，代閱文書，自盡心力，緣欲夜遣睡魔，致幹禁令，偶吸菸草，又荷不加死罪，原冀恩釋有期，再圖後效，詎意染病三旬，瘦骨柴立，似此奄奄待斃，想不能復睹慈顏，謹將某日承賜之金條脫一，金指圈二，隨表納還，藉申微意。」秀清閱畢，又動了憐惜之意，忙令釋放，並令閒散養痾，許她遊行無禁。原來長毛定制，除諸王丞相及大小官吏外，男歸男館，女歸女館，不得夾雜；就使本是夫婦，也不得同宿，違犯天條，雙雙斬首。傅善祥得任意遊行，乃是秀清特令，後來善祥竟不知去向，大索不得，頗稱狡獪，可惜失身於賊。這是後話。

且說林鳳祥帶領二十一軍出滁州，據臨淮關，進破鳳陽，兵鋒銳甚。吉文元又由浦口攻亳州，與鳳祥合軍，北趨河南。江北清營，亟令勝保分兵追躡，那林、吉兩人，率著悍黨，兼程前進，好似狂風驟雨，片刻不停。勝保未入河南，林、吉已陷歸德，河南巡撫陸應谷，督兵出城，向歸德防剿，誰料警報到來，長毛已由間道趨開封。開封係河南省會，陸撫臺安能不急？飛檄藩司沈兆雲等，登陴固守。沈兆雲才接撫劄，整備守城，林鳳祥前隊，已撲到城下。城中守兵，倉猝聚集，正在驚惶，虧得新任江寧將軍託明阿，方督三鎮兵過河南，乘便入援，與城兵內外夾擊，足足戰了兩晝夜，才把長毛兵殺退。林、吉小挫。

林鳳祥因開封難下，直趨河北，分兵圍鄭州滎陽縣，牽制南岸的清兵，自己卻與吉文元潛收煤艇，夤夜渡河，進搗懷慶府城。清廷已授直隸總督訥爾經額為欽差大臣，與尚書恩華，率精兵數千，馳赴河南。到了懷慶，正與林、吉相遇，林鳳祥方穴隧攻城，見援軍已至，只得分兵抵截。城中聞有援兵，知府以下，個個膽壯，特別奮力，堅守不懈。憑他如何設法，總被城中堵住。隔了數日，鄭州滎陽的長毛，亦敗竄過河，託明阿尾追而到。李開芳諫林鳳祥道：「頓兵城下，兵家所忌，我軍不如轉旆東趨，從大名進逼天津，攻心扼吭，方為上策。」鳳祥道：「懷慶扼黃河要害，懷慶不下，轉向東行，倘若腹背受敵，如何是好？」遂不聽李開芳言，一面飭人至江寧乞援，一面豎柵為城，一面深溝高壘，為自固計。兩下相持復十日，勝保又到，開芳仍請變計，鳳祥只是不從。失計在此。先後與清兵血戰，計十數次，鳳祥總不能稍占便宜。駒光如駛，竟逾月餘，清廷下旨嚴責各軍，訥爾經額與恩華、託明阿、勝保三人，不免焦灼，遂督勵將士，誓破長毛。當下分兵三路，奪攻敵柵，那邊開炮，這邊縱火，霎時間煙焰蔽空，積成紅光一片。林鳳祥等固守不住，只得棄柵出來，抵死相撲。那官軍亦拚命攔截，飛炮流彈，簡直在各兵頭下亂滾。吉文元躲避不及，中彈倒斃。長毛見傷了一個主將，只殺得一條血路，擁著林鳳祥北走。林、吉大挫。

這一戰，鳳祥麾下的精銳，幾已死盡。訥爾經額凱旋直隸，託明阿南赴江寧，單由勝保追擊鳳祥。鳳祥後無退路，竟竄入山西。

山西巡撫哈芳，一些兒都沒有預備，邊境空虛得很。鳳祥又乘虛突入，從垣曲縣出曲沃縣，連拔平陽府城，進至洪洞縣，適江寧援兵二萬人，由曾立昌、許宗揚等統帶，自東而來，與鳳祥相會。鳳祥大喜，再合軍東趨，尋出潞城、黎城兩縣間的小路，卷旗掩鼓，疾驅至臨洺關。臨洺關在直隸邯鄲縣北，係直隸省要隘。訥爾經額率軍凱旋，方在關內駐紮，忽有探馬來報，說西南角上有一大隊人馬，懸著大清旗號，向關上趕來。訥欽差茫無頭緒，便道：「這支兵從何而至？難道是勝保的兵麼？」飭令再探！探馬才出，那支兵已蜂擁而至，不管三七二十一，竟衝入關中，訥軍摸不著頭緒，有幾個上前攔阻，不料來軍一齊動手，把攔阻的官軍殺得一個不剩。訥爾經額尚在營內，聞外面一片喊殺聲，出來探望，才叫得一聲苦。原來衝入關內的人馬，前隊服著清裝，後面統是紅布包頭的長毛，當時失聲叫道：「長毛到了！長毛到了！」兵士聞著「長毛」兩字，不由得膽顫心搖，三十六著，走為上著，統抱頭竄去。訥爾經額也是逃命要緊，跨馬疾走。這一大隊長毛，正是林鳳祥用了詭計，掩襲訥軍。鳳祥也算聰明，無如天不容他。當下乘勢追殺，把清兵擊死多人，一徑馳到深州。

深州各官，早已遁去，無阻無礙，聽長毛入城。

深州距京師只六百里，警報遞入清廷，與雪片相似。咸豐帝亟命惠親王綿愉為大將軍，科爾沁郡王僧格林沁為參贊大臣，督京旗及察哈爾精兵，星夜馳剿。時勝保已收復山西平陽府，自山西趨入直隸，亦奉旨代訥爾經額後任，與惠親王、僧郡王等，夾攻長毛。這位僧郡王有萬夫不當之勇，是蒙旗第一個人物，手下的親兵也似生龍活虎一般，這番奉命視師，仗著一股銳氣，連破敵營十數座，擊斃長毛七八百人，殺得林鳳祥不能駐足，棄了深州，東走天津，又被勝保夾擊一陣，鳳祥不敢攻天津城，退據靜海，漸漸窮蹙了。三次大挫，不死何待？

北方稍靜，南方偏騷擾異常。安徽省城安慶府，被石達開再陷，江西省城南昌府，又被韋昌輝圍攻。楊秀清又遣豫王胡以晃、丞相賴漢英、石祥貞等，分頭接應。皖贛兩省，糜爛不堪，幾無一人與長毛對手。只有升任按察使江忠源，奉命赴江南大營幫辦，行次九江，聞南昌圍急，倍道往援，才算得了一回勝仗，入南昌城助守。不意吉安又起了土匪，聯繫長毛，圍困府城，江忠源飛書至湖南告急，為這一書，激出一位清室中興的大功臣來。看官！你道大功臣是誰？就是湖南湘鄉人曾國藩。

國藩字伯涵，號滌生。他降生的時候，家人夢見巨蟒入室，鱗甲燦然，嘗相傳為異事。道光十八年中進士，至道光末年，已升至禮部右侍郎。咸豐元年，詔求直言，國藩應詔，有詳陳聖德三端，預防流弊一折，語語切直，幾干罪譴。還虧大學士祁雋藻，及國藩會試時房師季芝昌，極力解救，方得免罪。二年丁母憂回籍，適洪、楊四擾，烽火彌天，有旨令他幫助巡撫張亮基，督辦團練，搜查土匪。他本是理學名家，擬請守制終喪，不欲與聞軍事，適友人郭嵩燾，勸他墨絰從戎，不違古禮，於是投袂而起，募農夫為義勇，用書生為營官，仿明朝戚繼光束伍成法，逐日操練，遂創成團練數營。湘軍發軔。已而張亮基移督湖北，駱秉章回撫湖南，國藩與秉章很是投契，練勇亦愈集愈多，是時得忠源乞援書，遂入見駱撫道：「江岷樵係戡亂才，不可不救。」原來江忠源表字岷樵，國藩在京時，江適會試，謁見國藩，談了一會方去。國藩曾說他後必立名抗節，至此與駱撫議妥，遂遣湘勇千二百、楚勇二千、營兵六百，屬編修郭嵩燾，及道員夏廷樾、知縣朱孫詒，帶領赴援。忠源弟忠濟，暨諸生羅澤南，亦各率子弟鄉人，隨同前去。湘軍出境剿敵，好算破題兒第一遭了。看官記著。正是：

建州一脈延王氣，衡嶽三湘出輔臣。

湘軍出境以後，勝敗如何，當於下回交代。

洪氏之不終也宜哉！定都江寧，尚無關得失，乃安居縱樂，荒淫無度，軍國大事，盡歸楊秀清掌握，秀清專權自恣，淫佚與洪氏同，而驕縱且倍之。君相若是，寧能成功乎？林鳳祥等率眾北犯，本係洪氏勝算，越淮入汴，所向無前，可謂銳矣。然不乘清軍未集之時，馳入齊魯，進窺燕都，而乃西趨懷慶，迂道力爭，復從山西間道，繞入直隸，師勞力竭，安能不敗？寧待深州大挫，始知其無成耶？然觀洪、楊之皮相西法，屠毒同胞，即使北犯而勝，亦無救於亡。故本回為洪、楊惜，亦為洪、楊病。林鳳祥、吉文元輩，猶為本回之賓。項莊舞劍，意在漢王，閱者當於言外求之。

創水師衡陽發軔　發援卒岳州鏖兵

卻說湘軍出援江西，到了南昌，長毛即上前抵敵，兩下酣戰起來。究竟湘軍是初次出山，敵不過百戰餘生的悍卒。羅澤南等又統是文質彬彬的書生，憑他如何奮勇，受著這厲害的槍彈，不是倒斃，就是受傷，虧得江忠源引兵殺出，才接應湘軍入城。檢點兵士，湘楚軍及營兵已喪失一二百名，羅澤南的朋友亦死了七人。當下與江忠源商議，忠源道：「鋼非煉不成，劍非磨不銳，湘楚各勇，仗義而來，很是可敬，但未經磨練，不能與悍黨爭鋒。目下不如出擊土匪，先求經驗；若能把土匪剿平，也可翦長毛羽翼。那時長毛少了援應，解圍而去，亦未可知。」老成遠見。眾人齊聲贊成。於是夏廷樾出攻樟樹鎮，羅澤南出攻安福縣，江忠濟及劉長佑，出攻泰和縣，留郭嵩燾、朱孫詒兩人，偕江忠源守城。不到半月，各路土匪統已平靖，各軍亦陸續歸來。忠源遂會集將士，督率出城，與長毛惡鬥一場，竟將長毛殺退，追至十數里外乃回。湘、楚軍始有喜色。

郭嵩燾道：「這城雖已解圍，無如賊勢飈忽，來往無定。且東南各省，多半阻水，江中統是賊舟，一日遇風，可行數百里，解了這邊的圍，就向那邊圍住，我若馳救那邊，他又到這邊來了。他由水路，我由陸路；他用舟楫，我用營壘；他逸我勞，何能平賊？現在須亟辦長江水師，沿江剿堵，方能取勝。」忠源鼓掌稱善，遂令嵩燾回湖南，請國藩代為奏請。國藩具疏詳陳，主張造船購炮，募兵習操，洋洋灑灑數千言，無非是肅清江面的大計劃。朝旨准奏，即命國藩照奏施行。國藩奉命，自長沙移至衡州，趕造戰船、創辦水師，經過無數手續，問過無數熟手，才造成戰船三種：一種叫做快蟹，船式最大，用槳工二十八人、櫓八人；一種叫做長龍，比快蟹略小，用槳工十六人、櫓四人；一種叫做三板，船最小，用槳工十人。每船各置艙長一名、炮手三名、頭工二名、柁工一名、副柁二名。快蟹係營官坐船，長龍作為正哨，三板作為副哨，募集水師五千人，日夕操練，共成十營。六營兵自衡州募來，即令成名標、諸殿元、楊載福、彭玉麟、鄒漢章、龍獻琛六人，作為營官。四營兵由湘潭募來，即令褚汝航、夏鑾、胡嘉垣、胡作霖四人，作為營官。褚汝航曾任粵省同知，頗諳水師情形，遂兼任水師總統。又增募陸師五千人，分為十三營，派周鳳山、儲玫躬、林源恩、鄒世琦、鄒壽璋、楊名聲及國藩季弟國葆等，分營統帶。並特保舉游擊塔齊布為副將，充作先鋒。極力敘寫，為殄滅長毛張本。水陸共得萬餘人，由國藩總轄，一俟船炮辦齊，糧械完備，即擬沿湘而下，與長毛決一雌雄。

忽報長毛攻陷九江，分股竄湖北。署湖廣總督張亮基，兵潰田家鎮，江忠源赴援，亦被殺敗，長毛已進趨武昌了。國藩道：「前閱京報，湖廣總督，已由吳老先生補授，張署督已調撫山東，為什麼出兵打仗，還是張署督主持呢？」過了數日，接到湖廣總督緊急公函，拆開一瞧，乃是新督吳文熔乞援手書。原來吳文熔係國藩座師，聞武漢危急，乃馳抵武昌，張亮基才得交卸。此時長毛兵已連破黃州、漢陽，武昌吃緊萬分，因向國藩處求救。國藩苦炮械未齊，一時不能出發，奈朝旨亦來催促，上奉君命，下顧師恩，不得不酌遣數營，赴鄂救急。正在派遣，又遞進吳督文書，總道是二次促援，及展閱後，方知長毛已經擊退，並說衡湘水師，關係全局，宜加意訓練，毋輕赴敵。國藩才放下了心，停軍不發。

誰知安徽的警信又日緊一日。自石達開攻破安慶，安徽文武大吏，皆避至廬州，權作省治。奈長毛酋秦日綱又至，連陷舒、桐二城，在籍侍郎呂賢基殉難，日綱直趨廬州。朝旨授江忠源巡撫安徽，且飭國藩出兵，與忠源同援廬州。國藩擬部署大定，始行出發，而忠源已由鄂赴皖，冒雨前進，到六安州，將士多病，忠源亦疲憊不堪。六安吏民，遮道乞留。忠源不可，留總兵音德布統千人入守，自率數百人，力疾至廬州。廬州城內的官吏，已多半逃去，糧械一無所有，只有千餘名營兵，及千餘名團勇，連忠源帶去親卒數百，統得三千人，忙督率登陣，誓死守城。才隔一宵，秦日綱已薄城下，忠源仗著一片熱誠，激厲將士，日夜捍禦，日綱倒也無法可施，方思撤圍東去，忽胡以晃自安慶馳至，步騎約十餘萬，來助日綱，密結城中知府胡元煒，作為內應，從水西門掘了地道，埋藥爇火，轟陷城牆十多丈。忠源猶拚死堵塞，且戰且築，不想胡元煒已潛開南門，放長毛入城，霎時間火勢燎原，闔城鼎沸。忠源知不可為，掣佩刀自刎。手下一僕，從後面抽去佩刀，背忠源出走。忠源嚙僕耳，血流及肩，僕不堪痛苦，將忠源委地。長毛亦已追及，忠源復徒手搏戰，格殺長毛數人，身中七槍，投水自盡。果不出國藩所料。敗報傳至衡州，國藩嘆息不已，正悲悼間，黃州又來警耗，報稱湖北總督吳文熔陣亡，國藩大驚。原來吳文熔初到武昌，巡撫崇綸，擬移營城外，陰謀脫逃，文熔即至撫署，約與死守，崇綸不以為然。文熔憤甚，拔出佩刀，擲諸案上，厲聲道：「城存與存，城亡與亡，司道以下敢言出城者，汙吾刀！」於是崇綸不敢異議。至武昌圍解，崇綸慮不相容，私念不如先發制人，遂奏劾文熔閉城坐守。朝廷信崇綸言，信漢人，總不如信滿人。

促文熔出省剿賊，文熔方調貴州道員胡林翼，率黔勇六百人會剿。林翼未至，朝命已到，不得已帶了七千人，出赴黃州，適值殘臘雨雪，滿途軍士，相率僵斃，崇綸又遇事掣肘，軍械輜糧，不肯接應。文熔嘆道：「吾年過六十，何惜一死？可惜死得不明不白。」隨進薄黃州，休息數日，已是咸豐四年正月中。文熔探得長毛張燈高會，遂發兵襲擊，不料反墮敵計，中途遇伏，官軍嘩潰。文熔率都司劉富成，往來衝突，手刃長毛數十名，究因軍心懈散，寡不敵眾，竟下馬叩辭北闕，投河而亡。國藩聞座師凶信，復探悉崇綸傾陷狀，便切齒道：「可恨崇綸，我若得志，必誅此人。」

忽又有朝旨到營，令速率炮船兵勇，出援武昌。國藩乃傳集水陸兵馬，從衡州起程，到長沙取齊。水師沿湘而下，陸師分道而前，這一隊擊楫中流，那一隊揚鞭大道，正有如火如荼的聲勢。表揚處具有深意。途次聞長毛兵已陷岳州，破湘陰，入寧鄉，不禁失聲道：「了不得！了不得！」遂命水師趨湘陰，陸師趨寧鄉，褚汝航率數船先進，湘陰城內的長毛，望風退去。國藩聞前隊得利，督戰船繼進，才到洞庭湖口，十八姨忽然作怪，狂飈陡作，白浪滔天。這班戰船內艙長、柁工，連忙下帆拋錨，尚且支撐不住。一陣亂蕩，兩船相撞，慌亂了許多時辰，方有些風平浪靜。檢點船隻，已損失好幾十號，勇丁亦溺斃了數百名。國藩令收入內港，暫緩出師。

忽接陸軍詳報寧鄉得勝，長毛遁去，國藩道：「這是還好。」言未畢，又有兵目來報，儲統領玫躬逐北陣亡，國藩連叫可惜。接連又有人報稱：「鄒統領壽璋、楊統領名聲等，殺敗長毛，追至岳州，不料王統領鑫，自羊樓司潰回，衝動我軍，長毛又乘勢殺來，我軍亦被殺敗了。」國藩道：「王璞山專喜大言，我前時曾勸他斂抑，他竟不信，反與我別張一幟，今朝失敗，咎由自取，可惜我軍亦被牽動，應亟去接應方好。」遂令褚汝航率領水師三營，赴岳州援應陸師，汝航甫去，警信又來，長毛復殺入湘江，踞住靖港，別遣一隊繞襲湘潭，占住長沙上游，頓時觸動了國藩的忠憤，口口聲聲埋怨王璞山。小子前次敘述水陸各將，未曾說起王璞山，不得不補敘明白。璞山即王鑫表字，與國藩同里，國藩治團練時，嘗相助為理。嗣因王鑫負才恃氣，與國藩意見不合，遂自募鄉勇二千多人，別為一軍，至此聞長毛竄入湖南，獨率鄉勇阻截，才抵羊樓司，遇著長毛大隊撲來，鄉勇膽怯，不戰自潰。國藩既與他微有嫌隙，又因鄒楊各軍，被他牽擾，長毛乘勝長驅，掩入上游，心中遂越加懊恨，於是檄塔齊布回援湘潭，自督舟師迎擊靖港。

方才出發，貴州道胡林翼到來。林翼字貺生，號潤芝，湖南益陽縣人氏，也是個進士出身，素有韜略。吳文熔初督雲貴，正值林翼需次貴州，相見之下，大加賞識。及文熔移督湖廣，因調林翼為助。曾、胡齊名，敘述所以獨詳。林翼到湖南，聞吳督已經戰歿，途中又被長毛阻隔，只得來見曾國藩。國藩延入，抵掌高談，吐棄一切，說得國藩非常傾心，當下令林翼率了黔勇，偕塔齊布同往湘潭。塔齊布係旗籍中翹楚，胡林翼係漢員中巨擘，一個膂力過人，一個智謀出眾。兩將直至湘潭，打一仗，勝一仗，長毛頭目沒有一個是他敵手。

只曾國藩出師靖港，遇著西南風，水勢湍急，被長毛乘風殺來，戰船停留不住，紛紛奔潰。國藩憤極，猝投水中，虧得左右趕緊撈救，總算不死。兩次出湖，第一次遭風漂沒，第二次遇敵潰散，可見治事甚不容易。隨退駐省城南門外妙高峰寺，定了一回神，便召眾將弁商議道：「靖港一敗，北面受困，倘或湘潭失守，南面又要吃緊，豈不要前後受敵麼？」楊載福起身道：「今日的時勢，只有添兵去救湘潭，湘潭得勝，後路無虞，方可併力驅逐敵船。載福不才，願帶水師一營，去助塔副將。」國藩尚在躊躇，彭玉麟道：「楊君之計甚是，此處且堅守勿動，待湘潭收復，水陸夾攻，不怕長毛不敗。彭某也願同去一走！」國藩見彭、楊二人，主見相同，便即依從。彭、楊遂整集船舶，扯起風帆，命柁工水手向南速駛。

到了湘潭附近，遙聽岸上一片戰鼓聲，震得波搖浪動，料知此時定在開戰，令更加檣急進，直薄湘潭城下，見長毛水陸兩路，夾攻湘軍，塔齊布、胡林翼兩人，分頭抵敵，正是血肉相薄的時候，楊載福出立船頭，當先衝入，彭玉麟繼進。長毛不意水師猝至，相顧愕眙，剛思回船相撲，不防火彈火藥，飛入船中，煙焰冒空直上，船內的長毛腳忙手亂，這邊未曾救滅，那邊又被燒著。長毛見不是路，多半棄船登岸，剩得小船數艘，划槳飛奔，也被彭、楊手下追及，開炮轟沉。逃上岸的長毛，碰著塔、胡兩軍，正在截殺，楊載福、彭玉麟已燒盡敵船，也擺船近岸，躍登岸上，用刀一招，水師陸續隨上，殺得長毛遍地是血，死了四五千人。長毛知湘潭難保，一溜風逃得精光。塔、胡、彭、楊四營官，收復湘潭城，差專弁至長沙報捷。

國藩日盼消息，接到捷書，乃奏陳靖港、湘潭勝負各情，並自請交部議罪。奉旨：「靖港敗衄，不為無咎，姑念湘潭全勝，加恩免罪，趕緊殺賊自贖。湖南提督鮑起豹，未聞帶兵出省，僅知株守，有負委任，著即革職，所有提督印信事務，暫由塔齊布署理」等語。國藩接旨，即檄塔齊布回省。塔齊布入見，國藩就告知恩眷，並慰勞一番。塔齊布亦深為感謝。

國藩復將水陸各軍，汰弱留強，重整規模，指日進剿。

適值廣西知府李孟群，率水勇千名，廣東副將陳輝龍，率戰艦數艘，同到長沙，都向曾營內投遞手本，由國藩同時接見。國藩本是虛心下氣，延攬人材的主帥，無論何人進謁，總叫他不要拘束，隨便自陳。這是曾公第一好處。兩人縱談了一回，統是意氣自豪，不可一世，輝龍尤睥睨一切。國藩暗暗嗟嘆，只囑咐他小心兩字。暗伏二人結果。

辭出後，軍弁來報，華容、常德、龍陽各縣城，統被賊陷。國藩道：「賊勢至此，我軍不能再緩了。」言未已，澧州、安鄉等城，又報失守，接連來了一枝湖北敗兵，保著湖北巡撫青麟，逃至長沙。國藩道：「巡撫有守城的責任，為什麼逃至此地？莫非武昌已失守麼？」看官記著湖北巡撫，本是崇綸，崇綸丁艱去職，由學政青麟攝篆，總督乃是臺湧，接吳文熔職任。臺湧出省剿賊，長毛偏泝江而上，連破安陸府、荊門州，直逼荊襄。幸虧荊州將軍官文，遣游擊王國才，率兵勇千七百人，擊退長毛，長毛重複下竄，轉攻武昌。青麟未諳軍旅，又因城中餉匱，不能固守，只得棄了城奔到長沙。武昌再陷。青麟投刺曾營，國藩拒絕見面，入城去見駱巡撫，駱秉章亦不甚款待，遂繞道奔赴荊州，途次奉旨正法，臺湧亦革職，並命曾國藩迅速進剿。於是國藩分水師為三路，褚汝航、夏鑾等為第一路，陳輝龍、何鎮邦、諸殿元等為第二路，國藩自率楊載福、彭玉麟等為第三路。陸師亦分三路，中路屬塔齊布，西路屬胡林翼，東路屬江忠淑、林源恩。六路大兵，一齊出發。

早有細作通報長毛，長毛倒也驚慌，退出常澧，專守岳州。褚汝航、夏鑾，鼓棹直前，駛至南津，長毛出港迎戰，正殺得難解難分，陳輝龍、何鎮邦、諸殿元復到，兩路夾攻，長毛漸卻。楊載福、彭玉麟，又督戰船駛入，把長毛的戰船，衝作四五截，眼見得長毛大敗，棄掉戰船十數艘，拚命的逃去了。水師乘勝驅至岳州，守城的長毛，還想抵禦，誰知塔齊布亦自陸馳到，與水師夾擊岳州城，一陣鼓譟，把長毛趕得無影無蹤。隨即迎曾帥入城。安民已畢，當令前哨偵探敵蹤，回報長毛水軍在城陵磯，陸軍在擂鼓臺。國藩道：「這兩處離城不遠，仍舊在岳州門口，還當了得。」急命水師攻城陵磯，陸師攻擂鼓臺，各將都奉命出發。只國藩在城留守，眼望旌旗，耳聽消息。第一次軍報，城陵磯水師大勝，獲戰船七十六艘，斃長毛千餘，生擒一百三十名；第二次軍報，陸師已薄擂鼓臺，戰敗賊酋曾天養。國藩自語道：「這次可直達湖北了。」過了一日，接到第三次軍報，水師追長毛至螺磯，途遇南風，為敵所乘，褚汝航、夏鑾、陳輝龍、何鎮邦、諸殿元等，先後戰歿，國藩大驚失色，正是：

勝敗靡常，俛得俛失；
軍情變幻，不可預測。

欲知後來勝負情形，試看下回分解。

曾國藩始練湘勇，繼辦水師，沿湖出江，為剿平洪、楊之基礎，後人目為漢賊，以其輔滿滅漢故。平心而論，洪、楊之亂，毒痡海內，不特於漢族無益，反大有害於漢族，是洪、楊假名光復，陰張凶焰，實為漢族之一大罪人。曾氏不出，洪、楊其能治國乎？多見其殘民自逞而已。故洪、楊可原也而實可恨，曾氏可恨也而實可原。

著書人秉公褒貶，無私無枉，筆致曲折淋漓，猶其餘事。

湘軍屢捷水陸揚威　畿輔復安林李授首

卻說褚汝航等進兵螺磯，遇著逆風，被長毛順風縱火，燒掉了三十多艘戰船，褚汝航等不肯退走，硬要與長毛拚命。陳輝龍越加氣憤，從火中跳進躍出，指揮部下，究竟水火無情，一眾英雄，陸續畢命。這信傳達岳州，試想這再接再厲的曾大帥，能不驚心動魄麼？虧得楊、彭二將，又差軍弁飛速進見，報稱退守陵磯，扼住要口，長毛已經退去，國藩稍稍放心，只想褚汝航等患難至交，到此盡行戰歿，未免痛心；隨令同知俞晟代汝航，令他收拾餘燼，再圖大舉。愈失敗，愈激厲，遺大投艱，端恃此舉。

正布置間，軍報又到，塔軍門大破擂鼓臺，陣斬賊目曾天養。國藩一想，陸師得此大勝，正好抄至城陵磯，會合水師，進攻長毛，只恐塔齊布勢孤，不敷調遣；方在躊躇，忽報周鳳山、羅澤南自長沙到來，國藩大喜，立即延入。周、羅二人行禮畢，便道：「駱中丞聞水師新挫，特遣某等前來聽差。」原來二人本留守長沙，奉駱撫命來助國藩，國藩遂令周鳳山赴擂鼓臺，羅澤南赴城陵磯。二人甫去，李孟群又到。孟群父卿谷，曾官湖北按察使，武昌再陷，卿谷殉難，孟群得此凶信，日夜泣血，稟請駱撫，願前敵報仇；當下入見曾帥，號淘大哭。國藩也陪了數點眼淚，隨即溫言勸慰，令他駛至城陵磯，幫助水師。

自是水陸兩軍，齊集城陵磯。城陵磯附近有高橋，長毛紮下營寨，作為城陵磯犄角。塔軍門奉國藩檄，匹馬單刀，直趨高橋，長毛率眾來撲，塔軍門把刀一招，後面的羅、李各軍，統趕上來殺長毛。長毛鬥不過，敗奔城陵磯。湘軍乘勢追上，城陵磯的長毛約有二萬餘名，傾巢出來，惡狠狠地來敵湘軍。塔軍門一馬當先，衝入長毛隊裡，打長毛時，滿人中之最得力者，只一塔齊布，可謂碩果僅存。湘軍隨後殺入。適天雨如注，東南風大作，湘軍乘風猛撲，人人拚命，個個爭先，拔去竹籤數丈，躍過濠溝兩重，殺聲與風雨聲相應，震動天地，嚇得長毛步步倒退。湘軍越發奮勇，連毀敵壘十餘座，水師亦擊沉敵船數十艘，從城陵磯殺到螺山，從螺山殺到金口，簡直是沒有歇手，任他長毛凶悍，總是敵不住湘軍。戰了兩三日，把東岸的旋湖港、芭蕉湖、道林磯、鴨欄磯，又西岸的觀音洲、白螺磯、陽林磯，各處地方的敵壘，一掃而空。從此由岳入湘的門戶，方穩固無虞了。保全湖南，虧此一戰。

國藩接著捷報，就從岳州出發，進駐螺山，拜疏奏捷。有旨賞給三品頂戴。國藩上疏力辭，並附陳李孟群忠勇奮發，思報父仇，現在服尚未闋，請從權統領水師，借專責成。朝旨擢孟群為道員，不准國藩辭賞。國藩復出駐金口，飭水陸兩軍，乘勝窮迫，聲勢撼天，所向無敵。適荊州將軍官文，亦遣將魁玉、楊昌泗等，率五千人來會，軍容愈盛，遂復蒲圻、嘉魚等縣，直入武漢境內。是時湖北總督換了楊霈，亦收復蘄水、羅田及黃州府屬各城，北路亦漸次肅清。

國藩遂召集諸將，商取武昌。羅澤南袖出一圖，指示諸將道：「欲攻武昌，須出洪山、花園兩路，花園瀕江環城，聞悍賊悉眾死守，洪山賊勢少減，然亦屯有重兵。羅某願攻洪山。」塔齊布微笑道：「羅山先生，避難就易，未免不公。」原來羅澤南字羅山，素講理學，湘鄉人多執贄為弟子。羅山從軍，弟子亦多半相隨，軍中多稱為羅山先生。只羅山向來持重，不輕出戰，塔齊布屢次挑激，此次因花園一路，要塔往攻，所以出言誚讓。國藩忙道：「羅山亦並非膽怯，只慮部下不足，現加派兵二千，令羅山弟子李迪庵，統帶接應，羅山便好往攻花園了。」代為解圍，真好主帥。澤南應允，隨率兵去訖。

塔齊布去攻洪山，澤南自為前鋒，令弟子李續賓為後應。續賓即迪庵名，與澤南同隸湘鄉縣籍，身長七尺，膂力過人，至此始獨率一軍，隨澤南進行。澤南將到花園，長毛已出來迎截，兩造正鏖戰不下，忽北岸火光燭天，大砲聲陸續不絕。長毛恐江面失敗，無心戀戰，慌忙退入壘中。原來花園北瀕大江，內枕青林湖，長毛南北列營，置炮纍纍，向北者阻清水師，向南者阻清陸軍。國藩既遣去澤南，復令楊載福、俞晟、彭玉麟、李孟群、周鳳山等，率水師前後進擊，縱火焚敵船，火炮火球，飛擲如雨，敵船被毀幾盡。長毛的屍首浮滿江濱。澤南趁勢攻敵壘，壘有九，四面立柵，上列巨炮，澤南令軍士攜著手槍，俯伏而進。長毛開槍轟擊，軍士毫不畏懼，執槍滾入，近壘始起。前列奮登，後隊繼上，自辰至酉，連克八壘，還有一壘，是長毛大營，悉眾來爭。澤南手下，已覺疲乏，幾乎不能支持，巧值李續賓到來，一支生力軍橫厲無前，將長毛一陣擊退。長毛尚據營自固，適俞晟、楊載福等，已自江登陸，夾攻長毛大營。長毛至此，已勢窮力竭，只得棄營逃走。極寫花園之不易攻入。澤南進薄武昌，塔齊布亦攻克洪山，隨後踵至，城內長毛宵遁，遂復武昌。隔岸的漢陽城，由荊州軍統領楊昌泗，奉曾公命，渡江收復，相距只一小時。還有黃州府城，亦由知府許賡藻，率團勇攻克，僥倖生存的長毛四散竄去。

國藩馳至武昌，奏報武昌、武漢的情形，由咸豐帝下諭道：

覽奏，感慰實深。獲此大勝，殊非意料所及。朕唯兢業自持，叩天速救民劫也。欽此。

隔了一日，又有諭旨一道，寄至武昌。其辭云：

此次克復兩城，三日之內，焚舟千餘，蹋平賊壘淨盡，運籌決策，甚合機宜。尤宜立沛恩施，以彰勞功。曾國藩著賞給二品頂戴，署理湖北巡撫，並加恩賞戴花翎，塔齊布著賞穿黃馬褂。欽此。

國藩奉詔後，疏稱母喪未除，不應就官，堅辭巡撫職任。奉旨照允，仍賞給兵部侍郎銜，另授陶恩培為湖北巡撫，飭曾國藩順流進剿。國藩遂統領水陸各軍，沿江東行，下大冶，拔興國，破蘄州，直達田家鎮。田家鎮係著名險隘，東面有半壁山，孤峰峻峙，俯瞰大江，一夫為守，萬夫莫開。長毛復從半壁山起，置橫江鐵鎖四道，欄以木簰，遍列槍炮，另置戰船數千艘，環為大城，好像一座巨島，岸上又有敵壘二十餘座。湘軍自蘄黃東下，陸師先至，塔、羅二將為統領，與田家鎮長毛，開了一仗，雖擒斬了數千名，尚不能越雷池一步。

至楊載福、彭玉麟等踵至，定議分水師為四隊：第一隊用洪爐大斧，熔鑿鐵鎖；第二隊挾炮進攻，專護頭隊；第三隊俟鐵鎖開後，駛至下游，乘風縱火；第四隊守營各勇，依令並舉。四隊排齊，楊載福率副將孫昌凱，作為第一隊先導，熔斬鐵鎖，駛舟驟下，餘三隊陸續繼進。開炮的開炮，放火的放火，逼得長毛上天無路，入地無門。那時岸上的塔、羅二軍，望見水師已經得手，亦各宣軍令，急攻敵壘，先進者賞，退後者斬。各軍士拚命向前，刀削槍截，尚不濟事，也順風縱起火來。於是江中縱火，岸上亦縱火，燒了一日一夜，就使銅牆鐵壁，也變成了一片焦炭。不亞當年赤壁情景。可憐紅巾長髮，死於水，死於火，死於刀兵槍彈，都向鬼門關上報到。還有一小半長毛，不該死在此地，統紛紛逃命。這次乃是湘軍同長毛第一次惡戰，岸上的長毛營二十三座，江中的長毛船五六千艘，被祝融氏收得精光，遂拔田家鎮。自是湘軍威名震天下。

長毛首領陳玉成竄至廣濟，聯合秦日綱、羅大綱等，分守各要隘，怎禁得塔、羅二軍，乘勝前來，步步逼人，節節進剿，連趨避都來不及，還有何心抵當?廣濟不能守，轉走黃梅。黃梅乃湖北、江西、安徽三省總匯的地方，陳、秦、羅三個頭目，併力死拒，挑選悍卒數萬名，駐紮城西的大河埔，分遣萬餘名守小池口，萬餘名扼城北，數千名遊戈水陸，互為援應。塔軍才至雙城驛，距大河埔十里，尚未立營，玉成已率眾殺來，虧得塔軍素有紀律，奮登山岡，立住腳跟，養足銳氣，衝殺而下。正酣鬥間，楊、彭等已攻進小池口，不由玉成不走。湘軍水陸齊進，立毀大河埔敵營，城北的長毛已望風遁去。塔齊布猛撲城頭，首受石傷，裹創再攻，長毛不能支，縋城竄去，遂復黃梅。

國藩進駐田家鎮，連日奏捷，又附陳吳文熔被陷狀，(應前回)。奉旨令崇綸自盡，並優獎國藩。國藩因湖北略平，遂督軍順流東下，直攻九江。湖北下竄的長毛糾合安慶新到的長毛，固守九江城，急切不能攻下。那時河北的長毛恰有肅清的消息，小子只好將九江戰事，暫擱一擱，別敘那河北情形。

長毛丞相林鳳祥，自深州敗走，返據靜海，分兵屯獨流及楊柳青二鎮，作為犄角。清將勝保，進攻不能下，且被長毛殺敗一陣。咸豐四年正月，清郡王僧格林沁，亦率軍趨至，會合勝軍，先攻獨流鎮。獨流鎮的長毛最是獷悍，固壘抗拒，清軍連衝數次，都被擊退，惱了有進無退的僧郡王，嚴申軍法，留勝保軍堵住楊柳青，自率精騎踹入敵營。長毛更番堵禦，奈見了僧王虎威，都已心驚膽慄，且戰且走。這邊僧軍更抖擻精神，上前奮殺，不一時已將敵營踏破。僧軍轉旆攻楊柳青，見勝軍已經殺入，接踵而進，立刻蕩平。二鎮已破，靜海的長毛，自然立腳不住，由鳳祥挈領南竄，入踞阜城。

阜城縣外，有堆村、連村、林家場三處，俱占要害，鳳祥就分兵屯駐，連寨以待。僧王一到，相度地勢，立派副都統郭什訥、達洪阿，副將史榮椿、侍衛達崇阿等，分頭縱火。東延西燃，把三村房屋，燒得一間不留，逃得慢的長毛都做了火燒鬼，逃得快的，還算走入城中。僧王正圍攻阜城，滿擬指日克復，忽報安徽長毛，由金陵遣至山東，偷渡黃河，攻陷金鄉縣，於是急遣將軍善祿等，分兵馳援。

過了一日，廷寄復下，令勝保速赴山東，堵剿匪目曾立昌、許宗揚。原來曾立昌、許宗揚二人，由鳳祥派遣，暗使往會山東長毛，攻擾臨清州，冀解阜城的圍困，鳳祥確是多智，奈勢已窮蹙何?所以清廷有此諭旨。勝保到了山東，臨清州聞已失陷，山東巡撫張亮基奉旨革職遣戍，連勝保、善祿等，亦遭褫革，戴罪自效。勝保氣得了不得，偕善祿馳攻臨清，日夜轟擊。城內的長毛頗有能耐，一味堅守，勝保大憤，督軍士三面猛攻，單剩南面一隅，放走長毛。長毛因有隙可逃，漸漸鬆懈，被清兵一擁登城，城立拔，長毛紛紛南奔。

勝保不及安民，即出城追趕，到了冠縣，一蓬火，燒死長毛頭目陳世保。曾立昌、許宗揚等，落荒而逃，遁至曹縣，四面築起木城，為固守計。勝保追至曹縣，與善祿密議道：「曾、許兩賊，已是窮蹙，定不能固守此城；但彼竄我追，何時方能住手？必須想一斬草除根的計策，方便收軍。」善祿躊躇一會，也無良法，只請勝保周視地形。勝保留善祿攻城，自率輕騎數十名，往各處巡閱一天。是晚回營，即與善祿附耳數語，令善祿分兵去訖。

到了夜半，勝保傳軍士各執火具，往焚木柵，霎時間煙焰蔽天，嚇得長毛四散奔逃，勝保恰趁這黑霧迷漫的時候，麾眾上城，曾、許二人知不可守，即棄城出竄。勝軍恰緊緊追趕。時已黎明，曾、許兩人，逃至漫口，見前面水色微茫，料無去路，正思沿河竄逸，忽河側有一支兵殺到，視之，乃係清將軍善祿所領的馬兵。善祿於此處出現，上文附耳數語，即此可見。曾、許急忙回頭，勝保又率步兵追到，馬步夾攻，就使曾、許兩人有三頭六臂，也是抵擋不住，「嘓咚嘓咚」數聲響，曾立昌、許宗揚都投入水中，眼見得兩道靈魂，隨河伯當差去了。差使不斷，尚是幸事，恐怕河伯要帶去問罪，奈何？其餘的長毛不是赴水，定是身死刀下，悉數殄除，無一漏網。

東境業已肅清，勝保整軍而回，途次聞林鳳祥已竄入連州。看官！你道林鳳祥何故入連州呢？他聞曾、許已攻入臨清，擬乘此還軍，聯繫曾、許，遂棄了阜城，南竄連州，占踞連鎮。僧王率眾南追，勝保也移師會剿，總道林鳳祥已成甕鱉，不日可平。誰知鳳祥真來得厲害，自知無生還望，索性拚著老命，堅持到底。僧王攻一日，鳳祥守一日，僧王攻一月，鳳祥守一月，僧王方焦躁得了不得，忽有長毛自南門殺出，勢甚凶悍，僧王急麾兵攔阻，已是不及，被他突圍而去。這突圍的長毛統領，乃是李開芳。原來鳳祥尚未知山東敗耗，特遣開芳南走，接應曾、許，合軍來援。開芳到了山東，曾、許已溺斃多日，無處求救，瘋狗噬人，不管好歹，窺見高唐州守備空虛，竟一鼓陷入，殺死知州魏文翰，他尚思分踞村莊，陡聞城外鼓角喧天，清將勝保已率軍追至城下，沒奈何登陴死守。自是勝保圍高唐，僧格林沁圍連鎮，此攻彼守，足足相持了半年。

僧王本是個驍悍人物，到此也無可奈何，看看冬季將盡，兩湖的捷報連日傳來，僧王恨不得立破敵壘，晝攻夜撲，一息不停，方將連鎮踏平了一半。連鎮係東西二砦聯繫而成，所以叫做連鎮，僧王費了無數氣力，才將西鎮攻破。鳳祥收拾餘燼，堅守東鎮，直至咸豐五年正月，糧盡力窮，方被僧軍猛力攻入。鳳祥尚是死戰，可奈前後左右統是僧軍，此牽彼扯，活活的被他擒住，檻送京師。僧王再移軍攻高唐，高唐自勝保圍攻，也是半年有奇，李開芳的堅忍不亞鳳祥，僧王仗著初到的銳氣，攻撲一番，仍然無效。他卻想了一計，令全軍一律退去。是時城內聞僧軍到來，到也驚惶，及見城外的清兵盡行退去，不得不乘機出竄。詎料行未數里，清兵竟漫山蔽野的掩殺過來，開芳知不能敵，回頭狂奔，直到茌平縣屬的馮官屯，入村踞守。那時開芳手下的長毛只有五百多人，尚與僧、勝兩軍，堅持了兩個月。僧王決河灌敵，開芳始無路可走，終被僧軍擒去，解往京師，與鳳祥並受凌遲罪。河北肅清洪天王的兵力，從此只限於南方，不能展足了。林、李一死，已定洪氏興亡之局。小子又有俚句一首，詠林鳳祥、李開芳道：

北上鏖兵圖善謀，孤軍轉戰死方休。
如何所事偏非主，空把明珠作暗投。

僧王凱旋，清廷行凱撤典體，免不得有一番熱鬧。那時咸豐帝喜慰非常，遂釀出一場大公案來，小子且至下回敘明。

本回為洪氏興亡之關鍵，自曾國藩戰勝江湖，而湘軍遂橫厲無前；自僧格林沁肅清燕魯，而京畿乃完全無缺。南有曾帥，北有僧王，是實太平軍之勁敵，而清祚之所賴以保存者也。林鳳祥、李開芳二人，為太平軍之佼佼者，轉戰河北，至死方休。令洪氏子一入金陵，用以攻北，即親率全軍為後應，則河北之籌備未足，江南之牽掣無多，一鼓直上，天下事殆未可料。不此之圖，徒令林、李兩頭目，孤軍圖河，至京畿被困，已挽救無方，林、李死而洪氏已亡其半矣。讀此回已見洪氏子之必亡。

那拉氏初次承恩　圓明園四春爭寵

且說咸豐帝迭聞捷報，心中欣慰。少年天子，蘊藉風流，只因長毛蔓延，烽煙未靖，不免宵旰勤勞，連那六宮妃嬪都無心召幸。這番河北肅清，江南復連報勝仗，自然把憂國憂民的思想，稍稍消釋。大凡一個人，遇著安逸時候，容易生出淫樂的念頭，況咸豐帝身居九五，年方弱冠，哪裡能拋除肉慾？若抑若揚，絕妙好辭。即位二年，曾冊立貴妃鈕祜祿氏為皇后。皇后幽嫻靜淑，舉止行動，端方得很，咸豐帝只是敬她，不甚愛她。此外妃嬪，雖也不少，都不能悉如上意。只有一位那拉貴人，芙蓉為面，楊柳為眉，模樣兒原是齊整，性情兒更是乖巧；兼且通滿漢文，識經史義，能書能畫，能文能詩，滿清二百多年宮闈裡面，第一個能幹人物，要算這位那拉氏。就使順治皇帝的母親，相傳是色藝無雙，恐怕還不能比擬呢（回應孝莊后）。

這位那拉氏籍貫，說將起來，恰要令人一嚇，她就是被清太祖滅掉的葉赫國後裔（回應第二回）。太祖因掘出古碑，上有「滅建州者葉赫」六字，所以除滅葉赫。只因太祖皇后本是葉赫國女兒，為了一線姻親，特令苟延宗祀，但不過陰戒子孫，以後休與結婚。順治後頗謹遵祖訓，傳到咸豐時候，已是年深月久，把祖訓漸漸忘懷；且因那拉氏的祖宗並非勳戚出身，入宮時只充一個侍女，後來漸遭寵幸，封為貴人。清制：皇后以下，一妃二嬪，貴人列在第三級，與皇后尚差四等，本來是不甚注意，誰知後來竟作了無上貴婦。命耶數耶！

那拉氏幼名蘭兒，父親叫做惠徵，是安徽候補道員，窮苦得不可言狀，遺下一妻二女，回京乏資，虧了個清江知縣吳棠，送他賻儀三百兩，方得發喪還京。看官！你道這吳知縣何故送他厚賻？吳宰清江時，曾有副將奔喪回籍，與吳有同僚舊誼，因副將舟過清江，乃遣使送給厚儀，不意去使誤送鄰船。這鄰船就是那拉氏姊妹北歸，正慮川資不繼，忽來了這項白鏹，喜從天降。那是吳縣官得知誤送，幾欲索還，旋聞係惠徵喪船，從前也有一面緣，就將錯便錯的過去，不過把去使訓斥了一頓。誰知後來的高官厚祿，都是這三百兩銀子的報酬。失之東隅，收之桑榆，也是吳縣官運氣。蘭兒曾語妹道：「他日吾姊妹兩人，有一得志，休要忘吳大令厚德。」志頗不小。

回京後，過了一二年，正值咸豐改元，挑選秀女，入宮備使。蘭兒奉旨應選，秀骨姍姍，別具一種丰韻，咸豐帝年少愛花，自然中意，當即選入宮中，服侍巾櫛。蘭兒素好修飾，到此越裝得秀媚。娥眉不肯讓人，狐媚偏能惑主。用討武曌檄中語，已寓深意。只因咸豐帝政躬無暇，蘭兒的佳運，尚未輪著，所以暫屈轅下。到了咸豐四年，這蘭兒命入紅鸞，緣來福輳，竟居然得邀天寵了。一日，咸豐帝退朝入宮，面上頗有喜色，適值皇后奉太后召，赴慈寧宮。宮嬪競上前請安，蘭兒也在後面隨著跪下，被咸豐帝瞧見，不由得惹起情腸，當下令宮嬪各回原室，獨留蘭兒問話。蘭兒一寸芳心，七上八下，也不知是禍是福，遂向咸豐帝重行叩見。咸豐帝溫顏悅色道：「你且起來，立在一旁！」蘭兒復叩首道：「謝萬歲爺天恩。」這六個字從蘭兒口中吐出，彷彿似雛燕聲，黃鶯語，清脆得了不得。待蘭兒遵諭起侍，由咸豐帝仔細端詳，身材體格恰到好處，真個是增之太長，減之太短，亭亭玉立，無一不韻。那滿頭的萬縷青絲，尤比別人特別潤澤，玄妻鬒髮，不過爾爾；還有一雙慧眼，俏麗動人，特別可愛。情人眼裡出西施，況蘭兒確是可人。頓時把這位少年天子，目不轉瞬地注著蘭兒。蘭兒不覺俯首，粉臉上暈起桃紅，含著三分春意，愈覺秀色可餐。咸豐帝瞧了一回飽，方問她年歲姓名。蘭兒一一婉答，咸豐帝猛然記憶道：「不錯不錯，你入宮已一兩年了。朕被這長毛鬧得心慌，將你失記，屈居宮婢，倒難為你了。」這數語傳入蘭兒耳膜，感激得五體投地，又叩謝溫語優獎的天恩。咸豐帝見她秀外慧中，越加憐愛，恨不得立命承御，適值皇后回宮，不得不遣發出去。看官記著！這一夕，咸豐帝就在別宮，召進蘭兒，特沛恩膏。蘭兒初承雨露，弱不勝嬌，輸萬轉之柔腸，了三生之夙孽。綺麗中帶譏諷語。一宵恩愛，曲盡綢繆，把咸豐帝引入彀中，翌日，即封她為貴人。她從此仗著色藝，竭力趨承，不到一兩年工夫，竟由聖天子龍馬精神，鑄造出一個小皇帝來。

這且慢表，單說清宮挑選秀女不限年例，咸豐帝因寵幸那拉貴人，免不得續添宮娥，準備服役，遂又下旨重選秀女。滿蒙各族女孩兒，年在十四歲以上，二十歲以下，一概報名聽選。只有財有勢的旗員，不忍拋兒別女，方賄賂宮中總監，替他瞞住，餘外不能隱蔽。一日，正是皇上親視秀女期限，一班旗下的女子，都與父母哭別，隨了太監，往坤寧宮門外，排班候駕。自辰至未，車駕不至，諸女來自民間，驟睹宮衛森嚴，已是心中忐忑；兼且站立多時，飢腸轆轆，未免怨恨起來。嗟嘆聲，嗚咽聲，雜沓並作。總監怒喝道：「聖駕將至，汝等倘再哭泣，觸動天威，恐加鞭責，那時追悔無及。」諸女被他一喝，越發慌張，顫慄無人色。

忽有一女排眾直前，朗聲道：「我等離父母，絕骨肉，入宮聽選，統是聖旨難違，家貧莫贖，沒奈何到此。就使蒙恩當選，也是幽閉終身，與罪犯囚奴相似。人孰無情，試想父母鞠育深恩，無以為報，生離甚於死別，寧不可慘？況現在東南一帶，長毛遍地，今日稱王，明日稱帝，天下事已去大半，我皇上不知下詔求賢，慎選將帥，保住大清江山，還要戀情女色，強擭良家女，幽閉宮禁中，令她們終身不見天日，一任皇上行樂，歷朝以來的英主，果如是麼？我死且不怕，鞭撲何懼？」滿清一代的奏議，多是婞阿取容惶悚感激的套話，鋪寫滿紙，不意有此女丈夫，真正難得。這一番話，說得宮監們個個伸舌。事有湊巧，咸豐帝御駕適到，太監料已聽見，忙將這女子縛住，牽至咸豐帝前請罪，叫她下跪。她偏不跪，仍抗言道：「奴一女子，粗知大義，不比你們齷齪小人，專知逢君之惡。今日特來請死，何跪之有？」咸豐帝龍目一瞧，見她莊容正色，英氣逼人，不禁心折，便令太監替她釋縛，溫言諭道：「你前番的說話，朕在途中，只聽得一半，你再與朕道來！」那女子照前複述，毫無囁嚅情狀。咸豐帝道：「你真不怕死麼？」那女子道：「聖上賜奴死，奴死了，千秋萬古，頗識奴名，但不知聖上將自居何等？」說到此句，便欲把頭觸柱。王鼎屍諫，不及此女。咸豐帝忙令太監攔住，便極口讚道：「奇女，奇女！朕命宮監送你回家便了。」並召諸秀女上前，問願入選否？諸女皆不敢答。咸豐帝道：「汝等都沒有答應，想是不願入選，宮監可一一送還，不准無禮！」咸豐帝之不亡，賴有此耳。於是直言的女子，領了眾女俯伏謝恩，隨眾太監出去。

咸豐帝回宮，尚記念這奇女子，等到太監復旨，便問此女何人？太監奏稱：「此女出身寒微，他父是個驍騎校官職，是小得很哩。」咸豐帝道：「你不要輕視此女，此女若不識文字，斷不能為此言。」太監道：「萬歲爺真是聖明。聞女家甚貧，全靠這女課童度日，得資養親哩。」咸豐帝道：「忠孝兩全，確是奇女，不意我旗人中，恰有這般閨秀，朕倒要設法玉成，保全她一世方好。」自是咸豐帝時常留意，嗣因某親王喪偶，遂代為指婚。小子並非杜撰，可惜這女子姓氏，一時無從搜考，只好待他時查出，再行補敘。

且說咸豐帝聞了旗女直言，頗思勵精圖治，日夕聽政，連那拉貴人都無心召幸。一日朝罷，接閱兵部侍郎曾國藩奏報：「水陸各軍，合攻九江城，賊堅守不能下，臣督水師三板船駛入鄱陽湖，毀去賊船數千艘，追賊至大姑塘，被賊抄襲後路，將內湖外江隔斷，賊復夜襲臣船，倉猝抵禦，竟致敗衄，臣座船陷沒，案捲蕩然。臣自知失算，愧對聖上，願馳敵死難，經臣羅澤南勸臣自贖，臣是以待死候旨，伏乞交部嚴加議處！臣雖死，且感恩不朽」云云。咸豐帝瞧了又瞧，不禁長嘆，便召軍機大臣入內，將奏報遞閱。內中有個滿軍機文慶，閱奏畢，便道：「曾國藩確是忠臣，即如此次敗仗，毫不隱諱，據實自劾，已見他存心不欺。現在東南一帶，如國藩的忠誠，實無幾人，皇上果加恩寬宥，他必愈加感激，時思報稱。奴才愚見，欲滅發逆，總在這國藩身上呢。」文慶頗獨具真鑑。咸豐帝沉吟半晌，方道：「你說亦是，你去擬旨罷！」文慶便草擬上諭，略說：「曾國藩自出岳州後，與塔齊布等協力同心，掃除群醜，此時偶有小挫，尚於大局無損。曾國藩自請嚴議之處，著加恩寬免」等語。擬畢，由咸豐帝瞧過，隨即頒發。

只咸豐帝心中，未免怏怏，有幾個先意承志的宮監，便導咸豐帝去逛圓明園。這圓明園是全國著名的靈園，園中一切布置，沒有一件不玲瓏精巧，豁目賞心。所有樓臺殿閣，不計其數；昔人所謂五步一樓，十步一閣，也差不多的景象。作者慣將亡國殷鑑作為比擬，可為善諷。此外如青松翠柏，瑤草琪花，碧澗清溪，假山幻嶂，更覺得密密層層，迷離心目。咸豐帝朝罷餘閒，嘗去遊玩。這日到了園中，正值隆冬天氣，花木多半蕭疏，不免鬧中帶寂，咸豐帝轉彎抹角，向各處逛了一周，終覺得無情無緒。行一步，嘆一聲。宮監知龍心未悅，只得曲意奉承，多方湊趣。有一慧且黠的某總管，竟啟口稟奏道：「這園內的花草，得邀宸盼，也算是修來幸福。可惜經冬凋謝，不能四時皆春，現應續選名花入園，令它顏色常新，方不負聖躬寵眷。」咸豐帝聞言微笑道：「世上沒有不凋的花草，任它萬紫千紅，一遇風霜，便成憔悴，除非是有美人兒，或者還可代得。」某總管道：「本年挑選秀女，萬歲爺聖德如天，叫她們個個回家。倘若不然，令群女入值園內，豈不是眾美畢具了？」咸豐帝道：「一班都是旗女，也不見什麼好處。」總管道：「萬歲爺貴為天子，富有天下，只叫一道聖旨，令各省選女入侍，就使西子太真，亦可立致。」歷代主子，統由此輩教壞。咸豐帝道：「祖制不准採選漢女，哪裡可由朕作俑？」總管又道：「宮裡應遵祖制，園內想亦無妨。」硬要逢君之惡，殊屬可恨！咸豐帝想了一回，便道：「這也須祕密辦理，不宜聲張。」某總管說聲遵旨，俟咸豐帝遊畢，即隨駕回宮。

不到半年，南中已獻入漢女數十名，供值圓明園，分居亭館，個個是纖穠合度，修短得中。更有那裙下雙彎，不盈三寸，為此金蓮瘦削，越覺體態輕盈。咸豐帝得了許多美人，每日在園中遊賞，巧遇豔陽天氣，春色爭妍，悅目的是鬟光釵影，撲鼻的是粉馥脂芳。酒不醉人人自醉，花不迷人人自迷。香國蜂王，任情恣採，今夕是這個當御，明夕是那個侍寢，內中最得寵幸的，計有四人，咸豐帝賜她們芳名，叫做牡丹春，杏花春，武林春，海棠春。

牡丹春住在圓明園東偏，宮院名牡丹臺，嗣改名鏤月開雲；杏花春住在圓明園西室，宮院名杏花村館；武林春住在圓明園南池，池上建起一座寢宮，天然佳妙，池名武林春色，宮院亦就池出名；海棠春住在圓明園北面，宮院恰不是海棠名號，偏叫做綺吟堂。在咸豐帝的意思，乃是將四春佳麗，分居四隅，綰住那一年春色，自己作為護花使者。樂將極矣。無如雨露雖是宏施，膏澤總難遍及，重門寂寂，夜漏遲遲，聽隔院之笙歌，惱人情緒，看陌頭之楊柳，倍觸愁腸。由悲生怨，由怨生妒，酸風醋霧，迷漫全園。誰意四春奪寵之時，正值太后彌留之日，咸豐帝入侍慈躬，好幾日不到圓內，羊車望幸，愈覺無期。接連又是太后崩逝，哭臨奉安的手續，忙了兩三個月。咸豐帝頗盡孝思，百日以內，未嘗入園。至易夏為秋，時日已多，哀思漸殺，方再入園中遊幸。當時四春娘娘，都已料聖駕將臨，眼巴巴的在園探望。偏這杏花春慧心獨運，捷足先登，數日前已遍賂值園宮監，叫他留意迎駕。那宮監得了好處，自然特別獻功，咸豐帝未入園門，狡太監已先探報。杏花春即帶領宮眷等，至要路迎迓，遙見御駕徐徐過來，早已輕折柳腰，俯伏在地。是時因太后喪期，妃嬪等都遵制服孝，杏花春淺妝淡抹，越顯得雲鬟鬟黑，玉骨清芬。咸豐帝瞧將過去，好似鶴立雞群，分外奪目，多日不見，益令人醉。忙龍行虎步的走將攏來，令她起立。杏花春珠喉婉轉，先稟稱臣妾迎駕，繼稟稱臣妾謝恩，然後站起嬌軀，讓咸豐帝先行，自率宮眷等後隨。到了寢宮，又復叩首請安。咸豐帝叫她不必多禮，並賜旁坐。這時候的杏花春自然提足精神，殷勤獻媚，把這咸豐帝籠住不放。留連至晚，即留宿在杏花村館。翌日，復由咸豐帝特旨，開群芳宴，傳諭各宮妃子貴人，都到杏花村館領宴。那時六院三宮，接奉聖諭，就使心中未愜，也只好聯翩前來。園內的牡丹春、武林春、海棠春，滿肚子含著醋意，終究不敢不到。只有鈕祜祿后，領袖宮闈，天子不能妄召，所以未嘗與宴。還有一位那拉貴人，奉了命，竟叫宮監回奏，稱病不赴。咸豐帝聖度汪洋，總道她身懷六甲，無暇責備，誰知入宮見嫉，她已別有心腸。那拉氏之心術，已露一斑。是日，杏花村館，大集群芳，「花為帳幄酒為友，雲作屏風玉作堆」，說不盡的綺膩風光，描不完的溫柔情態。咸豐帝至此，樂得不可言喻。恐怕此時的歡樂，只有咸豐帝一人，杏花春或尚得其半，此外則陽作歡娛，陰懷妒忌，未必盡如帝意也。但天下無不散的筵席，圓則易缺，滿則易傾，咸豐帝一生，也只有這場韻事，算作極樂的境遇了。後人曾有詩詠道：

纖步金蓮上玉墀，四春顏色鬥芳時；
圓明劫後宮人在，頭白誰吟湘綺詞？

咸豐帝罷宴後，次日早朝，忽接到六百里加緊奏章，忙拆開一閱，乃是荊州將軍官文，奏稱武昌復失，巡撫陶恩培以下，大半殉難，不禁大驚。看官！要知武昌失守情形，待小子下回說明！

酒色財氣四字，為人生最大之魔障，而色之一關，尤為難破，其釀禍亦最甚。士大夫之家無論已，試觀歷朝以來，亡國之朕，大半由於女色。若僅僅酗酒，僅僅嗜財，僅僅使氣，雖不能無弊，國尚不至於亡。咸豐帝頗號英明，當時稱為小堯舜，觀其聞選女之讜言，不加以罪，反褒獎之，其器識已可見一斑，然卒未能屏除肉慾，幸那拉，嬖四春，為主德累，四春尚未足亡清，而那拉實為亡清之張本，夫豈真遺碑成讖，非人力可以挽回者？主德可以格天，主不德，天數始不能逃也。本回專載清宮事，於咸豐帝之明昧，或抑或揚，隱寓勸懲之義，而於前後各回歷述戰事外，列此一回，尤足令人醒目。

羅先生臨陣傷軀　沈夫人佐夫抗敵

卻說湖北巡撫陶恩培，蒞任兩月，因省城初復，元氣中枵，兵民寥落，守備空虛，陶撫方趕緊籌防，不料長毛大至，連破漢口、漢陽，直達武昌。小子於六十二回中，曾敘武昌克復事，由曾國藩苦心孤詣，塔齊布以下將弁，效死前驅，方得殺敗長毛，奪回武漢，為什麼長毛又得達武昌呢？看官不必動疑，小子即要詳敘。自曾國藩戰敗鄱陽，內湖外江，水師隔絕，長毛復分軍趨長江上游。湖北總督楊霈，本有兵勇二萬名，駐紮廣濟，適值咸豐四年除夕，營中置酒高會，總道長毛麕集九江，一時不致復來，且安安穩穩的過了殘臘，再作計較。失之毫釐，謬以千里。正在歡飲酣呼的時候，營外忽然火起，急忙出營瞭望，那火勢已經燎原，火光中躍出無數紅巾，個個是執著大刀，橫著長槍，向營內撲來。營兵醉眼模糊，錯疑是祝融肆虐，帶來的火兵火卒，其實是長毛掩襲，縱火攻營，等得營兵回報，還有何人敢去抵敵？楊霈倉皇失措，嚇得魂不附體，連逃走都來不及，幸虧將官李士林，效死抗敵，截住營前，楊霈方得向營後走脫。士林本是個長毛出身，經楊霈招降，恩禮相待，所以得他保護，逃了性命。虧此一著。奔到漢口，暗料長毛必進薄武漢，不如擇個僻靜處，將就安身，遂借防敵北竄的名目，一溜風趨至德安府，才住了腳。

這時長毛泝江而上，如風馳電掣一般，陷漢口，破漢陽，竟到武昌省城。巡撫陶恩培麾下，只有兵勇二千，連守城尚且不足，那裡能出城堵截？等到長毛已逼城下，勉率司道等登陣固守，一面遣人至江西求援。曾國藩正被長毛截入鄱陽，不能展足，至此聞武昌危急，只得飛檄外江水師統領俞晟，帶了幾艘戰船，去援武昌；又保薦胡林翼為湖北臬司，付他陸軍六千名，從間道赴武昌。水陸兩軍，星夜前進，至小河口、鸚鵡洲、白沙洲等處，被長毛阻住。開了數仗，小小獲勝，誰知長毛另股，復由興國上竄，徑撲省城。陶撫臺已困守多日，怎禁得長毛麕集，一時迫不及防，竟被長毛攻入。陶撫以下，如知府多山，游擊陶德燾等，皆力戰陣亡。武昌三陷。胡林翼等馳救無及，只得扼守金口，收集潰卒，再圖恢復。

廷旨擢林翼為湖北巡撫，更飭曾國藩分軍赴援。國藩想棄了江西，轉援湖北，一時不能解決，乃召幕賓會議。湘鄉生員劉蓉，向與國藩友善，國藩許他為臥龍，至是適襄戎幕，遂起座道：「江西形勢，上下受敵，我軍孤懸此地，如在甕中，決非萬全計策。但今欲往援湖北，坐棄江西，亦屬非計。我軍一去，九江賊眾，必內破南昌，上走鄂岳，乃是越不得了。看來眼前只可整繕水師、接應陸師，務期攻克九江，才得西援東剿。」國藩點頭稱善；遂檄塔軍門，仍圍九江，不可輕動，自己馳抵南昌，添置船炮。

忽報饒州、廣信兩府城接連失陷，國藩頗為驚惶，羅澤南時正在營，投袂而起，願往一剿。國藩遂撥他高弟李續賓軍，一同去訖。可見為主帥者，不可無良將為輔。去了數日，得廣信捷音，報稱：「羅、李兩軍，連克大水橋、陳家山，乘勝追剿，擊斃長毛首領，立復廣信府城」等語，國藩稍稍心安。

楊載福、彭玉麟因船炮尚未備齊，暫時乞假回湖南，國藩應允。楊、彭二人甫去，九江陸師，又來了一封燒角文書，報稱塔軍門病歿了。又是一驚。這位塔軍門齊布，由侍衛揀發外任，從都司薦擢提督，所向有功。鄱陽湖一戰，水師陷入湖中，四面皆敵，幾乎全軍覆沒，虧得他帶領陸軍，截住岸上長毛，血戰獲勝，遙為聲援。那時鄱陽湖內的長毛，多自去救應陸兵，於是楊、彭諸將，方得收拾殘師，退扼上游。前回敘鄱陽戰事，只錄曾國藩奏報中數語，未曾詳明，故此處復補入事蹟。這回圍攻九江，計已多日，憤激的了不得，致患心病，半日即劇，死於軍中。國藩聞信，不暇哀悼，忙出城下船，率領水師出發九江。途中遇敵船來撲，由國藩一聲號令，紛紛殺出。長毛見他來勢凶猛，也即退讓。國藩無心追趕，竟至九江陸師營內，哭奠一番。並聞塔軍門部曲童添雲，先日陣亡，免不得也去祭奠。隨令幾員將士，擁護喪車回籍；並命周鳳山暫代塔任，用好言撫慰部眾，叫他繼述塔公遺志。塔軍門待下有恩，與士卒同甘苦，因此塔雖病歿，軍心不變。滿人中得此良將，也算奇特。

國藩復遣水師攻湖口，初次得勝，繼復失利，退紮青山，又由國藩馳撫。部署已定，回駐南康。途次聞義寧縣失陷消息，又擬調兵往救；嗣復接到羅澤南來書，知已由廣信馳還，收復義寧，書中復陳述厲害，稱：「東南大勢在武昌，得武昌乃可控制江皖，江西亦得屏蔽。若株守江西，徒與賊搏戰，無益大局，請自率所部，徑出湖北，規復武昌，再引軍東下，取登高建瓴局勢，會合水陸各軍，合力攻湖口，截住敵船上下，方可肅清江西。」國藩服他議論，但因江西三面皆敵，塔軍門已死，楊、彭尚未到來，一旦有急，無人可使，所以遲遲未答。

澤南等待數日，未見複音，遂單騎至南康，面陳機宜，國藩允准派五千精卒為助。劉蓉進見道：「大帥麾下，唯恃塔、羅兩君，塔公已亡，羅公又令他遠行，將來緩急誰恃？」國藩道：「我也曉得這個苦況，但為東南大局計，不得不然。倘羅軍能迅復武昌，自可回救江西。我是雖困猶榮了。」劉蓉道：「照此說來，原是不能不去，劉某不才，願隨羅公一行，或可少資臂助。」援湖北即是救江西，劉霞軒畢竟不弱。說著，羅澤南已來辭行，國藩即遣劉蓉同去。澤南道：「得劉君為助，還有何說！但九江一帶的陸師，只宜堅守，不宜屢攻，願明公轉飭諸將。」國藩道：「敬聽忠告。」於是澤南啟程，經國藩送出城外，握手依依，猶有留連不捨之狀，曾、羅二人，自此永訣。國藩道：「羅山此去，為國立功，不負大丈夫壯志。後會有期，謹從此別！」澤南道：「不復武昌，誓不見公。」壯士一去不復還，大有易水悲歌氣象。國藩聞言，神經為之悵觸，但號令已出，不好收回，便嘆息而別。郭嵩燾又送了一程，至柴桑村，澤南請嵩燾回去，嵩燾道：「曾帥坐困江西，君去必不能支，如何是好？」澤南道：「曾公所治水師，幸能自立，但教曾公常在，便無他患。俗語說得好：『謀事在人，成事在天』，天苟不亡清朝，此老斷不至死。」確論。隨與嵩燾揖別，至義寧領了部卒，向西出發。

沿途疊接探報，楊載福，彭玉麟二將，已由湘撫駱秉章遣募水師，赴鄂助勦，鄂署撫胡林翼，已自金口進薄武昌。澤南頗為喜慰，遂分軍為三，自領中營，李續賓領左營，劉蓉領右營，風馳雨驟地趕入湖北，一戰克通城，再戰克崇陽，進拔蒲圻，並復咸寧。適胡林翼軍，自漢陽敗退，渡江而南，與澤南相會。林翼道：「長毛真厲害得很，我屢攻武昌不下，轉攻漢陽，幾陷賊中，幸鮑都司春霆，劃船相救，方得免禍，看來長毛還不易除滅哩。」澤南道：「鮑都司非即鮑超麼？他係四川奉節縣人氏，曾隸塔軍門部下，後由曾帥拔充哨官，隨戰洞庭，異常驍勇，確是一員猛將，將來必立奇功。」鮑超歷史，從澤南口中敘出，筆法善變。林翼道：「羅山兄所見，與弟相同。」澤南道：「現在德安一路，消息如何？」林翼道：「從前楊制軍回屯德安，欲遣我駐紮漢川，截賊北走。羅山兄！試想武漢為長江咽喉，武漢不復，賊將四出，哪裡還能堵截？我便具疏力爭，虧得聖明在上，俯從愚見，所以在此相持。不意楊制軍棄了德安，直走棗陽，真是畏縮得很。現在改任荊州將軍官文為湖廣總督，西凌阿為欽差大臣，進攻德安，比從前稍有起色了。」藉此數語，了結楊霈。正談論間，忽報偽翼王石達開，率眾數萬，將到蒲圻城下了。澤南起身道：「蒲圻新復，又來悍寇，真個了不得。羅某且去殺他一陣再說。」林翼道：「君為前驅，我為後應，能夠殺退此賊，還好合攻武漢。」於是澤南在前，林翼在後，兩軍趨至蒲圻，正遇石達開前鋒。澤南鼓勇而前，英風銳氣，辟易千人。長毛前隊散去，後隊繼上。胡軍隊亦到，接應羅軍。兩下酣鬥，直殺到天昏地暗，鬼哭神愁，石達開才麾眾退去。羅、胡收軍入城，次日出探，石達開已馳入江西去了。澤南道：「賊去江西，曾帥越加危急，看來我軍只可急攻武昌，必待武昌克復，方得返援江西。」林翼亦以為然，遂合軍直趨武昌，分屯城東洪山，及城南五里墩。

是時欽差大臣西凌阿，攻德安不克，有旨革職，令官文代任督師。官文連破德安、漢川，進薄漢陽。長毛堅守武漢，屢攻不下，江西警報，日甚一日，澤南憤極，誓死攻城。長毛亦不甘退讓，每夜遣悍卒出城襲營。澤南設伏數處，誘敵進來，伏兵陡起，將長毛圍住。長毛拚命殺出，已有四百個頭顱，向地上滾去。妙語。自咸豐六年正月至二月，大小百數十戰，羅軍雖勝多敗少，總不能撲入城中。

三月朔，忽有大星隕落西北。晨起，大霧漫天，長毛蜂擁出城，與羅軍決一死戰。這番對仗，不比往日，那長毛都是舍了命，前來猛撲，險些兒把羅軍殺退。羅軍多是鄉里子弟，夙負氣誼，不肯相棄，總算還抵擋得住。澤南執旗指揮，憑他槍林彈雨，總是不退一步。怎奈槍彈無情，射中左額，血下沾衣，澤南忍痛收軍，長毛亦退入城去。

胡林翼聞澤南受傷，忙來視病，起初見澤南還可支持，到三月八日，病不能起，汗出如瀋，林翼入視，不禁流涕。澤南張目，見林翼在側，握住林翼手，便道：「武漢未克，江西復危，不能兩顧，正是可恨。我死不足惜，弟子迪庵，可承我志，願公提挈，期滅此賊。」林翼點頭，澤南遂瞑目而逝。澤南已受布政使職銜，至此出缺，由林翼疏奏，優旨照巡撫陣亡例撫卹，並賜祭葬，予謚忠節。羅山是興清功臣，且以書生赴大敵，其志可嘉，故敘述獨詳。

林翼遂令李續賓代統羅軍，仍紮洪山，林翼亦仍駐五里墩。會江西乞師文書，星夜投遞，林翼不得已，派兵四千往援。援師未至，江西省已大半糜爛。先是太平天國翼王石達開，攻入安徽省城，頗知聯結民心，張榜安民，斟定賦稅，百姓頗有些畏服。既而秦日綱又至，攻破廬州，擊斃江忠源，安徽全省，幾盡入長毛手。達開遂率眾旁出，馳至湖北，被胡、羅二軍擊退，轉入江西，連破義寧、新昌、瑞州、臨江各城。廣東土寇，復逃出湖南，侵入江西邊境，陷安福、分宜、萬載等縣，聯繫長毛，合趨袁州，南昌戒嚴。

國藩飛檄周鳳山軍，解九江圍，回駐樟樹鎮，屏蔽省會。此時江西陸師，只有周鳳山一支人馬，水師統將，如楊、彭等，又皆在湖北助剿。國藩危急萬分，唯馳檄兩湖，乞濟援師，奈遠水難救近火，一時總盼望不到。忽有一人敝衣草履，跨著大步，走入曾營。營弁欲去通報，他迫不及待，徑入內見曾國藩。國藩一瞧，乃是彭玉麟，不覺大喜，便道：「雪琴來得真好。」雪琴係玉麟表字，呼字不呼名，係朋友通例。玉麟答稱：「因江西緊急，徒步來此，七百里路，走得兩日半，今日才到。」國藩道：「你真是我的好友！」遂派領水師，赴臨江縣扼剿。

正在調遣，周鳳山敗報已到，乃是兵潰樟樹鎮。國藩忙自南康趨南昌，助巡撫文俊守城，奈吉安府、撫州府等，又陸續失守，江西七府一州五十餘縣，統被陷沒。只南昌、廣信、饒州、贛州、南安五郡，尚為清屬。廣信府在撫州東，長毛酋楊輔清，由撫州進攻，虧得一員女將軍，佐夫守城，激厲兵民，才將府城保住。這位女將軍是誰？乃是林文忠公則徐女，署廣信知府沈葆楨妻。

沈葆楨自御史出任知府，原任是九江，未到任，九江已陷，乃改署廣信。此時正在河口辦糧，城中吏民，聞長毛將至，逃避一空。及葆楨聞信，馳歸署中，只剩了一個夫人。外而幕僚，內而僕婢，統已星散。葆楨問道：「你何故獨留？」林氏道：「妾為婦人，義當隨夫。君為臣子，義當守城。君舍城安往？妾舍夫安適？」大義凜然，不愧林公令愛。葆楨道：「區區孤城，如何能守？」林氏道：「內署尚有金帛，妾已檢出，準備犒軍。大堂上已設巨鍋一隻，可以炊爨，準備餉軍。現在且令軍民暫時守城，再作計較。」葆楨道：「幕友已去，僕婢已散，何人辦理文書？何人充當廚役？」林氏道：「這個不難，妾都可以代勞。」

於是葆楨召兵民入署，取出內署金帛及簪珥等屬，指示兵民道：「長毛將到，這城恐不可守，汝等可取此出走，作為途中盤費。我食君祿，只能與城存亡，從此與汝等長別。」遣將不如激將，葆楨也有智謀。兵民齊聲答道：「我等願隨大老爺同守此城，長毛若來，殺他幾個，亦是好的。就使殺他不過，也願與城同盡。」葆楨道：「汝等有此忠誠，應受本府一拜。」隨即起座，恭恭敬敬的向兵民一揖。兵民連忙跪下，都道：「小的哪裡敢當！總憑大老爺使喚便是。」葆楨令兵民起立，遂將金帛等分給，兵民不肯受賜。葆楨執意不允，兵民遂各受少許，一一拜謝。

當下林夫人出堂，荊布釵裙，左手攜米，右手汲水，到大鍋前司炊。兵民望見，便道：「太太如何執爨？」林夫人道：「汝等為我守城，我應為汝造飯。」兵民道：「城是國家的城，並非老爺太太應該守城，小人們不必守城，老爺太太這般恩待，小人們如何過意得去？」林夫人道：「但得諸位盡力，我與老爺已感激多了。少許勞苦，何足掛齒？」隨即造好了飯，令兵民飽食一餐。兵民各執了軍械，踴躍登城，葆楨自去巡視一周，返入署內，與夫人林氏道：「兵民等雖已感我恩義，情願死守，但寡不敵眾，奈何？」林氏道：「此去至玉山，約九十里，有浙江總兵饒廷選駐守，他係先父舊部，當可乞援。」葆楨道：「如此甚好，待我修起書來。」林氏道：「君是巡城要緊，文牘一切，由妾代理。」隨即入內修書，修好後，出交葆楨。葆楨取來一瞧，字字作淡紅色，既不是墨，又不是硃，忙看下款，乃是林氏血書四字，即張著目呆看林氏。林氏道：「君毋過慮！這是指血書成，不甚要緊。」葆楨聞言，也為墮淚。

此書一發，那總兵饒廷選，自然兼程馳到。饒廷選入城，長毛才薄城下，遙見城上旌旗嚴整，已自驚心，不想城中復殺出一員饒鎮臺手下將士，統似生龍活虎一般，一當十，十當百，殺得長毛大敗虧輸，退五裡下寨。次日，饒鎮臺又來攻營，後面是沈本府押隊，帶來兵勇越多，呼聲震動天地，長毛先已膽怯，戰了幾個回合，便即逃去。這番勝仗，傳入曾國藩耳中，自然將夫婦共守事，奏達清廷，廷旨擢葆楨為兵備道，後且升任江西巡撫。文肅公自此成名，夫人並垂不朽。士民感頌慈蔭，至今不絕。

這且慢表，且說江西警報，遍達兩湖，經湖北巡撫胡林翼，遣兵四千，馳至湖南，巡撫駱秉章，亦派劉長佑、蕭啟江，分道赴援。國藩弟國華，又募兵數千，轉戰而東，連克新昌、上高各城，直抵瑞州。國藩乃再遣李元度、劉于潯、黃虎臣等，分頭接應。自是江西與兩湖，漸漸通道，軍務方有起色。誰知江南大營，竟於咸豐六年五月間敗潰，向榮憂死，洪天王氣焰驟漲一倍，正是：

貔虎合群方逞勇，鯨鯢得勢又揚鬐。

欲知大營潰敗情形，且至下回再表。

塔、羅二人，為曾氏麾下之最著名者。但塔本武夫，從軍是其天職，羅為文士，獨能組成一旅，親當大敵，亦古今來之罕見者也。且以理學名家，具兵學知識，尤為難能可貴。或者猶以反抗洪氏少之，抑知洪氏盜也，生平行事，無一足取。試問明火執仗，殺人越貨諸徒，為民間害，設處聖明之世，其有不立殺無赦乎？周公誅管蔡，猶不失為聖人，蓋亂賊必誅，無論親疏，不得恕罪。執是以論，於羅山何病？若沈夫人以一婦女身，具偉丈夫膽略，是殆所謂巾幗而鬚眉者非耶？林公家法，可於其女見之。是回為名士傑女合傳，可以作士氣，可以當女箴。

瓜鎮喪師向營失陷　韋楊斃命洪酋中衰

卻說江南大營，係是欽差大臣向榮統轄，張國梁為輔，自咸豐三年起，駐紮南京城外孝陵衛，與江北大營相犄角。江北大營統帥琦善，本是個沒用人物，圍攻揚州幾一年，兵餉用得不少。左副都御史雷以誠，正奉命巡閱河防，聞琦善師久無功，請旨剿賊，捐資募勇，自成一軍，紮營揚州城東面，與琦善大營作為犄角。又復仿江都仙女鎮抽釐章程，創設板釐活釐的名目，收充軍需。板釐是取諸坐賈，按月徵收，活釐是取諸行商，設卡徵收，看貨物的貴賤，作為等差；大約每百文中，取他兩三文，商賈尚不致病累，軍餉恰賴是接濟，當時稱他為妙法，都照樣循行。此特一時權宜之策，乃軍興以後，相沿未絕，至今益厲，商民交怨，不得謂非雷氏之作俑。琦善大營，自然照辦，不必細說。

當下士飽馬騰，正期一鼓殲敵，朝旨又責成琦善，叫他剋日破城，殲除務盡，毋使旁突滋擾。會洪秀全遣丞相賴漢英援揚，為副都統薩炳阿等所敗，琦善因勝而驕，自謂無恐，哪知賴漢英竟赴瓜洲，殺退參將馮景尼，師長鑣及鹽大使張翊國。揚州長毛，得知瓜洲道通，遂率全股衝出揚城，會合賴漢英，占據瓜洲，琦善徒得了一個空城，有旨責琦善不力，革職留效，馮景尼正法，師長鑣等遣戍。琦善惶急異常，令總兵瞿騰龍進剿瓜洲，騰龍陣亡。警報傳至揚州，急得琦善成病，不數月而逝。江寧將軍託明阿，奉旨代琦善任。託明阿的才識，與琦善也差不多，只浦口一戰，稍獲勝仗，然亦虧向榮派員夾攻，方得此勝。嗣後擁兵自固，毫無進取，因此江北大營，遠不及江南大營的威望。但向榮、張國梁，雖是有些智勇，誓復金陵，究竟金陵城大而堅，洪、楊又作為根據地，悉銳固守，被圍兩三年，仍舊負嵎抗拒；兼且遣眾四擾，牽動官兵，向榮又不能坐視不救，只得分兵援應。以故轉戰頻年，迄無成效。

會上海一帶，土匪蜂起，占住縣城，與長毛勾通。江蘇巡撫吉爾杭阿、督總兵虎嵩林、參將富安、守備向奎等，水陸進攻，足足攻了好幾個月，始由江寧府知府劉存厚，挖地成穴，埋入地雷，轟蹋城垣二十多丈，方得克復上海縣。上海既復，進攻鎮江，鎮江已由提督余萬青，奉向大臣檄，率兵萬餘，攻打數月。吉撫領兵八九千人，到鎮江城下，與余提督分營對立，仍用了老法兒，開隧種火，轟去了一小段城牆角。正擬督兵入城，不料城中長毛已探悉轟城的計策，遣悍卒潛出，繞至吉營背後，鼓譟而入，幸虧吉營尚有紀律，一時不致潰亂，當下返身拒敵，鏖鬥一場，方將長毛殺退。回望城頭，轟陷的城隙，已由長毛用土塞住。料知進攻無益，只得退休，白費了掘地埋藥的工夫，蹉跎蹉跎，又是一年。鎮江的長毛與瓜洲的長毛，不但蟠踞如故，並且雙方聯繫，氣焰越盛。

金、焦兩山，雖有總兵周士法、陳國泰兩部率艦分泊，怎奈逍遙坐視，一任長毛往來。長毛藐視已久，一面把兩處勾結，暗襲揚州，一面遣人知會南京，請發兵接應。揚州知府世琨，安坐城中，總道瓜洲、鎮江，都已圍住，長毛雖插翅不能飛來，忽聞城外喊殺連天，忙上城探望，已是滿地紅巾，倉猝調兵，應者寥寥；只有參將祥林，領了數百個羸兵弱卒，前來聽令。世琨令他登陴守禦，不到一日，已被長毛攻陷。祥林巷戰許久，力竭身亡。世太守也算殉城畢命。善善從長，不掩其美。這位託大臣得知此信，遣了幾員將官，來救揚州。揚州城已於前日失守，援軍初到城下，尚未住腳，長毛忽自城內衝出，洶洶的殺將過來。一陣亂掃，把援軍掃得四散。

隔了幾天，詔書特下，革託明阿及陳金綬、雷以職，令都統德興阿代任。德興阿驟遭寵遇，特別效力，親督兵至揚州城西北隅，猛撲城頭，一當十，十當百，任你長毛如何凶悍，也只得縮著手，抱著頭，棄城出走。可見用兵全在冒死。揚州算是再克，鎮江、瓜洲，仍然不下。蘇撫吉爾杭阿，頗具血誠，默唸城下頓兵，何日方了，躊躇再四，想出了一條釜底抽薪的計策，竟欲截斷長毛的糧道。當下與知府劉存厚商議道：「野戰不如扼要，攻堅不若斷糧，這是軍法上最要祕訣。我聞發賊運糧，全恃高資為通道，高資一斷，賊技自窮，非但鎮江、瓜洲可以立復，即金陵逆首亦只能束手受擒。老兄以為何如？」存厚道：「撫帥所言，確是制賊的妙策，卑職很是贊成。」吉撫道：「我欲截彼糧道，彼豈不防此一著，必須有堅忍能耐的幹員，方能當此重任。」存厚慨然起立道：「卑職願去。」吉撫道：「老兄肯去最好。萬一有急，兄弟定來救應。」存厚即辭了吉撫，帶領知縣松壽、鹽大使張翊國，飛馳而去。

看官！這糧道是全軍的性命，長毛聞存厚前往，哪有不出兵力爭之理？存厚既到高資，就煙墩山倚岡為寨，紮了品字式三個營盤。過了一天，已來了鎮江長毛數千名，前來撲營，被存厚一陣擊退。又過了兩日，復來了無數長毛，乃是金陵遣來的精銳，如蠅逐臭，如蟻附羶，爭向煙墩山撲來。劉存厚到了此時，明知眾寡懸殊，不是對手，只因奉命到此，早把生死置諸度外。長毛拚命攻撲，存厚拚命抵禦，炮聲震地，煙霧迷天，戰了兩三個時辰，忽報松壽、張國翊，均已陣亡，三營中失去二營，不由不令存厚心驚，只得收兵入寨，守住孤營，專待援應。

這消息傳到吉撫軍中，吉撫立率兵前往，將到高資，遙見黃旗紅巾，滿坑滿山，連劉營都望不清楚，諸將都已失色。吉撫即欲殺入，有一偏將攔馬稟道：「賊為護糧而來，生死所關，安肯輕去？我軍不過萬人，主客情形，相去懸絕，看來不如退守為是。」吉撫憮然道：「我以一部郎，不數年任開府，仗節麾，受恩深重，何敢貪生？今若一戰而勝，賊糧可斷，逆穴可平，上紓天子的憂思，下解生民的疾苦。萬一失敗，願捐軀報知遇恩。況我與劉知府曾面約往援，豈可失信？」懷忠履信，吉撫可謂完人。言畢，即當先衝入，眾將亦不得不隨往，前馳後驟，竟將長毛衝倒數百名，劈開一條血路，直入劉存厚營。長毛見吉撫入內，霎時四合，百炮齊鳴，千彈並發，吉撫聞這聲耗，登高四望，正覷那長毛的隙處，意欲搗堅攻瑕，俄聞嵬的一聲，忙睜睛瞧著，忽有滾圓的一粒炮子飛將前來，撞著腦袋，如石擊卵，頓時鮮血直流，痛極而仆。眾軍見主帥暈斃，統是驚駭異常，長毛即一擁前進，殺的殺，劈的劈，軍士見不可敵，大家是逃命要緊。有幾百名隨著劉存厚左右衝突，欲翼吉撫屍身出圍，可奈長毛圍繞得緊，殺一重，又一重，存厚力竭氣喘，大吼一聲而亡。這是一場血戰，故敘述較詳。吉、劉兩人，都已殉難，圍攻鎮江的余萬青，也立腳不定，自然撤圍，長毛遂四出紛擾。

欽差大臣向榮亟命張國梁馳剿。國梁係江南大營的棟柱，自圍攻金陵後，轉戰無虛日，金陵悍酋屢次出犯，都由國梁殺退；各處聞警，得國梁馳救，亦無不克復。此時正收復江浦，渡江回營，接向大臣命令，不及休息，率兵即行，至丁卯橋遇著長毛，一鼓蕩平；進至五峰口，又殺掉了數百名長毛；再進至九華山，見長毛駐紮較多，他卻偃旗息鼓，佯為退走；至夜間揮兵前往，把敵營踏平好幾座。這一股英風銳氣，正足辟易千人。

長毛戰不過國梁，都竄回金陵。國梁正尾追西歸，遙見大營火起，營內的兵勇，狼狽奔來，料知營中遇變，加鞭疾行。到了孝陵衛不見大營，只見遍地是火，長毛正殺得高興，仗火肆威，當下不知向公下落，只揀著長毛多處，揮刀直入，左衝右蕩，尚尋不著向大帥。忽見東南角上，火光熒熒，尚現出向字旗幟，忙奮勇殺將過去。那長毛如蜂如蟻，裹將攏來，他恰不管利害，仗著一柄大刀，東劈西削，無不披靡。殺了好一歇，方逼近向字旗邊，見向帥正危急萬分，急呼道：「國梁在此，保大帥出圍！」向榮聞國梁兵到，氣為一振，即眾將士亦變怯為勇，拚著命隨了國梁，突出重圍。長毛亦不敢追趕，由國梁保著向公，自淳化鎮退保丹陽。為張國梁寫生，故江南大營失陷，仍寫得燁燁有光。這次大營失陷，是由向大臣分兵四出，麾下兵寡將單，鎮江長毛與金陵長毛，窺破向營情形，互約夾攻，前後縱火，向軍腹背受敵，以致大潰。這是頓兵堅城的壞處。

向榮至丹陽後，嬰城固守，長毛分途逼圍，重營疊壘，勢甚鴟張。向榮憂憤成疾，由國梁收集散卒，激厲將士，開城再戰，連破長毛營寨，斬首數千級，丹陽方轉危為安。無如向榮病終不起，臨危時，以軍事付國梁，並囑咐道：「汝才足辦賊，我死何憾！」國梁垂淚受命，忽向榮自床上躍起道：「終負朝廷恩。」言畢而仆，遂殞。江南提督和春，奉旨代向榮督師，國梁以提督銜幫辦軍務，人心稍固。

獨這位洪天王秀全，聞江南大營，都被擊退，向榮又死，遂自以為強盛無匹，越加驕淫。楊秀清手握大權，至此益妄作妄行，每日掠奪佳麗，輪班入侍，可憐三吳好女子，被這楊賊糟蹋無數。有崇拜洪、楊者，心中所慕，亦是為此，不然，何以有楊梅都督，花界大王。奈秀清最寵的是傅善祥，善祥逸去，秀清大索不得，悵望異常，恰巧揚州獻一個美人兒，姓朱名九妹，年十九，能詩文，才貌與善祥相似。秀清是歡喜極了，即令入值東王府，代善祥職，夜間即要她侍寢。九妹不從，娉婷弱質，不敵混世魔王，卒被他強暴脅迫，恣意淫汙。九妹恨甚，陽作歡笑容，暗中誓不與俱生，趁著秀清飲酒，偷放砒毒。不料被秀清察破，迫她自飲，毒發而斃。又有江寧李氏女，選入東王宮，亦遭淫辱，她在髻內藏小刀寸許，伺秀清醉酒酣睡，直刺其喉。秀清適轉身，誤中左肩，秀清大怒，立呼左右用點天燈刑。什麼叫做點天燈？係用布帛將人束住，漬油使透，倒綁桿上，燒將起來。看官！你道慘不慘呢？又有一個趙碧娘，丰姿秀美，年僅十五六，初被擄充繡館女工，碧娘本是一手好針繡，製了二冠，呈諸東王。秀清見她精緻絕倫，稱賞不置。不意被同館所妒，說她內襯穢布，裂視果然。即令館監先加杖責，訊是何人指使？碧娘矢口自承，遂令於明晨點天燈示眾。時碧娘已經昏暈，棄桂樹下，夜半始醒，醒即自縊，才免慘焚。秀清怒無所洩，竟殺守者及知情不舉的數十人。看官！你道慘不慘呢。再加一語，益令人髮指，崇拜洪、楊者其聽之！

秀清一想，民女多是靠不住，只有天妹洪宣嬌，素與交好，不如娶她過來，巧值秀清妻死，便娶天妹作了繼室，天妹倒也願意成親。這日是個伏天，秀清飭制大涼床，窮工極巧，四面玻璃，就中水肉，養大金魚百數，荇藻交橫，微風習習，秀清、宣嬌裸體交歡，一對淫夫淫婦，只嫌夜短，不慮晝長。但秀清本有許多姬妾，自從宣嬌娶入，都成了有夫的寡婦，長夜綿綿，令人難耐。適有東府承宣陳宗揚，生得一表人材，面如冠玉，惹得這班王娘，統願屈體俯就，要宗揚來替秀清。宗揚沒有分身法兒，久之久之，自然鬧出事來。

秀清下令，斬了宗揚。宗揚是韋昌輝妻弟，昌輝時在江西，得了此信，暗暗懷恨。正值秀清惡貫已滿，由秀全降下密旨，召昌輝回南京。昌輝率眾回來，秀清不許入城，由昌輝再三懇請，願留部下在城外，只帶隨從數十名進來，乃為秀清所許，入見秀全。秀全佯怒道：「現在天國軍權，歸東王執掌，你豈不知？東王不要你回來，你何得擅回？快去東王府請罪！東王若肯赦你，你宜速赴泛地。」言畢，恰暗暗垂淚。昌輝覷見，料知天王見迫，不便明告，隨往東王府請謁求赦。秀清立即延入，昌輝央懇向天王前緩頰。秀清道：「弟事自當代請，但我將以八月生日，進稱萬歲，弟知之否？」昌輝道：「四兄勳高望重，巍巍無比，早宜明正位號。不過弟在外徵妖，未敢明請哩。」當即跪下，叩稱萬歲，並令隨從各員，亦跪稱萬歲，秀清大喜，命即賜宴，昌輝以下，一律犒飲。昌輝入席，起初還是極力趨承，嗣見秀清微醉，便起立道：「天王有命，秀清謀逆不軌，著即加誅！」秀清聞言欲避，昌輝從員，已一擁而上，將他砍死。想做皇帝，誰料遭此結果。擁入內室，把他子女侍媵，一一斬首，只剩了天妹洪宣嬌，由昌輝摟抱而去。

返入北王府內，先與宣嬌合歡，然後報知天王。

不意東王餘黨，集眾攻北王府。昌輝復開城召入部眾，與東王黨互鬥，你殺我，我殺你，兩下相殺，城河為赤。忽翼王石達開，自江西馳回，燕王秦日綱，亦自安徽趨至，兩人俱奉天王密旨，入靖內亂。既入城，聞秀清已被昌輝殺死，兩黨鏖戰不休，遂相與調停。昌輝不服，定要殺盡東王餘黨，當下惱了石達開，便大聲道：「你既殺了東王，也好罷手，為什麼滅他家族？你滅他家族，還嫌不足，定要除他餘黨，我天國不為東王而亡，恐要為你而亡了。」昌輝不答，達開憤憤而出。是夜翼王、燕王兩府，統被昌輝手下圍住，秦日綱出問被殺，翼王府內，竟是全家被害。獨達開不知如何察覺，竟縋城出走，將糾合部眾入犯。昌輝去報秀全，秀全不覺失聲道：「汝不聽達開言，倒也罷了，今將他全家殺死，莫怪他不肯干休。」昌輝嘿然，竟自趨出，反戈圍天王府。天王兄弟仁發、仁達，暗與東王黨講和，同攻昌輝。昌輝敗走，東王黨趁勢入北王府，見一個，殺一個，不特昌輝妻妾，統做了刀頭之鬼，就是宣嬌玉骨，也被大眾剁成肉泥。昌輝出城，手下只剩數十人，渡江至清江浦，適遇前使在外的東王黨，將他擒住，押送江寧。秀全命即磔死，將首級送與達開，溫詞召達開回來。

達開怨憤少洩，返入江寧，大家推他輔政，如秀清故事。怎奈秀全心懷疑忌，只恐達開如韋、楊一般，仁發、仁達，又與達開意見不合，達開就辭別天王，出城徑去。這次秀全謀除秀清，密召韋、石諸人，還是錢軍師代他決策，後見韋、楊內鬨，他竟不知去向。從此秀全失了一個參謀，內外政事，都由仁發、仁達主持，越加棼亂。

是時曾國藩在江西，得兩湖援軍，攻克南康，曾國華等亦收復瑞州，李元度、劉于淳諸將，復取宜黃、崇仁、新淦等縣，江西軍務，漸有起色。會官文拔漢陽城，擊斃長毛軍的鐘丞相、劉指揮。胡林翼拔武昌城，生擒長毛，檢點古文新等十四人，武漢三失三復。湘軍遂乘勝收黃州、興國、蘄州、蘄水、廣濟等處，僅十日間，肅清湖北。於是楊載福率領水師四百餘艘，李續賓率領陸師八千餘人，沿江東下，連戰皆克，直達九江。國藩在南昌聞報，親赴九江勞師，途次聞蕭啟江、劉長佑二軍，已奪得袁州；其弟國荃，亦組成一部吉字軍，由萍鄉入會周鳳山，攻取安福。喜信迭來，精神益爽。到了九江，但見水陸兩軍聲勢甚盛，楊、李兩統領，都來迎謁。那時這位奔走倉皇的曾大帥，不禁喜逐顏開，攜了楊、李兩將手，慰勞一番，並傳見水陸將弁，一一慰諭；又出餉銀分犒兵士。三湘豪傑、七澤健兒，個個歡騰，人人效命，立思踏平九江城。怎奈攻了月餘，仍未見效。轉瞬已是咸豐七年，國藩在營中度歲，過了正月，擬移節瑞州，忽由湘鄉發來訃聞，乃是國藩父竹亭封翁壽終。國藩大慟一回，立即奔喪。瑞州的曾國華、吉安的曾國荃，亦先後馳歸，到家中守制去了。正是：

出則盡忠，入則盡孝。
籲嗟曾公，無忝名教。

國藩既歸，朝議令他墨絰從戎，由國藩固請終制，此是正理。乃詔令總兵楊載福、道員彭玉麟，就近統領兵勇，並命兩湖巡撫，酌派陸軍赴江西助剿。

這回已可作結束，待小子休息一刻，再敘下回。

琦善之不逮向榮，人盡知之。顧向榮頓兵三年，師老日久，亦犯兵家之忌。行軍之要素有二：一仗氣勢，二仗紀律。三年無功，氣勢餒矣，紀律亦安望常嚴？即非分兵四出，亦安保其不傾覆者？或謂蘇撫吉爾杭阿，不攻高資，則鎮江不致撤圍，城內之太平軍，無自糾合金陵，夾攻向營，向營即可以不覆，是說似是而實非。高資既為敵軍運糧之處，則向榮早宜設法要截，寧必待吉撫乎？吉撫之不成，眾寡不敵致之也。就令吉撫不死，向營寧能長保乎？唯金陵韋、楊二酋，一勝即驕，自相殘殺，此可以見盜賊之必亡。不然，金陵之圍已解，向榮歿，曾國藩被困南昌，洪氏正可乘勢而逞，天下事，未可知也。本回前半截敘向營之被陷，有以見專閫之非才，後半截敘韋、楊之自殘，有以見劇盜之必滅。

智統領出奇制勝　愚制軍輕敵遭擒

卻說湖北巡撫胡林翼，奉旨派兵援贛，即遣李續賓赴瑞州，文翼赴吉安。湖南巡撫駱秉章，亦遣江忠義、王鑫赴臨江。是時吉安、臨江兩處尚在長毛手中，臨江方面，由劉長佑、蕭啟江進攻，相持不下；吉安方面，自曾國荃去後，諸將各存意見，積不相容。適江西巡撫文俊罷職，代以耆齡，耆齡恐臨江失守，遂一面調王鑫至吉安，一面奏起曾國荃，仍統吉安軍。王鑫既到吉安，長毛酋石達開前鋒正到，兩下交戰一場，互有勝負。這位王鑫頗有才名，他亦以安邦定國自命，至此與長毛另股相搏數日，一些兒沒有便宜，反傷失軍士數百名，未免心中怏怏；其言之不怍，則為之也難。自是憂憤成病，終日在床上呻吟。忽報石達開自至，軍中大愕，急稟知王鑫，急得王鑫冷汗交流，霎時間口吐白沫，竟到閻羅殿去報到。虧得國荃馳至，軍心方定。

國荃即率軍擊石達開，達開是長毛中一個黑煞星，至是因韋、楊內鬨，孤軍出走，悲憤得了不得，還有何心戀戰？既到吉安，見國荃軍容甚整，他竟不戰而去。先到的長毛，因後隊無故退回，自然一鬨隨行，走得稍慢的長毛，反被國荃追至，殺斃了好幾百名。嗣因長毛去遠，仍回軍圍攻吉安。

這時楊、彭二將圍九江，已將一年，守城悍酋林啟榮，屢出兵相撲，都被楊、彭擊敗；他卻一意固守，始終不懈，楊、彭二將，倒也無法可施。且因外江內湖的水師，被阻三年，仍然不能溝通。楊、彭商議多日，由玉麟建議，力攻石鐘山。這石鐘山是江湖的要口，長毛布得密密層層，作九江城的保障，所以湘軍內外隔絕。楊、彭二人，懸軍九江城下，左首要防著九江，右首要防著石鐘山，兩面兼顧，為礙甚多，於是決意攻石鐘山，密遣人暗約內湖水師，裡應外合，又與陸軍統領李續賓，商定祕謀，令他照行。此處用暗寫，以免平衍。

發兵這一日，內湖水師，先冒死衝出湖口，依山列陣，長毛無日不防他出來，自然率眾堵禦。但長毛內也有能人，一則恐楊、彭夾攻，二則恐李續賓也舍陸登舟，前來接應，故寫長毛防備，以顯楊、彭妙策。旋探知李續賓已先日拔營，往宿太等地方去了，長毛遂專力禦兩面水師。楊、彭二將，聞內湖水師已出湖口，遂將戰船分作兩翼，鼓棹疾進。那時山上山下的長毛，已分頭抵敵，這裡方擊楫渡江，那邊已投鞭斷水，兩軍接仗，都是把性命丟在雲外，惡狠狠的搏戰，自午至暮，足足鬥了四五個時辰，喊殺之聲，尚然未絕；兩下列炬如星，再接再厲，你不讓，我不走，直殺到天愁地慘，鬼哭神號。猛然見山上火起，照徹江中，映著水波，好像火龍一條，夭矯出沒，頃刻間煙焰迷騰，滿江皆赤。長毛都驚愕不知所措，回望山頂，恍如一座火焰山，矗起江面，憑他渾身是膽，到此也不寒而慄。一夫駭走，萬夫卻行，湘軍趁這機會，把長毛殺得四分五裂，如摧枯，如拉朽，未及天明，已奪得戰艦八十九艘，炮千二百尊，殺斃長毛萬餘人。外江內湖的水師，併合為一。這一場惡戰，若非李續賓佯赴宿太，乘夜渡江，繞出石鐘山後，登山縱火，尚未見水師定獲大勝。敘明前次祕謀，可謂兵不厭詐。楊、彭至天明收軍，檢點部下，十分中亦死了兩分，傷了三分，正是由性命換了出來。後來由曾國藩奏聞，就石鐘山上建昭忠祠，便是因傷亡太多，借祠立祭，妥侑忠魂，這且慢表。

且說湖口既克，下游六十里，就是彭澤縣。彭澤縣南有小孤山，也是挺立江中，長毛據高為壘，就南北兩岸，修築石城，環以深濠，密排樁木，藉此守彭澤縣，作為九江聲援。長毛酋賴漢英，踞城扼守，已歷四年，楊載福合軍進取，到彭澤縣南岸，飭兵士登陸，佯修營壘，作長圍狀。長毛出城猛撲，築營的兵士，都紛紛逃走。那時長毛爭先追趕，直到急水溝，只聽得一聲號炮，萬馬奔騰，楊載福親統大軍，於長毛背後殺到。長毛知勢不妙，連忙回軍，已是不及，沒奈何與楊軍接戰，無如後面又有兵至，把長毛衝作數截。長毛心慌意亂，只得人人自顧性命，各尋生路，奔回城中。這長毛後面的敵兵，看官不必細問，就可曉得是築營佯敗的兵士了。楊載福率眾掩殺，擒斬無算，立即圍住彭澤城，四面攻打了一日。次日撤去兩隅，單從西南兩面猛攻，賴長毛漢英，亦令長毛併力抵禦，自辰至暮，兩造軍士都有些睏乏起來。攻城的兵士，漸漸懈手，守城的兵士，亦漸漸放鬆。賴酋也總道無虞，不防城東突有清軍登陣，拔去賴字的長毛旗，換了李字的清軍旗，嚇得賴酋手足失措，只好招呼部眾，開了北門，一齊逃走。看官記著！楊軍單攻西南，已是明明有意，留出東北兩面，一面約李續賓夜襲，一面放賴漢英出逃，這有勇無謀的賴長毛，正中了楊提督的妙計。名為漢英，實是漢愚，不敗何待？

賴漢英出了彭澤城，擬逃往小孤山，到了江邊，張目一望，只叫得一聲苦，正思拍馬回走，沿江已有清兵殺來，一片喊殺的聲音，震動江流，不知有多少清兵。幸漢英忙中有智，急脫去軍裝，除下紅巾，一溜煙的逃脫，所遺部眾，被清兵殺得一個不留。閱至此處，方知楊載福放走賴酋，亦自有計，只賴酋尚不該死耳。後人有詩詠這事道：「彭郎奪得小姑回。」小孤山亦稱小姑山，彭郎就指玉麟。楊載福攻城時，彭玉麟已分兵攻小孤山，奪山破城，可巧是同一日，只相隔了幾小時。賴酋逃至江岸，上山下水，已統懸「彭」字大旗，此時除微服潛逃外，還有何法？楊、彭、李既連拔要害，掃清九江上下游敵壘，遂專力攻九江。

這時候，和春、張國梁自丹陽合兵，復進攻江寧屬縣，攻克句容、溧水等城，仍逼鎮江。鎮江是金陵犄角，前次余、吉二人，圍久無功，都因金陵屢次出援，所以失利。這番張國梁來攻鎮江，仍用吉爾杭阿舊法，自率兵營高資，扼敵糧道，長毛屢次來爭，國梁竭力抵拒。長毛戰一仗，連敗四次，方不敢來敵國梁，只扼守運河北岸，築壘相拒。可見吉撫之計，未嘗不是，但兵力不逮國梁，故成敗異勢。國梁亦不去硬奪，但蓄養了數天，密約總兵虎嵩林、劉季三、余萬青、李若珠等，合力攻城。鎮江長毛，狃於前勝，不甚措意，至四總兵殺到，如狂風驟雨一般，震撼城垣，氣騰貔虎，鋒蛇虺，草木皆兵，風雲變色，長毛見了這般軍容，不覺大驚，急率眾堵禦，開炮擲石，忙個不了。怎奈顧了東管不到西，顧了西管不到東，方在走投無路，那赫赫威靈的張軍門大旗，亦乘風飄到。長毛望見旗號，越加股慄，城外的清兵，偏特別起勁，城牆也似駭他的威望，竟一塊一塊的墜將下來。清兵即潰垣而入，破了城，搜殺數千人，只尋不著長毛酋吳知孝，追到江邊，也沒有蹤跡，料是逸圍而去。

國梁收復鎮江城，德興阿也克復瓜洲。原來德興阿駐節揚州，聞鎮江長毛與清軍相持，料知江南的長毛無暇兼顧江北，遂益勒兵攻瓜洲，四面兜裹，突將土城攻破；長毛無路可逃，多被清兵殺斃。有幾十百個長毛竄出城外，又由清水師截擊，溺斃無遺。敘德興阿克瓜洲，與張國梁事，簡略不同，已可見兩人之優劣。

南北捷書相望，和春、張國梁仍進規江寧，又組成一個江南大營。事有湊巧，江西的臨江府，也由湖南遣來的援軍，一鼓攻入，劉長佑積勞成病，乞假暫歸，代以知府劉坤一，與蕭啟江軍同向撫州，江西已大半平定，眼見得九江一帶，亦不日可平了。暫作一束。

誰想內亂方有轉機，外患又復相逼，廣東省中，又鬧出極大的風波來。廣東的禍胎，始自和事佬耆英。英商入城一案，經粵督徐廣縉單舸退敵，英使文翰，才不復言入城事，接五十六回。廣東安靜了幾年。長毛倡亂，廣東亦不被兵革，只徐廣縉調任湖廣後，巡撫葉名琛，就升為總督，會英政府召回文翰，改派包冷來華。包冷復請英商入城，名琛不許，包冷屢次相嬲，名琛竟不答覆。有時連諮請別事，他也束諸高閣，清廷因廣東數年無事，總道他坐鎮雍容，定有絕大才略，授他體仁閣大學士，留任廣東，名琛益大言自負。咸豐六年，英政府復遣巴夏禮為廣東領事，巴夏禮又來請入城，名琛仍用老法子，一字不答。巴夏禮素性負氣，竟日夜尋釁，謀攻廣東。適值東莞縣會黨作亂，按察使沈棣輝，督官紳兵勇，把會黨擊退，棣輝列保兵勇戰功，請名琛疏薦，名琛也擱置不提，兵勇自是懈體，一任黨匪逃去。黨首關巨、梁楫等，遁居海島，投入英籍，獻議巴復禮，請攻廣東。名琛原是糊塗，黨匪亦太喪心。巴復禮遂訓練水手，待時發作。

冤冤相湊，海外來了一隻洋船，懸掛英國旗幟，船內卻統是中國人。巡河水師疑是漢奸託英保護，登船大索，將英國旗幟拔棄，並將舟子十三人，一概鎖住，械繫入省，以獲匪報。名琛也不辨真假，交給首縣收禁。忽由巴夏禮發來照會一角，名琛有意無意的，接來一瞧，內稱「貴省水師，無故搜我亞羅船，殊屬無理。舟子非中國逃犯，即使得罪中國，亦應由華官行文移取，不得擅執。至毀棄我國國旗，有汙我國名譽，更出意外」等語。當下名琛瞧畢，便道：「我道有什麼大事，他無非為索還水手，嘮嘮叨叨的說了許多，那個有這般空工夫，與他計較？」隨召入巡捕，叫他知照首縣，發放舟子十三人，送還英領事衙門。不意到了次晨，首縣稟見，報稱：「昨日著典史送還英船水手，英領事匿不見面，只由通事傳說，事關水師，不便接受。」名琛道：「聽他便是，你且仍把水手監禁，不必理他。」首縣唯唯而退。

不到三日，水師統領，遣人飛報英艦已入攻黃埔炮臺。名琛道：「我並不與英人開釁，為什麼攻我炮臺？」正驚訝間，雷州府知府蔣音卬，到省求見，由名琛傳入。名琛也不及問他到省緣故，便與他講英領事瞎鬧情形。蔣知府道：「據卑府意見，還是向英領事處，問明起釁情由，再行對付。」名琛道：「老兄所見甚是，便煩老兄去走一遭。」蔣知府不好推辭，就去拜會英領事，相見之下，英水師提督亦在座。蔣知府傳總督命，問他何故尋釁？兩人同答道：「傳言誤聽，屢失兩國和好，請知府歸語總督，一切事情，須入城面談。」蔣知府回報名琛，名琛道：「前督徐制軍，已與英使定約，洋人不得入城，這事如何通融？」蔣知府不敢多言，當即退出。巴夏禮又請相見期，名琛以入城不便，謝絕來使。巴復禮再請入城相見，名琛簡直不答。於是巴夏禮召集英兵，由水師提督統帶，入攻省城，只聽一片炮聲，震天動地。名琛並不調兵守城，口中只唸著呂祖真言寶訓。巡撫柏貴、藩司江國霖，急忙進見，共問退敵的計策。名琛道：「不要緊！洋人入城，我可據約力爭，怕他怎麼？」柏貴道：「恐怕洋人不講道理。」名琛道：「洋人共有多少？」柏貴道：「聞說有千名左右。」名琛微笑道：「千數洋人，成什麼事！現在城內兵民，差不多有幾十萬，十個抵一個，還是我們兵民多。中丞不聞單舸赴盟的徐制軍麼？英使文翰，見兩岸有數萬兵民，便知難而退，況城內有數十萬兵民，他若入城，亦自然退去。」道言未絕，猛聽得一聲怪響，接連又是無數聲音，柏、江兩人，嚇得什麼相似，外面有軍弁奔入，報稱城牆被轟坍數丈，柏貴等起身欲走，名琛仍兀坐不動。鎮定工夫要算獨步。柏貴忍不住，便道：「城牆被轟坍數丈，洋兵要入城了，如何是好？」名琛假作不聞，柏、江隨即退出。是夜洋人有數名入城，到督撫衙門求見，統被謝絕，洋人也出城而去。名琛聞洋人退出，甚為欣慰，忽報城外火光燭天，照耀百里。名琛道：「城外失火，與城內何干？」歇了半日，柏巡撫又到督轅，說：「城外兵勇暴動，把洋人商館及十三家洋行，統行毀去，將來恐更多交涉。」名琛道：「好粵兵！好粵兵！驅除洋人，就在這兵民身上。」柏撫道：「聞得法蘭西、美利堅商館，亦被燒在內。」名琛道：「統是洋鬼子，辨什麼法不法，美不美？」柏撫臺又撞了一鼻子灰，只得退出。柏貴比葉名琛雖稍明白，然亦是個沒用人物。

是時已值咸豐六年冬季，倏忽間已是殘臘，各署照例封印，名琛閒著，去請柏、江二人談天。二人即到，名琛延入，分賓主坐下。名琛開口道：「光陰似箭，又是一年，聞得長江一帶，長毛聲勢少衰，但百姓已是困苦得很，只我廣東，還算平安，就是洋人亂了一回，亦沒甚損失，當時兩位都著急得很，兄弟卻曉得是不要緊呢。」柏撫道：「中堂真有先見之明。」名琛掀髯微笑道：「不滿二位，我家數代信奉呂祖，現在署內仍供奉靈像，兄弟當日，即乞呂祖飛乩示兆，乩語洋人即退，所以兄弟有此鎮定呢。」原來如此。柏撫道：「呂祖真靈顯得很。」名琛道：「這是皇上洪福，百神效靈。聞得本年新生皇子，係西宮懿嬪所出，現懿嬪已晉封懿妃，懿妃夙稱明敏，有其母，生其子，將來定亦不弱。看來我朝正是中興氣象，區區內亂外患，殊不足慮。」隨即談了一會屬員的事情，何人應仍舊，何人應離任，足足有兩個時辰，方才辭客。看官！你道名琛所說的懿妃，是什麼人？便是上次敘過的那拉氏。那拉氏受封貴人後，深得咸豐帝歡心，情天做美，暗孕珠胎，先開花，後結果，第一次分娩，生了一個女孩兒，第二次分娩，竟產下一位皇兒，取名載淳。咸豐帝時尚乏嗣，得此兒後，自然喜出望外，接連加封，初封懿嬪，晉封懿妃，比皇后只差一級了。此咸豐六年事，所以夾敘在內。

這且慢表，且說英領事巴夏禮，因入攻廣州，仍不得志，遂馳書本國政府，請派兵決戰。英國復開上下議院，解決此事。英相巴米頓力主用兵，獨下議院不從。嗣經兩院磋商定議，先遣特使至中國重定盟約，要索賠款，如中國不允，然後興兵。於是遣伯爵額爾金來華，繼以大輪兵船，分泊澳門、香港；又遣人約法蘭西連兵，法人因商館被毀，正思索償，隨即聽命。額爾金到香港，待法兵未至，逗遛數月，至咸豐七年九月，方貽書名琛。名琛方安安穩穩的在署誦經，忽接英人照會，展開一瞧，乃是漢文，字字認識，其詞道：

查中英舊約，凡領事官得與中國官相見，將以聯氣誼，釋嫌疑。自廣東禁外人入城後，浮言互煽，彼此壅閡，致有今日之釁。粵民毀我洋行，群商何辜，喪其資斧？擬約期會議償款，重立約章，則兩國和好如初，否則以兵戎相見，毋貽後悔，西曆一千八百五十七年十月日。大英國二等伯爵額爾金署印。

名琛閱畢，自語道：「混帳洋人，又來與我滋擾了。」接連遞到法、美領事照會，無非因毀屋失貲，要求賠款，只後文獨有「英使已決意攻城，願居間排解」二語。名琛又道：「一國不足，復添兩國，別人怕他，獨我不怕。」有呂祖保護，原可不怕。遂將各照會統同擱起，仍咿咿唔唔的誦經去了。到了十一月，法兵已至，會合額爾金，直抵廣州，致名琛哀的美敦書，限四十八小時內，答覆償款、換約二事，否則攻城。名琛仍看作沒事一般。將軍穆克德訥、巡撫柏貴、藩司江國霖，聞著此信，都來督署商戰守事。名琛道：「洋人虛聲恫嚇，不必理他。」穆將軍道：「聞英、法已經同盟，勢甚猖獗，不可不防！」名琛道：「不必不必。」穆將軍道：「中堂究有什麼高見，可令弟等一聞否？」名琛道：「將軍有所不知。兄弟素信奉呂祖，去歲洋兵到來，兄弟曾向呂祖前扶乩，乩語洋兵即退，後來果然。前日接到洋人照會，兄弟又去扶乩，乩語『是十五日，聽消息，事已定，毋著急』。祖師必不欺我，現已是十二日了，再過三四日，便可無事。」將軍等見無可說，只得告退。

是日英兵六千人登陸，次日，據海珠炮臺，千總鄧安邦，率粵勇千人死戰，殺傷相當，奈城內並無援兵，到底不能久持，竟致敗退。又越日，英、法兵四面攻城，砲彈四射，火焰衝霄，城內房屋，觸著流彈，不是延燒，就是摧陷，總督衙門也被擊得七洞八穿。名琛此時頗著急起來，捏了呂祖像，逃入左都統署中。呂祖不來救駕，奈何？柏巡撫知事不妙，忙令紳士伍崇曜出城議和，一面去尋名琛，等到尋著，與他講議和事宜，名琛還說「不准洋人入城」六字。倔強可笑。柏撫不別而行，回到自己署中，伍崇曜已經候著，報稱洋人要入城後，方許開議。柏撫急得了不得，正欲去見將軍，俄報城上已豎白旗，洋兵入城，放出水手，搜尋督署去了。柏撫正在沒法，只見洋兵入署，迫柏撫出去會議。柏撫身不由主，任他擁上觀音山。將軍、都統、藩司等，陸續被洋人劫來。英領事巴夏禮亦到，迫他出示安民，要與英、法諸官一同列銜。此時的將軍、巡撫，好似猢猻上鎖，要他這麼便這麼。安民已畢，仍導軍撫都統回署，署中先有洋將占著，竟是反客為主。柏撫尚記念名琛，私問僕役，報稱被洋將擁出城外去了。於是軍撫聯銜，劾奏名琛，奉旨將名琛革職，總督令柏撫署理，這是後話。

且說名琛匿在都統署，被洋人搜著，也不去難為他，還是呂祖暗中保佑。仍令他坐轎出城。下了兵輪，從官以手指河，教他赴水自盡，名琛佯作不覺，只默誦呂祖經。先被英人擄到香港，嗣又被解至印度，幽禁在鎮海樓上。名琛卻怡然自得，誦經以外，還日日作畫吟詩，自稱海上蘇武。他的詩不止一首兩首，小子曾記得二律道：

鎮海樓頭月色寒，將星翻怕客星單；
縱雲一範軍中有，爭奈諸軍壁上觀。
向戍何心求免死，蘇卿無恙勸加餐；
任他日把丹青繪，恨態愁容下筆難。
零丁飄泊嘆無家，雁札猶傳節度銜；
門外難尋高士米，門邊遠泛使臣槎。
心驚躍虎笳聲急，望斷慈烏日影斜；
唯有春光依舊返，隔牆紅遍木棉花。

名琛在印度幽禁，不久即死。英人用鐵棺松槨，收殮名琛屍，送回廣東。廣東成為清、英、法三國公共地，英人猶不肯干休，決議北行。法、美二使，亦贊成，連俄羅斯亦牽入在內，當下各率艦隊，離了廣州，向北鼓輪去了。

欲知後事、請閱下回。

行軍之道，固全恃一智字，即坐鎮全城，對待鄰國，亦曷嘗可不用智。楊載福之屢獲勝仗，迭據要害，雖非盡出一人之力，然同寅協恭，和衷共濟，卒能出奇制敵，非智者不及此。若葉名琛之種種顢頇、種種遷延，誤粵東，並誤中國，不特清室受累，即相沿至今，亦為彼貽誤不少。列強環伺，連雞並棲，皆自名琛啟之。誤中國者名琛，名琛之所以自誤者，一愚字而已。且一智者在前，則眾智畢集，彭、李諸人之為楊輔是也。一愚者在上，則眾愚亦俱至，穆、柏諸人之為葉輔是也。此回前後分敘，一智一愚，不辨自明。

四國耀威津門脅約　兩江喋血戰地埋魂

卻說英法俄美四國艦隊，自廣東駛至上海，各遣員齎書赴蘇州，見江蘇巡撫趙德輶。德輶把來書瞧閱，乃是致滿大學士裕誠書，當即與洋員說明，願將來書投遞北京，叫他在上海候復，洋員答應自去。趙德輶即諮送江督何桂清，何桂清時駐常州，接德輶諮文，並四國來書，遂飛驛馳奏。咸豐帝立召大學士裕誠，及軍機大臣會議。議了半日，方定計簡放黃宗漢為欽差，赴粵辦理交涉，一面由裕誠署名，答覆英法兩國，是令他速赴廣東，與黃宗漢會商，並說本大臣參謀內政，未預外事，不便直接。復美使書，也是令他赴粵，不過有要他排解的意思。復俄使書，略說中俄原約，只在黑龍江互市，如有相爭事件，可速赴黑龍江，自有辦事大臣接商，無庸與本大臣交涉。這等覆書，仍飭江督何桂清轉交。偏這英使額爾金、法使噶羅，不肯照行，仍牽率俄美兩使，向天津出發。

咸豐八年三月，四國軍艦，雲集白河口，投書直督譚廷襄，仍請轉達首相。廷襄是照例奏聞，詔令戶部侍郎崇禮、內閣學士烏爾焜泰，馳赴天津，會同直督，照會各國使臣，約期開議。不意英、法兩使，復稱欽差非中國首相，不便和議，決詞拒絕。外人得步進步，原是狡獪，然亦由中國自召。只俄、美兩使，算是接見，相與往來，但不過是空言敷衍，毫無效果。這位譚制臺，恰特別巴結，差了武弁，駕著小船，引導洋人進出。洋人本未識大沽險要，至此往來窺測，探悉路徑，又見大沽防務疏忽得很，突於四月初八日，駛入小輪船數艘，懸起英、法兩國紅旗，開炮擊大沽炮臺。守臺官游擊沙春元、陳毅等，倉猝迎戰，卒以眾寡不敵，次第殉難，前路炮臺陷。副都統富勒登太，守住後路，猝聞前軍失守，逃得不知去向，後路炮臺又陷。這一仗戰爭，提督張殿元、總兵達年、副將德奎，在大沽附近，吃糧不管事，由他搗入。咸豐帝聞警大怒，把提督、總兵、副將各人，革職拿問，特命親王僧格林沁，帶兵赴天津防守；又命親王綿愉，總管京師團防事務，嚴行巡邏。

僧親王抵天津後，俄、美二使，願居間排解，只乞改派相臣議款。僧親王復據實陳奏，咸豐帝不得已，命大學士桂良、吏部尚書花沙納，再赴津議款。這時候，清廷大臣，如惠親王綿愉、尚書端華、大學士彭蘊章等，關心和議，記起這位和事佬耆大臣來，當即聯銜保奏。咸豐帝立命陛見，和事佬耆英，挺然出來，造膝密陳，似乎有絕大經濟，不由咸豐帝不信，叫他自展謀猷，不必附合拘泥，隨賞給侍郎銜，飭至天津商辦。耆英抵津，坐著綠呢轎，徑去拜會英使，投刺進去。等候了好一歇，由翻譯出來，說聲擋駕。耆英私問翻譯，為什麼不見？翻譯道：「耆大人想忘記廣東的事情了。原約許英人二年入城，什麼到了四五年，尚未踐約。耆大人！你還是回去的好，免得多勞往返。」譏諷之言，不堪入耳。耆英回見桂良，便將此事說明，挽桂良奏請召回。桂良隨即出奏，耆英即收拾行李，馳還通州。忽有廷寄頒到，令他仍留天津，自行酌辦。耆英回京心急，仍自啟行；到了京師，巧遇巡防大臣綿愉，問他未奉諭旨，如何回來？耆英便說英使懷恨，不便在津，是以急回。綿愉恐坐保舉失察罪，即上本參劾。咸豐帝本不悅耆英，接閱此奏，便降旨詰責，說他離差罪小，諉過罪大，有負委任，賜令自盡。可憐這位和事佬，白髮蒼顏，還不得善終，這也是甘心誤國的報應。

誰知耆英雖死，衣缽恰傳出不少，桂良、花沙納，統是得著耆英的祕訣。英人要約五十六條、法人要約四十二條，都一一照奏。小子於英法要求各條款，也記不勝記，只最關緊要的，約有數條：第一是各派公使駐京；第二是准洋人持照至內地遊歷、通商；第三是增開牛莊、登州、臺灣、潮州、瓊州等處為商埠；第四是長江一帶，自漢口至海濱，由外人選擇三口，以便往來通貨；第五是洋人得挈眷屬在京居住；第六是償英國商耗銀二百萬兩，軍費亦二百萬兩，法國減半。奏摺一上，廷臣鼓譟，都主張駁斥。你一本，我一本，大半痛哭陳辭，賽過賈長沙、陳同甫一流人物，其實統是紙上空談，無裨實用。還是咸豐帝曉明大局，料知無人能戰，無地可守，沒奈何忍痛許和。

俄使公普、美使列衛廉，據利益均霑的通例，亦要求訂約，桂良、花沙納，仍行奏請。咸豐帝無話可說，只傳旨准奏，欽此，便算了事。四國使臣，與清國兩欽差，各訂約簽押，因要鈐用國寶，須費一番手續，定期來年互換，於是各國艦隊，次第退出，這叫做天津和約。

是年，江南軍事，亦勝敗不一。九江城為林啟榮所據，堅忍能軍，十易寒暑，固守如故。楊、彭、李會集水陸各軍，浚濠環攻，連番猛撲，終不能下；復開地道數處，迭毀東南二門，登城者再，卒被擊退。李續賓痛勵將士，再行掘隧，曾國華亦自長沙趨至，助續賓連夜掘穴，地道又成。乃飭水陸軍十六營，四門進攻，攻至夜半，由地道舉火，地雷驟發，磚石飛騰，迤東而南的城垣，轟坍一百多丈。湘軍痛兩次傷亡的慘劇，誓死復仇，人人思奮，踴躍先登，呼聲動天地，衝鋒掩殺，約兩三時，擊斃長毛一萬七千多名，積屍如山，流血成渠。憑啟榮怎麼強悍，雙手不敵四拳，終被他剁為肉泥。還有悍酋李興隆，也隨了啟榮，為洪天王殉節，九江乃平。李續賓因功邀賞，得加巡撫銜，專摺奏事。曾國華亦得同知銜。

撫州、建昌，同時肅清，只吉安長毛，尚是死守，曾國荃屢攻未克，回湘添募營勇，大舉進攻。也是吉安長毛該當數盡。先是守城的長毛首領，計有二人，一為先鋒李雅鳳，一為丞相翟明海。李、翟連番出城，衝擊曾營，屢被殺敗，翟明海敗仗尤多。兩人互相埋怨，惱了李雅鳳，竟將明海殺死。明海的部下，開城竄去。李雅鳳勢孤力弱，由國荃乘間攻入，巷戰許久，將雅鳳擒住，解省正法。自相魚肉，斷沒有好結果，大則韋楊，小則翟李，可為前鑑。

江西已平，於是朝旨令李續賓軍圖安徽，再起曾國藩督師。國藩至江西，聞長毛分竄浙、閩，督師往援，途次聞浙西一帶，長毛不多，尚無大礙，只閩省浦城、崇安、建陽、松溪、政和各縣，竄入紅巾，烽火相尋。國藩令蕭啟江、張運蘭赴閩剿辦，兵甫出發，忽有大股長毛，回撲江西撫州、建昌，兩府戒嚴。虧得劉長佑出來督軍，截住新城，把長毛擊退，長毛仍還入閩境，蕭張兩路兵馬，分道趨閩，因天雨連綿，嶺路泥濘，軍士又復遇疫，中道折回。

天下不如意事，十常八九，閩中未聞報捷，皖中先已喪師。山龍過脈，自成一線。自洪天王建都江寧，恃安徽為門戶，兵糧軍械，全仗安徽接濟，所以安徽境內的長毛，個個是幾經挑選，方許駐守。督率守兵的頭目，起初是翼王石達開，素稱驍將，嗣後是英王陳玉成，驍勇幾出達開上。玉成眼下有雙疤，官軍叫他四眼狗。這四眼狗，確是厲害，清將聞他悍名，個個吐舌，偏這不怕死的李續賓，硬要與他反對。續賓沿江入皖，仗著勇氣，倍道而前，平太湖，拔潛山，下桐城、舒城，千百個小長毛，都抱頭竄去。忽聞四眼狗攻撲廬州，遂麾軍急進，一意赴援。部將諫道：「現在安慶未克，若進攻廬州，恐怕安慶長毛，要截我後路，不如在桐城休養數日，相機而行。」續賓道：「安慶方面，已有都將軍馬隊進攻，長毛必併力守城，無暇與我為難，我軍正可進攻廬州。」原來荊州將軍都興阿，方奉旨圖皖，接應續賓，前鋒為鮑超、多隆阿，正進趨集賢關，所以續賓有此計議。部將道：「都將軍既至安慶，我軍正好與他聯繫，先把安慶克復，再圖廬州未遲。」續賓瞋目道：「救急如救火，廬州危急萬分，安能不救？倘廬州一陷，狗賊回援安慶，連都將軍也站立不住，我軍在此何為？」部將又道：「我軍不過數千人，前無導，後無繼，孤軍直入，萬一遇險，奈何？」續賓道：「這可發書湖北，請兵援應便是。」當下寫了一書，遣人馳送，另派兵駐守舒、桐各城，簡了精銳，星夜前馳，直抵三河鎮。這鎮係寧皖交通的要道，距廬州只五十里，長毛環築大城，厚屯兵馬，防守得非常嚴密，諸將又請續賓擇地駐營，等待援兵。續賓才駐紮了一天，到了次日，湖北杳無援音。原來此時的胡林翼，已丁憂去位，總督官文，得續賓書，不以為意，簡直是一兵不發。畢竟是個滿員。續賓又待了一日，不覺焦躁起來，復麾軍欲出。諸將又再三勸阻，續賓憤憤道：「我自用兵以來，只知向前，不知退後。就使死敵，也是我輩帶兵的本分。明日定要破他堅壘，除死方休！」諸將始不敢多言。

翌晨，即下令進逼敵壘，續賓執旗當先，將士緊緊隨著，不管他槍彈飛來，總是冒死衝入。自晝至夜，連平長毛九座營盤，檢點部下，死了參將蕭意文、都司胡在位，及兵勇千餘人。忽後面戰鼓喧天，喊聲大震，長毛如牆而至，遙望旗號，乃是太平天國英王陳、太平天國侍王李。續賓道：「四眼狗到了。什麼還有侍王李？想是李世賢的狗頭。」隨即列好陣腳，專待敵軍。說時遲，那時快，四眼狗前鋒已到，與續賓部下，血戰起來。長毛兵有十多萬，續賓兵只有四五千人，眼見得長毛陸續趨上，把續賓軍圍住，圍了一重，又是一重。重重圍住，直圍到數十重。續賓還拚命衝突，怎奈四面如銅牆鐵壁，有力也沒處使，將士又逐漸倒斃。續賓嘆道：「今日敗了，是我殉節之日了。」回顧諸將，令各自逃生。諸將道：「公不負國，我等豈可負公？」續賓乃傳令見月出走。未幾月出，續賓爭先陷陣，長毛叢集，哪怕續賓三頭六臂，到此也不能脫免。參將彭友勝、游擊胡廷槐、饒萬福、鄒玉堂、杜延光，守備趙國梁，先後戰死。續賓亦力竭身亡。續賓一死，軍心大亂，越要急走，越是先死。同知曾國華，及知府王忠駿、知州王揆一，同知董容方、知縣楊德誾等，皆殉難。道員孫守信、同知丁銳義，堅守中右營三日，彈藥水火都盡，營破死之。次第敘來，可見續賓之死，亦由剛愎之咎。桐、舒、潛、太四邑，復被陷沒。都興阿也撤安慶圍，退屯宿松，皖楚大震。

湖廣總督官文、湖南巡撫駱秉章，飛章入告，請調曾國藩移師援皖。朝旨令國藩統籌全局，斟酌具奏。國藩乃具疏上陳，最要緊的數語，錄述如下：

就數省軍務而論，安徽最重，江西次之，福建又次之。計唯大口南岸，各置重兵，水陸三路，鼓行東下。剿皖南則可以分金陵之賊勢，剿皖北則可以分廬州之賊勢。北岸須添足馬步三萬人，都興阿、李續宜、鮑超等任之；南岸須添足馬步二萬人，臣率蕭啟江、張運蘭任之；中流水師萬餘人，楊載福、彭玉麟任之。至江西軍務，亦分兩路，臣與撫臣耆齡任之，臣任北路，耆齡任南路，閩省兵力，足以自了，尚可無慮。

　　奉旨准議。唯起復胡林翼，仍任湖北巡撫。林翼受任，出駐黃州，拊循士卒，嚴防長毛入犯。長毛果欲泝江而上，被多隆阿、鮑超擊退。國藩正擬出圖皖南，忽報長毛大酋石達開，率眾趨江西，攻陷南安縣城。國藩急檄蕭啟江等往援。才到南安，達開已棄城出走。捷書方至，國藩幕下，接連又聞廬州失守，李孟群殉難。孟群自戰勝湘鄂，即由朝旨令他援皖，獨當一面，以累功擢安徽布政使，兼署安徽巡撫事。其實孟群的才識，也沒什麼過人，聞他的妹子素貞，恰是熟諳兵法，饒有膽力。孟群出軍，素姑必戎裝相從。一日，孟群被圍，別將都不敢往援，獨素姑怒馬躍入，手斬數十人，護孟群歸，甲裳都赤，軍中驚為天神，連長毛亦怕她雌威。嗣是孟群特別敬服，有所討伐，必令素姑相隨。至官、胡兩軍攻漢陽，孟群兄妹偕往，一場血戰，素姑陣亡，年才二十歲。清廷重男不重女，到武漢克復後，把素姑的血戰功，也並加在孟群身上，所以孟群由知縣出身，迭次超擢，竟至方面。表揚閨閫，獨顯幽光。唯孟群自喪妹後，失去一個臂助，惘惘的到了安徽，正值連天烽火，遍地寇氛。到了廬州，適四眼狗糾眾大至，連戰數日，卒因眾寡不敵，敗退官亭，紮了數營，擋住廬州的西面的長毛。至李續賓戰死三河，都興阿撤圍安慶，四面無援，只剩孟群一軍，子然孤立，哪裡還支持得住？不到數日，廬州失守，長毛大股，都來撲孟群營，副將鄧清、知縣李孟政兩營，先被攻破，紛紛潰散。長毛併力攻中營，從早起戰到晚間，中營復陷。孟群持矛屹立，厲聲罵賊，長毛一擁而上，尚被孟群刺死三名，未幾遇害。千總沈國泰覓獲遺骸，始得歸葬。國藩聞這凶耗，悲他父子殉節，特別傷心。誰知還有一妹。

　　尋又報石達開竄入湖南，湖南係國藩故里，桑梓攸關，急個不了。忙諮湘撫駱秉章，令他趕緊堵禦。秉章正在籌防，為這一場匪警，又引出一個大人物來。為人最要立點事業，看後世稗官家，要敘一出色人物。下筆且是不苟。這位大人物是誰？乃是湘陰縣人左宗棠。聞名久矣。宗棠字季高，少年倜儻不羈，常以王佐才自許，駱撫曾招致幕下，待以上賓禮。屬僚有事稟白，都付他裁決。名高致謗，權重招忌，幾乎把宗棠性命，斷送在駱撫手中。可為有才者嘆。永州總兵樊燮，剛愎自用，駱撫劾他驕倨，有旨革職，不意樊燮運動都察院，奏稱無罪。廷旨令湖廣總督官文查辦，官文隱袒樊燮，密查駱撫彈章，出宗棠手，竟召宗棠對簿武昌，擬他重闢。駱撫疏爭不得，亟函致在京編修郭嵩濤，令他向軍機大臣肅順處說情。嵩濤與宗棠同鄉，自然暗中關說，並挽南書房行走潘祖蔭，疏救宗棠；接連又是曾、胡二公，上疏薦宗棠才可大用。內外設法，始得將宗棠保全，脫罪回籍。險哉宗棠！至達開竄入湖南，擊敗總兵劉培元、彭定泰等，陷桂陽及興寧、宜章等縣，駱撫夙重宗棠，再請出山，委以軍事。宗棠亟檄劉長佑、江忠義、田興恕等還援，一月內成軍四萬人，澤隘設守。官、胡二督撫，復飛諮都興阿將軍，調撥吉林、黑龍江馬隊回鄂，馳赴湘南，並派知府肅翰慶，率水師炮船三十二隻，剋期會長沙。

時石達開沿途裹脅，挾眾二三十萬，意欲踞險自雄，與洪天王另張一幟。大約仍是帝王思想。初攻武岡祁陽，城堅不能拔，轉攻寶慶，連營百餘里。劉長佑、田興恕各援軍，先後踵至，與石達開血戰數次，殺傷相當。胡撫以寶慶重地，不可無良將為統帥，乃遣李續宜統五千人往，所有援軍，悉歸節制。達開頗憚續宜威名，聞他前來，亟挑選精悍，裹三日糧，誓破寶慶。續宜兼程而至，與劉長佑會商軍務，為避實擊虛計，從北路進攻，遂渡資水而西，擊達開背後。達開正誓死攻城，不防續宜從後掩入，或橫截，或包抄，或旁敲，或側擊，弄得達開茫無頭緒，只得且戰且走。清軍已經得勢，如旋風一般的追將過去。達開又回戰幾仗，總是當不住兵鋒。戰一回，傷亡幾千長毛。戰兩回，又傷亡幾千長毛。看看已斃了二萬多人，料難駐足，不得已呼嘯一聲，向西南逃竄去了。達開亦如強弩之末。

湖南解嚴，續宜還鄂，曾國藩聞桑梓無恙，方才安心。忽朝旨促他入川，令他堵截達開，國藩不敢違慢，急率兵泝江而上。及到湖北，探聞無達開入蜀消息。看官！你道達開到哪裡去？他已經竄入廣西，都是這位官制軍，聞風虛報，奏調曾軍，弄得這位曾侍郎奔波不息，官制軍恰暗裡笑著呢。官文人品，如是如是。

國藩行抵黃州，與林翼會敘，握手道故，非常親暱。國藩道：「官制軍的脾氣，煞是可怪。不知吾兄如何對付？」林翼道：「為了一位官制軍，左季高幾喪了性命。此次石逆入湘，若非季高尚在，兄弟倒措手不及了。」國藩道：「季高得生，聞仗肅軍機暗中挽回，肅公頗還知人。」林翼道：「這也是季高不該死。肅軍機哪裡靠得住？不然，本年順天鄉試，正考官柏中堂，如何被他葬死呢？」國藩嘆息道：「明珠、和珅，鬧得如此厲害，未罹重闢，柏葰究是一個大學士，偏為了科場舞弊，竟致身首兩分，天下事原有幸有不幸哩！」林翼道：「科場中的弊端，聞柏中堂並未預知，榜發後查勘原卷，說是硃墨不符，誤中了一個唱戲的平齡。究竟平齡是否唱戲？是否冒名？是否柏中堂家人，暗中掉卷？兄弟不在朝中，無從確查。論起理來，不過一個失察的處分，偏這肅尚書順，定議按律處斬，與同考官程炳采同死市曹，若是一位滿大員，斷不至此。」柏葰處斬，是咸豐九年間事，曾、胡二公口中敘明，以省筆墨，是簡略得當處。國藩道：「議親議貴，古今一轍，恰也莫怪。但吾兄與官制軍同處，頗稱莫逆，此中必有良法，倒要請教。」林翼道：「說來可笑。那日官制軍的姨太太，做三十歲生辰，分柬請客，司道等都不願往賀，我為時局計，不得不例外通融，赴賀督轅。司道們見我前往，也不好不去，樂得官制軍喜笑顏開，要與我約為兄弟。次日，他的姨太太親來謝步，拜我母親為義女，從此以後，遇著軍國大事，總算承他協力同心。滌公！你想可笑不可笑麼？」畢竟胡公有才。國藩道：「這是枉尺直尋的辦法，我也要照樣一學，到武昌去走一遭。」林翼道：「滌公！你去做什麼？」國藩道：「我現在決計圖皖，恐怕官制軍跟我作對，幾句奏語，又要我忙著。」林翼聞言，不禁失笑。國藩道：「安徽長毛，厲害得很，我若往剿，兄須助我。」林翼道：「這個不勞囑咐，同為朝廷辦事，可以相助，無不盡力。」國藩告別，徑趨武昌，與官文談論皖事，特別謙恭。官文亦特別敬禮。自是國藩不慮牽掣，由湖北還趨宿松去了。平勃交歡，即是此意。小子曾有詩道：

滿人當道漢人輕，漢滿由來是不平；
畢竟通儒才識廣，好從權變立功名。

國藩去後，林翼亦移駐英山，協圖安徽，將來總有一番戰仗，小子下回表明。

本回敘事，看似叢雜，實則上半回是敘戰將之不力，以致大沽失守，迫允要求，下半回是敘戰將之盡忠，因之兩江屢敗，仍未退縮。至其關鍵處，則仍注重將相。桂良、花沙納無外交才，唯唯諾諾以外，無他技也，若曾、胡二公，文足安邦，武能禦侮，清之不亡，賴有此耳。肅順官文，吾亦擬諸自鄶以下。

戰皖北諸將立功　退丹陽大營又潰

卻說胡巡撫林翼，移駐英山，即命多隆阿總統諸軍，用鮑超為前鋒，蔣凝學為後援，浩浩蕩蕩，殺奔太湖。四眼狗陳玉成聞清軍大集，急糾合捻匪首領龔瞎子、張洛型等，由廬州上攻，有眾十多萬。捻匪是什麼人物？相傳捻字是揑聚的意義，無賴亡命，揑聚成群，肆行劫掠，因此叫他捻匪；或又因他明火劫人，捻紙捻脂，叫做捻匪。這種匪徒，起自山東，康熙年間，已是四伏，但當清朝興盛，官吏嚴行緝捕，所以隨聚隨散，未敢稱亂；延到洪、楊發難，騷擾東南，捻匪亦乘機起事。首領龔瞎子、張洛型等，占據安徽蒙城縣雉河集，恣意出沒。清廷曾命太僕寺卿袁甲三，率軍剿辦。但捻匪性質，與長毛不同，長毛有爭城奪地的思想，專從險要上著手，所踞城池，總派人防守，捻匪以雉河集為根據，稱作老巢，老巢以外，不去占據；有時四出擄掠，所得金銀財寶，統是搬歸老巢。當出發時，先傳令整頓行具，名曰整旗，臨行則用馬前驅，叫做邊馬。邊馬在先，大股在後，遇著官兵，可戰便戰，不可戰，就四散走開，不留人影。獨老巢恰四面固守，依險負嵎，就使有千軍萬馬，一時也攻不進去。所以這位袁太僕，剿辦了好幾年，仍舊不見平靜。袁太僕也是沒用。此次陳玉成欲犯江淮，暗中勾結龔、張兩捻首，同敵清軍。多隆阿正到太湖，接這警信，忙令鮑超回軍小池驛，阻住發捻，適與陳玉成相遇。鮑超兵只有數千，玉成兵恰有數萬，那時狗性狂發，又似三河圍李續賓一般，把小池驛團團圍住。鮑超本是一員猛將，竭力搏戰，總不能殺出重圍；飛書至多隆阿處告急。多隆阿撤去太湖的圍師，星夜趕援，仍被敵軍隔斷，不能前進。鮑超被圍數日，不見援軍，急得眼中出火，鼻竅生煙，忙取出兩紙，各隨便寫了幾筆，差幾個得力將弁，趕至曾、胡二處乞援。

國藩時在建昌，正擬探聽各軍消息，忽由外面遞進告急書，不瞧猶可，瞧著時，便道：「鮑春霆危急極了！」急傳令調發營軍，火速進援。後來幕府閱鮑超來書，乃是一個斗大的包字，包字外一個大圈，大圈外面，又有無數小圈，都是莫名其妙。還是曾公替他解釋，講明包字即鮑字右旁，外加大圈小圈，乃是被敵重重圍住的意思。春霆若非危急異常，斷不出此，所以趕派援軍救應。嗣聞胡撫亦發兵馳援，便道：「胡潤芝畢竟聰明，也曉得春霆用意。」（潤芝係胡撫林翼表字，春霆就是鮑總兵超。）虧有曾、胡二公，方識鮑超書意，否則鮑其休矣！鮑超得了援軍，遂出兵大戰，兩邊抖擻精神，打了一日一夜，不分勝敗。巧值東南風大起，清軍適當上風，放起火來，風猛火烈，熊熊焰焰，撲入敵壘。長毛捻眾，頓時大亂。四眼狗陳玉成，擁著黃蓋羽葆，尚是兀立指揮，鮑超殺得性起，馳馬直前，大呼道：「四眼狗快來受死！」刀隨聲下，望玉成腦袋上劈下，虧得玉成眼明手快，忙用刀架住。戰了數合，見長毛已經潰散，玉成也虛掩一刀，落荒敗走。龔瞎子、張洛型等，也都遁去。敵壘七十餘座，成為焦土。四眼狗數年積蓄，統被祝融氏收去，狗威才漸漸落風了。

太湖城內的長毛，聞玉成敗耗，棄城夜遁，竄入潛山。多隆阿等督兵進剿，距城數里，長毛已悉眾撲來。多隆阿治軍有律，見長毛大至，令部眾嚴陣以待。長毛衝突數次，只受了無數槍彈，不動清兵分毫。驀然間鼓角齊鳴，清軍分兩翼殺出，勇壯得了不得，塵埃滾滾，殺氣騰騰，此時長毛銳氣已衰，哪裡還能抵敵？三腳兩步的向北而逃。將到城下，見前面排著馬隊，懸著清軍旗號，一鍘齊的立著，嚇得長毛膽顫心搖，不敢入城，只好從斜刺裡逃將過去。清軍馬步合隊，向後尾追，直至青草塥，連人帶草的亂刈，把長毛的頭顱砍落無數，有幾個腳生得長，命不該絕，才得漏脫。

看官閱此，方知多隆阿嚴陣不動的時候，已暗遣馬隊截敵歸路，瘟長毛管前不管後，自然中計。長毛已死得許多，還要說他是瘟，冤哉！於是太湖、潛山二縣，都由多隆阿收復。接連克鳳陽，復建德，拔太平、石埭及涇縣，各路捷書，先後紛馳。老成練達的曾國藩遂決議率部軍攻安慶。適四弟國荃，復自湖南募勇馳至，國藩即分部眾與國荃，令他出集賢關，規復安慶去了。

忽報江南大營又潰，張國梁戰死，和春退走常州，亦傷重身亡，國藩不禁嘆息。原來和春、張國梁自組成大營，直指江寧後，第一仗，攻克秣陵關，第二仗，大破長毛於七甕橋、雨花臺等處。洪天王洶懼異常，令在安徽的長毛占踞來安縣城，作大江南北的聲援。偏這和大臣派了總兵成明、協領博奇等，潛師夜襲，竟將來安城克復，江寧愈形危蹙。洪遣沿江駐紮的長毛出兵四擾，怎奈清水師已隨處密布，總兵李德麟、吳全美等，分頭截擊，又殺斃長毛二千多名。洪天王憤恚已極，飭眾出太平、神策兩門，分犯大營。副將張玉良、馮子材等，踴躍入陣，奪得長毛大纛，竟將悍目的頭顱，借了數顆。趣語。長毛雖稱強悍，也是怕死，沒奈何退回城中。和春又定了一計，令軍士溝濠築垣，把江寧周城百餘里，都用短垣圍住，然後將部下八萬人，星羅棋布，環繞四周。江中復用舢舨聯繫，成一水營，水陸兼顧，內外相維，竟把一座江寧城，圍得水洩不通。

俗語起得好：「狗急跳牆」，這洪秀全做了十幾年天王，難道竟沒有一點主見嗎？況且手下有一班黨羽，三個臭皮匠，比個諸葛亮，到了無可奈何的時候，窮思極想，畢竟也有一條救急的方法出來。說得入情入理。當下由李秀成獻議，仍用多方誤敵的計策，對付江南的大營。秀成乃是長毛中後起人傑，雖然是仍抄老文章，但欲解江寧的圍困，捨此更無別法。洪天王信用了他，就命江西、安徽的長毛，分擾浙閩，牽制江南大營，總教江寧解圍，不各重償。江西長毛酋應命，遂出兵犯浙江。果然浙中大吏，向江南大營乞援，和春只好分兵南下，派周天受援浙，忽聞長毛又竄入閩省，浙閩是毗連的行省，既援浙，不得不援閩，復派周天培赴援。孤軍轉戰，往往累月不歸。又蹈向榮覆轍。

會四眼狗陳玉成自皖東敗走，回攻浦口，德興阿猝不及防，竟被四眼狗搗入，全營潰退，走入揚州。江浦、天長、儀徵等縣，次第失陷。四眼狗餘威尚在，竟長驅至揚州，攻西北門，這時候的德興阿，恰在江口水師舟中，安安穩穩的坐著，一任揚州受敵。揚州沒有一定的主帥，見長毛圍攻西北，便由營總富明阿、守備詹啟綸，分率馬步各軍，出北門對敵，守備張德彪出西門迎戰。兩邊正酣鬥不下，那四眼狗刁滑得很，窺南門守禦空虛，竟分兵逾城而入。城既被破，富、詹等人，自然不敢戀戰，奪路而逃。德興阿聞這消息，倒也驚惶起來，急走邵伯湖，收集潰卒，紮營萬福橋，扼守東北，一面向江南大營乞師。和春不得已，遣張國梁渡江而北，會集江北軍，攻揚州城。突有長毛開城出敵，由國梁飛馬迎擊，單刀直上，勇不可當。長毛狂奔回城，城尚未閉，國梁已一馬躍入，麾兵前進，立復揚州。移攻儀徵縣，亦隨手而下。只六合縣在江寧北面，一介孤城，獨當勁敵，自縣令溫紹原募勇居守，已歷六年。這六年間，大小百戰，屢殲紅巾，至德興阿退駐邵伯，揚州疊陷，六合益危。這次張國梁已克揚州，自然統兵往援。到陳板橋，距城尚十餘里，長毛知張軍且至，分銳出阻，一面穴隧轟城。國梁方與長毛接仗，六合城已被轟坍，紹原投水死，妻孥亦殉節。這信傳至張軍，惱了這位張軍門，恨不把長毛立刻蕩平。無如長毛來得很多，一隊殺退，一隊又來，殺敗了數十隊，方沒有擋路的長毛，正思進攻六合。忽由大營傳檄，令他速援溧水，軍令如山，不得不南轅前往。至溧水，城早被陷，總兵張玉良，已奉調進攻。國梁巡視形勢，見城西有高古山，岡巒環抱，彷彿畫屏，遂依山立營，踞住要害，姑把圍城的事情，責成玉良。看似國梁推諉，實則讓首功於玉良，看官不要錯過！玉良遂著副將馮子材、陳朝宗等豎梯登城。城上矢石如飛，由馮、陳二將，裹創力戰，卒將守陴兵殺退，率兵入城。是時正有大股長毛，來救溧水，到高古山，由張國梁帶兵殺出，左衝右突，如入無人之境。長毛陣中，有個黃衣頭目，不知死活，執刀來鬥，戰未數合，被國梁手起刀落，劈於馬下。頭目已斃，部眾立即潰散。國梁擊退援軍，令玉良得復縣城，可見國梁之功，亦是不小。當由兩張合軍窮追，各處兜截，生擒了幾個長毛酋，什麼洪國宗，什麼銅天侯，都就軍前正法，叫他到天父天兄處，銷差去了。妙語解頤。

怎奈江南得捷，皖北喪師，正值李續賓戰死三河，四眼狗異常猖獗，皖南的告急文書，又疊至江南大營。和春復派總兵江長貴往都門青陽，總兵戴文英、副將朱承先赴寧國，營內的兵士，又分去了萬人。長毛復從九洑洲率眾而來，那時仍勞動這位張軍門，躬率大隊，前去橫掃了一陣。和春因屢次告捷，未免驕盈，遂劾奏德興阿師久無功，清廷諫行言聽，竟奪德興阿職，令和春兼轄大江南北，自是轄地益廣，軍事益繁。德興阿固是當劾，但和春立營江南，也只靠了張國梁，算不得什麼大才。和春既受了兼轄的重任，不得不出些風頭，當下令總兵李若珠攻六合，偏偏不如所願，若珠敗還，長毛乘勝至浦口，列營皆潰。前時援閩的周天培，正回軍駐紮浦口，力戰身亡，餘軍退保江浦。此時的長毛軍，氣焰越張，東伺揚儀，西逼江浦，南窺溧水，虧得張國梁渡江督剿，三戰三捷，擊走江浦長毛，下浦口，破沿江敵壘八大座，縱火焚九洑洲，把長毛老巢，燒得烏焦巴弓。

國梁回江南，與和春定議招降，解散賊黨，申明大義，諭令去逆就順，有七里洲守營長毛謝茂廷，壽德洲守營長毛秦禮國，俱暗約投誠，願為內應。這壽德洲係江寧上關的屏蔽，七里洲係江寧下關的藩籬，兩洲內潰，待張軍門國梁一到，外殺進，裡殺出，弄得長毛不知頭路，只好棄了關逃命要緊。不到一晝夜，連克重關，平長毛營壘數十，獲大砲百餘、戰船六十，拔難民男婦五千餘人。自這場戰勝長毛，金陵城外的犄角，削除殆盡。和春以下諸將士，滿意攻克金陵，易如反手。誰知天有不測風雲，人有旦夕禍福，為山九仞，功虧一簣，竟令一座威耀無比的大營，倏忽間化作子虛烏有的幻境。見道名言。

閒話休表，單說洪天王秀全，聞上下關接連失守，焦急萬分，就近飭皖南軍，陷涇縣、旌德縣，並破廣德州，由廣德州竄入浙湖安吉縣境，道出武康，直撲浙江省城。浙撫羅遵殿，分路乞援，待久未至。長毛在清波門外，暗掘地道，轟塌城垣三十餘丈，羅撫麾兵抵敵，可奈眾寡懸殊，戰了半日，只落得忠魂千古，闔屬捐軀。獨有杭州將軍瑞昌，與副都統來存，勒兵堅守滿城，鏖戰六晝夜，尚未被陷。適值張玉良奉和春命，到了杭城，長毛本無意據杭，不過為江寧撤圍計，牽掣江南大營，使他分兵四顧，免注全力，所以聞玉良援浙，即開城出走，向餘杭上竄，連陷長興、建平、溧陽等縣。至清軍尾追痛擊，他又隨取隨舍，把占據的縣城，一概棄去。明明是亟肆以疲，多方以誤之計。和春既兼轄南北，復奉旨遙督浙江軍，正是趾高氣揚的時候，況迭接浙江捷音，自謂無敵不摧，無戰不克，麾下將士，亦逐漸驕蹇，營規日弛，防守日懈；又因餉運艱難，每四十五日，只發一月的糧餉，俟大功成後，一律補給，兵勇滿懷不服，未免退有後言。咸豐十年閏三月七日，皖浙的長毛，分道並進，紛撲大營。張國梁晝夜拒戰，一些兒沒有休息，接連八日八夜，長毛越來越多；究竟人生只有一副血肉，一副精神，要這般的打仗，憑你無上的好漢，也鬧得筋疲力衰，支持不住。十四日天大雷雨，至夜奇寒，國梁尚統兵搏戰，忽營中無故火起，一剎那間，遍及各營。國梁知軍心已變，急翼和春出營，退守丹陽。長毛併力追來，破了溧陽，據了宜興，進攻丹陽城。當時尚憚國梁威名，不敢逼近，遍築土壘，步步為營。嗣後令死士潛入清營，伺國梁出戰，從後狙擊，中國梁腰，國梁回刺死士，背上又中了數槍，受創甚深。尚握著刀連斫數人，衝開一條血路，至丹陽濱，下了馬，向北再拜，一躍入水。水波一動，這烈烈轟轟的張軍門，已漩沉水底，與世長辭了。可惜！

國梁已死，偌大的丹陽城，眼見得保守不住，當由眾將士保著和春，突圍出走。將抵常州，回顧後面的長毛，尚是緊追不捨。和春返身迎戰，突來一粒槍彈，不偏不倚，正中胸前，當即拍馬回走，退至滸墅關，狂血直噴，頓時身死。營務處湖北提督王俊、壽春總兵熊天喜，俱陣亡。獨江督河桂清，率司道逃至蘇州，被蘇撫徐有壬所拒，桂清走上海。長毛奪了常州，進攻蘇州，蘇州兵不滿四千，還是老弱居多，不習戰事。徐撫激勵拊循，勉強支持了數日，終被長毛攻入，徐撫死之。

小子有詩寄慨道：

紅巾四擾太披猖，百戰將軍飲血亡；
怪底後人偏不諒，誣稱漢賊實荒唐。

警耗傳至京師，朝旨把死事諸臣，一一撫卹，獨將何桂清革職拿問，另簡大臣為江督。朝右紛議未決，這次倒是軍機大臣肅順，保著了一個大才，後來果如所言。

欲知此人是誰？看官且猜一猜，待小子下回說明。

江皖相依，隱為唇齒。皖不復，江寧必不克。曾、胡二公，決議圖皖，不以三河之覆轍為懼者，攻其所必救，兵法固然，無能避也。和春頓兵城下，蹈向榮覆轍，而驕蹇且過之。師勞必惰，將驕必敗，大營之潰，固意中事，所惜者亡一良將耳。讀是回，可知行軍之得失。

開外釁失律喪師　締和約償款割地

卻說清廷擬簡放江督，廷臣多推胡林翼，獨肅順奏稱林翼未可輕動，不如任用曾國藩。肅順以驕恣聞，推重楚賢，是其特識。咸豐帝從肅順言，遂命國藩任兩江總督，督辦江南軍務。國藩奉旨，即具奏道：

目下安慶一軍，已薄城下，為克復金陵張本，不可遽撤。臣奉恩命權制兩江，駐紮南岸，以固吳會之人心，而壯徽寧之聲援。臣亟商官文、林翼，酌撥萬人，先帶起程，仍分遣員弁回湘募勇，趕赴行營，以資分撥。至於糧糈軍械，必以江西、湖南為根本，臣諮商兩省撫臣，竭兩省之力，辦江楚三省之防，布置漸定，然後可以言剿矣。是否有當？伏乞聖鑑！

奏上，奉諭照所擬辦理；並因胡林翼奏保左宗棠，特給四品京堂，襄辦國藩軍務。國藩復與胡林翼會商，調鮑超部下六千人，及朱品隆、唐義訓等所領三千人，渡江而南，駐紮徽州祁門縣。

秀全聞曾國藩出駐皖南，料知東圖江寧，遂封李秀成為忠王，帶同古隆賢、賴裕新等，率長毛數萬，直入安徽。時左宗棠、鮑超各軍，尚未到皖，李秀成已由廣德州趨寧國府，守將周天受戰死，寧國被陷，徽州戒嚴，國藩即遣李元度接辦徽防。元度甫至徽州，長毛酋侍王李世賢，率大股長毛又至，元度不能支，退保開花。世賢破徽州府城，進逼祁門，國藩惶急萬分，幸虧鮑超率軍到來，張運蘭亦聞警馳援。於是遣鮑超出守洹亭，張運蘭出守黟縣，正在難解難分之際，忽由北京遞來八百里加緊排單，促國藩帶兵勤王。突如其來，令人莫測。小子只有一枝筆，不能雙方並敘，只好把祁門軍事，暫擱一歇，先將那北京緊急軍情，敘述一番。

上次說的天津和約，須至次年互換，次年便是咸豐九年，各國艦隊，駛赴天津，遵例換約。適值僧格林沁，在大沽口經營防務，修築炮臺，叢植木樁，遙見洋艦飛駛前來，忙遣員盪舟出口，往晤各國使臣，告以大沽設防，請改由北塘駛入。使臣多半聽命，獨英艦長卜魯士，係額爾金兄弟，抗不遵行，竟駛入大沽，把截住港口的鐵鏈，用炮炸裂，卜魯士坐船當先，隨後有英俄法小輪船十三艘，魚貫而進，居然豎起紅旗，要與中國開戰。外人論力不論理，可為一嘆。僧王也傳下軍令，俟外人逼近炮臺，方開炮轟擊。卜魯士竟將港內的鐵鎖木樁，一概毀掉，進攻炮臺。守兵開炮還擊，把英艦轟沉數艘，餘船亦中炮不能行動，只有一艘逸去。英兵死了數百，炮臺上面的武弁，亦傷亡數人。只美使華若翰遵約，改道行走，才得換約。

清廷狃於小勝，方私相慶賀，不料英人暗圖報復，在廣東修造船隻，招募潮勇，再圖入犯。咸豐十年六月，英使額爾金、法使噶羅，復率艦隊，北犯天津，僧格林沁料洋人必取道大沽，或由北塘襲入大沽後路，遂派重兵守住大沽南岸，一面在北塘密埋地雷。英將額爾金狡猾異常，先將各船在口外遊弋，一步兒不敢放入，暗中卻派遣漢奸，入口偵探。岸上守兵，總道英艦未曾攏岸，沒甚要緊，誰知裡面的虛實，早已被漢奸窺去。英人用了舢舨小船，乘夜入北塘口，挖去地雷，長驅而進。副都統德興阿駐守北塘裡面的新河，率兵拒戰，連吃敗仗，英法聯兵萬八千人，追入內港。適潮水退出，舟被膠住，額爾金、噶羅頗驚慌起來，連忙豎起白旗，佯稱請款，僧格林沁還道他有意議和，不敢邀擊。大誤。誰知潮水一漲，英法各艦，鼓棹直前，僧王尚不在意，等他傍岸登陸，方麾勁騎堵禦，英法聯兵，排成一大隊，各執精利火器，專俟清軍過來，一聲號令，眾槍兢發，發無不中，清兵都從馬上墜下，霎時間三千鐵騎如牆齊隕，只剩七人逃回。僧格林沁始悔失策，然已不可救藥了。

英法聯兵，遂自後面攻北岸炮臺，提督樂善，忙上前迎敵，英兵連擲開花彈，飛入火藥庫，訇然一聲，好似天崩地裂，不但守臺兵弁，向空飛去，連那炮臺都坍陷一半。此時的樂提臺，也不知衝至何處，連屍首都不見了。僧格林沁尚兀守南炮臺，朝旨飛促退還，僧王不敢違旨，遂退軍張家灣。遇著大學士瑞麟，統京旗兵九千出防，僧王道：「我守南岸炮臺，還好保護津門，不知上頭聽了何人，令我退守。我退一步，敵進一步，如何是好？」僧王之言，亦未必由衷。瑞相道：「現在順親王端華、尚書肅順，都主張撫議，所以上頭召王爺退守，且已令侍郎文俊、前粵海關監督恆祺，往天津議款去了。」正議論間，探報天津被陷，僧格林沁頓足不已。這是自悔失計，並非怨及召還，看官莫被瞞過！忽又報文俊、恆祺，被洋人拒回，朝旨已改派桂良前往。僧王道：「此時議和，恐怕沒有這般容易。」

隨與瑞麟同駐通州，靜待後命。

桂良抵津與英人開議撫事，英使額爾金，及參贊巴夏禮，提出要求條款：一是要增軍費，二是要天津通商，三是要各國公使，酌帶洋兵數十名，入京換約。桂良以聞，咸豐帝嚴旨拒絕，飭僧格林沁、瑞麟，嚴防外人內犯。京師亦飭令戒嚴。英使見和議不就，復從天津派兵北上，擾及河西務，京城裡面，一日數驚。端華、肅順想了一個避難的法兒，請咸豐帝駕幸木蘭。這語一傳，廷臣大嘩，十個人中到有六七個不贊成。咸豐帝躊躇未決，因召南軍入援。

副都統勝保，時在河南，接旨最早，急會同貝子綿勳，調九旂禁兵萬人，馳赴通州助剿。且聞咸豐帝有北狩消息，上疏諫阻，力請咸豐帝坐鎮京師，不可為一二奸佞所誤。咸豐帝優詔褒答。勝保正擬出師，英法兵已逼張家灣，勝保未曾與外人交戰，還道外人沒有能耐，遂上馬馳去，不意洋人一見面，就撲通撲通的槍聲，放將過來。勝保起初倒也不怕，麾軍上前，往來督戰。英法領隊官，望見勝保戴著紅頂子，穿著黃馬褂，料知是督兵大帥，命軍士叢槍注擊，勝保防不勝防，一粒彈子，飛到面前，適中右頰，勝保忍不住痛，顛落馬下。虧得親軍救起，上馬逃走。主帥一逃，將士自然潰散。

僧、瑞二營，不戰先怯，也從通州退還北京，駐紮城外。

咸豐帝聞報，一面遣怡親王載垣，再赴通州議和，一面收拾行李，出駐圓明園。載垣馳至通州，由桂良接著，議好照會，請英法兩使入城議和。英法兩使，答於次日相見。越日，載垣、桂良等，在通州城內天嶽廟，預備筵宴，恭候英法使臣。約至巳牌，始報英法使臣到來。載垣等慌忙迎接，但見一排兒洋兵，護著兩乘綠呢大轎，直入廟中。轎子歇下，跨出兩人，一個是法使噶羅，一個不是英國正使，乃是參贊巴夏禮。英使額爾金真會擺架子。兩下相見畢，載垣便命開宴，兩下分賓主坐定，酒至數巡，載垣方談到和議。法使噶羅，倒還和顏悅色，口中說是情願修和，獨巴夏禮攘袂起道：「今日的事情，須面見中國皇帝，方可定約。」載垣、桂良兩人，面面相覷，不能回答。巴夏禮又道：「我等遠居歐洲，久欲觀光上國，現擬每國各帶千人入京覲見。但兩國禮節不同，此番請用軍禮罷了。」舌劍唇槍，巴夏禮真英國能臣。載垣沉吟半晌，想出了「請旨定奪」四字，回答巴夏禮。巴夏禮露出不悅情狀，宴畢，傲然徑出。法使噶羅總算還歡然道別。適值僧王帶兵進來，探聽和議消息，載垣與他談起巴夏禮情形，僧王躍起道：「待我去拿住了他再說。」當即跳上馬鞍，一鞭徑去。活寫鹵莽。桂良恐乾和議，忙上馬隨了出來，行未數里，遙見僧王已將英法二使截住，急加鞭趕到。僧王正把巴夏禮捆縛停當，並要去縛法使噶羅。桂良連忙遙手，向僧王道：「法使恭順，不可縛他。」僧王道：「桂中堂替他懇情，就饒他去罷！」噶羅才得脫身，由桂良送了一程，道歉告別。

英使額爾金，聞參贊被擒，不由得憤怒起來，便率洋兵長驅而北。警報遞入圓明園，雪片相似，端華、肅順一班大臣，驚惶萬狀，唯慫恿咸豐帝北狩。於是咸豐帝命端華入宮，密挈后妃等出幸。此時康慈王太后，早已去世，只由皇后鈕祜祿氏、皇貴妃那拉氏以下，統隨端華至圓明園，約有一百多人，皇長子載淳亦在其內。咸豐帝又令四春娘娘，也收拾完備，於咸豐十年八月八日，啟鑾北狩，后妃以下，皆隨駕同行。端華、肅順及軍機大臣穆蔭、匡源、杜翰等，一律扈蹕。途次始傳旨到京，命恭親王奕訢為全權大臣，留守京師，僧格林沁、瑞麟、勝保各軍，仍駐城外防剿。

此時京內居民，聞皇帝出走，紛紛遷避。禁旅多奉調扈駕，剩下幾個老弱殘兵，也漸漸逃散。

連僧、瑞等麾下兵弁，亦都解體。偏這英法兵不肯罷手，揚旗鳴炮，直逼京城。恭王忙召在京王大臣商議，王大臣主見不一，唯大學士周祖培、尚書陳孚恩等，仍擬主撫。恭王沒法，也只有講和的計策。忽由桂良遞入英照會，索交巴夏禮，恭王再與王大臣會商，許久不決。恭王道：「巴夏禮於前日解到，我曾謂僧、怡二王，未免鹵莽，現在不放不可，欲放又不能，恰是為難得很。」恆祺此時在京，便稟恭王道：「巴夏禮不放，撫議斷無成日。且兩國相爭，不斬來使，本是我國古禮，現在不如放他回去，借他的口，去報英使額爾金，速來換約。」恭王道：「照你說來，也是有理，就著你去辦罷。」到此地步，實是為難，無怪恭王多疑少決。恆祺去了半日，回報巴夏禮已放出城外，叫他去問撫議了。恭王稍稍放心。又閱半日，突聞外面人聲馬嘶，鬧成一片，接連是隆隆的炮聲，拍拍的槍聲，不絕於耳。正欲派人出探，忽一內監踉蹌奔入，報道：「不好了！洋兵攻入內城了。」恭王道：「僧王、瑞相、勝副都統等，到哪裡去了？」內監道：「這也不知底細。但聞城外各軍，見了洋兵，統已逃去，剩得僧王爺、瑞中堂、勝大人三個，赤手空拳，無可迎敵，只得由洋人入城了。」恭王大驚失色，忽見恆祺又趨入道：「洋人縱火燒圓明園。」恭王頓足道：「怎麼好？」恆祺道：「現在只好向洋人說情，叫他不要縱火。」恭王道：「勞你前去一說便是。」恆祺不敢違慢，跨著馬馳到圓明園，園外統是洋兵守住，恆祺會說幾句英語，說是前來請和，洋兵始放他進去。一入園門，見祝融氏正在肆威，蘭宮桂殿、鳳閣龍樓，已被毀去數座。恆祺向沒火處走入，劈面正碰著巴夏禮同一個洋裝的中國人，巴夏禮佯作不見，還與那人指手畫腳，導引放火。刁惡。恆祺忍著一股氣，先與那洋裝的中國人，搭訕起來，問他姓名籍貫。他卻大聲道：「誰人不曉得我龔孝拱，還勞你來細問！」看官！你道龔孝拱是何人？他是晚清文人龔定庵長子，他的學問，不亞乃父，旅居上海多年，各國語言文字，統知一二，只性情怪僻得很，不屑與人談話，巧遇了英人威妥瑪，在上海開招賢館，延為祕書，月致千金。孝拱得了脩脯，便去孝敬歌妓，父母妻子，一概不管，只納了一個妓女為妾，頗稱眷愛，時人叫他龔半倫，他亦以半倫自號。半倫的意義，說他生平不知五倫，只寵愛一個小老婆，算作半倫。此人可殺。這次英人北犯，他恰跟了入京，燒圓明園，實是他唆使。巴夏禮是外人，恃強逞威，尚不足怪，半倫何物，乃敢出此？恆祺見不是路，乃與巴夏禮扳談，巴夏禮才脫帽行禮。恆祺便道：「現在我國與貴國議和，何故在此縱火？」巴夏禮道：「你們中國人，專會放刁，今日議和，明日又議和，終究沒有結果，還要把我去監禁數日，你想天下有無此理？所以我在此縱火洩忿。」恆祺再向他謝罪，巴夏禮道：「如中國果真心議和，限你三日開紫禁城，迎我入議。再我被執的時候，還有幾個從員，也被拿去，現應立刻放還，方可議和。」恆祺唯唯從命，但請他不再放火。巴夏禮也含糊答應。恆祺忙回報恭王，恭王再命恆祺釋放英俘，不想到了獄中，已有英人數名倒斃。恆祺這一急，真急得手足冰冷，也不暇去問獄卒，轉身就飛報恭王。恭王又呆得木偶一般，還是恆祺想了一法，照會巴夏禮，說是待和議成後，一律釋放。偏這巴夏禮耳朵很長，已探悉英人監斃數名，索性大燒圓明園，把這一二百年的建築，幾千百間的殿閣，連那點綴的亭臺花木，擺設的器皿什物，燒了三日三夜，變成了一堆瓦礫場。只有珍奇古玩，由龔半倫帶領洋兵，搜取淨盡。半倫得了百分之一，運到上海變賣，作為嫖費，嫖光吃光，發狂而死，這是後話。

且說巴夏禮既毀圓明園，復聲言要攻紫禁城，恭王又召入恆祺，商量救急的法兒。恆祺想了一會，方道：「法使噶羅，倒還和平，若去請他排解，或可轉圜。」恭王聞言，又欲令恆祺往會法使。恆祺道：「這個差使，還是請桂中堂去罷。桂中堂與法使有些投機，可以去得。」於是恭王遂遣桂良去見法使，法使頗肯居間調停。這是禮送法使的好處。桂良先回，隨後法使的照會亦到，內說英使額爾金，索撫卹監斃英人銀五十萬兩，須立即付過，方可蒞盟修好。恭王不得已，大加蒐括，湊足五十萬兩銀子，解至英營，並約於禮部衙門內恭候議和。九月九日，與英使議約，免不得又要設宴。恭王太苦，遭此重陽。是日黎明，恭王奕訢，率同大學士賈楨、周祖培、尚書趙光、陳孚恩、侍郎潘曾瑩、宋晉等，具了儀衛甲仗，先至禮部衙門等候。好一歇，才見英使額爾金，參贊巴夏禮，乘輿而至。恭王率眾官迎入，行過了禮，分東西坐定。額爾金提議換約，除八年原議五十六條外，還要加添數條，賠償兵費，增開口岸，派駐領事。經恭王再四磋磨，通事往返傳命，議定償他兵費一千二百萬兩，增闢天津為商港，各口許駐英國領事。總不外「謹遵臺命」四字。雙方允妥，彼此入席，酒酣興盡而散。翌日，復請法使噶羅，至禮部共商和議。法使算是有情，只索兵費六百萬兩。恭王一口應承，也照英使例盛筵相待，迎送如儀。

十一日與英使換約，恭王據實奏聞。咸豐帝已至熱河，覽奏未免嘆息，但木已成舟，不能再變，只好降旨允准。獨俄使伊格那替業幅，圓滑得很，所得權利，比英法要加數倍，他表面還非常和平，暗中卻厚索利益。中俄通商，向止恰克圖一處，咸豐三年，始行文中國，假勘界為名，陰圖占地，清政府征剿長毛，且來不及，還有何心對付外人，自然把此事擱起。俄人竟自由行動，直入黑龍江，透過愛琿。黑龍江將軍奕山，派員禁阻，俄人不聽，乃奏聞清廷。政府命奕山與他交涉，俄人索龍江北岸地，奕山竟唯唯從命，訂了愛琿條約。後來英法興兵，俄使也率領艦隊，隨在後面，大沽一戰，英法各艦，多遭損失，退還廣東，獨俄使入京，於咸豐十年五月，另訂專約十二條，大致是兩國往來，平等相待，海口通商，照英法例。還要派遣領事，隨帶兵船，這叫做天津專約。到了英法聯軍入京，硬要入城開議，恭王膽小，不敢照允，俄使伊氏，趁這機會，入勸恭王叫他在禮部衙門會議，可以無患。原來禮部衙門，與俄使館相近，所以擔任保護。恭王才放著膽，與英法使臣相見。和議成後，俄使便來索酬，再訂北京條約，舉烏蘇里河東岸地，統劃歸俄人。看官！你道這俄使乖不乖？巧不巧？正是：

鷸蚌相爭，漁翁得利；
哀我中華，蹙國萬里。

外患稍平，有旨阻南軍入援，於是太平天國氣數將盡了。

小子且停一歇筆，再敘詳情。

本回專敘外交事情，為國恥上增一紀念，即為交涉上廣一見聞。當時內亂方亟，外患復來，為清廷計，萬無可戰之理。秉國諸公，早應審時度勢，認定方針，天津之創，已昭覆轍，彼來換約，只好以禮相迎，不宜再開戰釁。雖勸令改道，名正言順，英使不從，曲固在英，然我果善為調停，則必不至有後此之結果。乃忽戰忽和，忽和忽戰，小勝即喜，小敗即怯，我之伎倆，早為所窺，猶且首鼠兩端，茫無定見，至於京師陷沒，海椗被焚，始俯首乞盟，償款不足，則益之，商埠不足，則增之，增之益之而又不足，則割地以畀之。誰秉國政，辨不早辨耶？長沙尚在，當不至痛哭流涕長太息而已。

聞國喪長悲國士　護慈駕轉忤慈顏

卻說曾國藩駐節祁門，接到勤王詔命，與胡林翼往復馳書，籌商北援的計策。怎奈安徽軍務，正在吃緊，一時不能脫身；且長毛目的，專注祁門，分三路來攻：一出祁門西邊，陷景德鎮，一出祁門東邊，陷婺源縣，一出祁門北邊，逾羊棧嶺，直趨國藩大營。國藩麾下，只有鮑超、張運蘭二軍，還是得用，奈已調發出去，弄得孤營獨立，危急萬狀。國藩不得已自去抵敵，行至途次，聞長毛數萬到來，軍心大恐，霎時潰退，只得回轉祁門。國藩能將將，不能將兵，所以屢出屢敗。虧得左宗棠馳至婺源，六戰六勝，把長毛驅逐出境，東路始通。鮑超、張運蘭，復破長毛於羊棧嶺，長毛亦即遁走，北路方才安靖，國藩心中稍慰。廷寄亦於此時到來，阻住入援。自是國藩益加意防剿。到咸豐十一年春季，左宗棠與鮑超合軍，克復景德鎮，軍威大振。左宗棠得賞三品京堂，鮑超得賞珍物。已而張運蘭攻克徽州，左宗棠收復建德，祁門解嚴。

國藩移駐東流縣，檄鮑超助攻安慶。安慶為長江重鎮，自曾國荃進攻，長毛遂各處竄擾，冀國荃撤圍自救。偏這國荃不肯撤圍，日夜攻撲；就是當祁門緊急時，國藩受困，他也無心顧及，硬要攻破此城。長毛恨極，遂集眾十萬，由陳玉成統帶，來援安慶。國荃趁他初到，分軍圍城，自己卻督率精銳，出其不意，衝入敵營。長毛自遠道會集，方在勞乏的時候，勉強抵敵，心志未定，沒有不敗的道理。當被國荃一陣殺退，玉成尚思整隊再戰，忽報胡林翼移營太湖，遣多隆阿、李續宜等前來安慶，玉成料是不佳，改圖上攻，從間道繞出霍山，一鼓攻入，接連破了英山，直趨湖北，拔了黃州，分兵取德安、隨州。胡林翼急檄李續宜回援，玉成留黨羽守德安，自率眾三萬復回安慶，撲攻國荃營數日。國荃憑濠堵禦，好似長城一般，玉成不能克；鮑超自南岸進攻，多隆阿自東岸進攻，玉成走踞集賢關，忙調集楊輔清等，再至安慶，築起十九壘，援應城中；留悍酋劉瑲林，屯駐關內，作為後應。國藩檄鮑超攻集賢關，楊載福率炮船水師助國荃，守住營濠；多隆阿移駐桐城，截剿長毛後援。自四月至七月，相持不下。胡林翼復遣成大吉助鮑超，兩軍夾攻，猛撲七晝夜，方得攻入，擒住悍酋劉瑲林，解京正法。集賢關已下，陳、楊兩酋，斷了後應，曾國荃氣焰越張，會合楊載福炮船，水陸攻擊，連毀敵壘十九座，陳玉成、楊輔清等遁去。安慶城內的長毛，至是始孤立無助。到七月下旬，糧又告絕，守城悍酋葉芸來，悉銳突圍，被國荃截住，無路可鑽，只得退回。國荃逼城築壘，掘隧埋藥，於八月朔日，地雷暴發，轟坍城牆，國荃率軍殺入，城內長毛，沒有一個逃避，大家冒死巷戰。等到筋疲力盡，槍折刀殘，方個個畢命。自葉芸來以下，共死一萬六千人。安慶被長毛占據，已歷九年，國荃得此雄都，戡定東南的基礎，才得立定。

國藩聞捷，馳至安慶受俘，當下飛章奏告。奏摺甫發，忽接到一角諮文，乃是從熱河發來，拆開一瞧，頓時大哭。原來七月十七日，咸豐帝駕崩熱河，國藩深感知遇，悲動五中，怪不得涕淚俱下。只咸豐帝年方及壯，如何就會晏駕？待小子細細敘來。咸豐帝即位初年，頗思勵精圖治，振飭一新，無如國步艱難，臣工玩愒，內而長毛，外而洋人，搖動江山，日勞睿慮。咸豐帝日坐愁城，免不得尋些樂趣，藉以排悶。那拉貴妃、四春娘娘，就因此得寵。但蛾眉是伐性的斧頭，日日相近，容易斫喪精神；況且聯軍入京，乘輿出走，朝受風霜，暮驚烽火，到這個時候，就使身體強壯的人，也要急出病來。至和議告成，恭王遣載垣奏報行在，並請迴鑾日期，咸豐帝詳問京中情形，載垣便據實復陳，圓明園燒了三日三夜，內外庫款，蒐括淨盡，你想咸豐帝得此消息，心中難過不難過呢？咸豐帝心灰意懶，自然不願迴鑾，便說天氣漸寒，朕擬暫緩回京，待明春再定行止。載垣也不規諫，反極口贊成，便令隨行的軍機大臣，錄了上諭，頒發到京。載垣留住行在，算是扈駕，他與鄭親王端華，協辦大學士戶部尚書肅順，本是要好得很，至此遂同攬政權，鞏固權勢。這三人中，肅順最有智謀，載垣、端華的謀畫，都仗肅順主持。景壽、穆蔭、匡源、杜翰、焦祐瀛五個軍機，隨駕北行，便是肅尚書一力保舉，作為走狗。肅順所最忌的有兩人，一個是皇貴妃那拉氏，一個是恭親王奕訢。那拉貴妃，是個士女班頭，宮中一切事務，多由那拉指使，咸豐帝非常寵任，皇后素性溫厚，不去預聞。恭王係咸豐帝介弟，權出怡、鄭二王上，所以肅順時常忌他。北狩的主見，也是肅順主張，他想離開恭王，叫他去辦撫議。辦得好，原不必說；辦得不好，可以加罪。且恭王在京，距熱河很遠，內中只有一個那拉貴妃，究係女流，不怕她挾持皇帝，因此在京王大臣，陸續奏請迴鑾。肅順與怡、鄭二王，總設法阻止。冬季說是太寒，夏季說是太熱，春秋二季，無詞可藉，只說是京中被了兵燹，悽慘得很。咸豐帝得過且過，一挨兩挨，捱到十一年六月，竟生成一場不起的病症。二豎相煎，便成絕症，況三豎乎。病已大漸，即召載垣、端華、肅順、景壽、穆蔭、匡源、杜翰、焦祐瀛八人，入受顧命，立皇子載淳為皇太子；並因太子年幼，淳淳囑咐，要他盡心竭力，夾輔幼君。八人奉命而出，過了一日，咸豐帝竟崩於避暑山莊行殿寢宮，享年三十一歲。載垣、端華、肅順等，即扶六歲的皇太子，在柩前即了尊位，便是穆宗毅皇帝。當下尊皇后鈕祜祿氏及生母皇貴妃那拉氏，都為皇太后。擬定新皇年號，是祺祥二字。後來尊謚大行皇帝為文宗顯皇帝，並上皇太后徽號，叫做慈安皇太后，生母皇太后徽號，叫做慈禧皇太后。後人呼她們為東太后、西太后。

這且慢表。單說載垣、端華、肅順等，扶新皇帝嗣位，自稱為參贊政務王大臣，先頒喜詔，後頒哀詔。在京王公大臣，多至恭王府議事。恭王奕訢道：「現在皇上大行，嗣主年幼，一切政權，想總在怡、鄭二王，及尚書肅順了。」言至此，嘆了數聲。王大臣等多與肅順不合，且見恭王有不足意，便齊聲道：「王爺係大行皇帝胞弟，論起我朝祖制，新皇幼衝，應由王爺輔政，輪不到怡、鄭二王身上，肅尚書更不必說呢。」恭王雖沒有回答，頭已點了數點。

正籌議間，忽報宮監安得海自熱河到來。安得海係那拉太后寵監，恭王料有機密事件，便辭退王大臣，獨召安太監進府。安太監請過了安，恭王引入祕室，與他講了一日，別人無從聽見，小子也不敢虛撰。安太監於次晨匆匆別去，恭王即髮指日奔喪的摺子。這摺子遞到熱河，怡、鄭二王，先去展閱，閱畢，遞與肅順。肅順大略一瞧，便道：「恭王藉口奔喪，突來奪我等政權，須阻住他方好。」怡親王道：「他是大行皇帝胞弟，來此奔喪，名正言順，如何可以阻他？」肅順道：「這有何難？即說京師重地，留守要緊，況梓宮不日回京，更無庸來此奔喪。照這樣說，難道不名正言順麼？」肅順的機謀，恰也不劣，無如別人還要比他聰明，奈何？怡親王大喜，便令肅順批好原折，頒發出去。

這事方布置妥帖，忽御史董元醇，遞上一折，請兩宮皇太后垂簾訓政。怡親王一瞧，便道：「放屁！我朝自開國以來，並沒有太后垂簾的故例，哪個混帳御史，敢倡此議？」肅順道：「這是明明有人指使，應嚴加駁斥，免得別人再來嘗試。」於是再由肅順加批，把祖制兩字，抬了出來，將原折駁得一文不值。末後有「如再蕘言亂政，當按律加罪」等語。批發以後，三人總道沒有後患，哪裡曉得這等批語，統是沒效！咸豐帝臨終時，這世傳受命的御寶，早被西太后取去，肅順雖是聰敏，這件事恰先輸了一著。一著走錯，滿盤是輸，所以終為西太后所制。西太后見怡親王等獨斷獨行，批諭一切，並未入稟，遂去與慈安太后商議。慈安太后本無意垂簾，被西太后說得異常危急，倒也心動起來，便道：「怡、鄭諸王，懷著這麼鬼胎，如何是好？」西太后道：「除密召恭王奕訢外，沒有別法。」慈安太后點頭，遂由西太后擬定懿旨，請慈安太后用印。慈安太后道：「前日先皇所賜的玉璽，可用得麼？」西太后道：「正好用得。」隨取玉璽鈐印，乃是篆文的「同道堂印」四字，仍遣安得海星夜趲程，去召恭王。

約越一旬，恭王奕訢，竟兼程馳至。肅順留意偵探，聞恭王到來，忙報知怡、鄭二王。怡、鄭二王，大吃一驚，正想設法對付，忽報恭王奕訢來見。三人只得出迎，接入後，先由載垣開口，問：「六王爺何故到此？」奕訢道：「特來叩謁梓宮，並慰問太后。」載垣道：「前已有旨，令六王爺不必到來，難道六王爺未曾瞧過？」奕訢說是未曾接到，並問何時頒發？載垣屈指一算道：「差不多有十多天了。」奕訢道：「這且怪不得，兄弟出京，已七八天了。」這是詭語。肅順即插口道：「六王爺未經奉召，竟自離京，京城裡面，何人負責？」奕訢道：「這且不妨。在京王大臣，多得很哩。現在京內安靜如常，還怕什麼？況兄弟此來，一則是親來哭臨，稍盡臣子的道理；二則是來請兩宮太后安，明後日即擬回京。這裡的事情，有諸公在此，是最好的了。兄弟年輕望淺，還仗諸位指教。」肅順尚未回答，忽從載垣背後，走出一人，朗聲道：「叩謁梓宮原是應該的，若要入覲太后，恐怕未便。」奕訢瞧將過去，乃是軍機大臣杜翰，便道：「為何不便？」杜翰道：「兩宮太后，與六王爺有叔嫂的名義，叔嫂須避嫌疑，所以不應入覲。」奕訢不覺奇異，正想辯駁，奈載垣、端華、肅順三人，都隨聲附和，好似杜翰的言語，當作聖經賢傳。恭王一想，彼眾我寡，不便與他爭執，還是另外設法為是。隨道：「諸位的說法，卻也不錯，拜託諸位代為請安便了。」這是恭王深沉處。

當下辭出，回到寓所，巧值安得海已在寓守候，奕訢又與他密議一番，安得海頗有小智，竟想出一個妙法，與奕訢附耳低言。奕訢眉頭一皺，似乎有不便照行的意思。復經安得海細說數語，奕訢方才應允。安得海辭去，是日傍晚，夕陽西下，暮色沉沉，避暑山莊寢門外，來了一乘車子，車中坐著的，彷彿是個宮娥，守門侍衛，正欲啟問，安太監已自內出來，走到車前，搴動簾帷，攙著一位宮裝的婦人下來。侍衛瞧著，確是婦女，由她隨安太監進去。次日黎明，宮門一開，這位宮裝的婦人，仍由安太監引導出門，乘輿徑去。約到辰牌時候，恭王奕訢，又復出現，赴梓宮前哭臨。次日，即至怡、鄭兩王處辭行。看官！你想恭王奕訢，奉太后密召而來，難道不見太后，便匆匆回去麼？上文說的宮裝婦人，來去突兀，想來總是恭王巧扮，由安得海引他出入，暗中定計，瞞過侍衛的眼珠；若是明眼人窺著，自能瞧破機關。那班侍衛，雖是怡、鄭二王的爪牙，畢竟沒甚智識，總道是個婦人，也不去通報怡、鄭二王，所以竟中了宮內外的祕計。

恭王去後，兩宮太后便傳懿旨，准即日奉梓宮回京。載垣、端華、肅順三人，又開密議。載垣意思，遲一日，好一日，肅順道：「我們且入宮去見太后，再行定議。」三人遂一同入宮，對著兩位太后，請了安，兩旁站定。西太后便諭道：「梓宮回京的日子，已擬定麼？」載垣道：「聞得京城情形，尚未安靜，依奴才愚見，不如展緩為是。」西太后道：「先皇帝在日，早思迴鑾，因京城屢有不靖的謠言，以致遷延歲月，齎恨以終。現若再事逗留，奉安無期，豈不是我等的罪孽？你們統是宗室大臣，親受先皇帝顧命，也該替先皇帝著想，早些奉安方好。」三人默然不答。西太后瞧著慈安太后道：「我們兩人，統係女流，諸事要靠著贊襄王大臣，前日董御史奏請訓政，贊襄王大臣，也未與我輩商量，驟加駁斥，我也不去怪他。但既自命贊襄，為什麼將梓宮奉安，都不提起？自己問自己，恐也對不起先皇帝呢。」慈安太后也不多說，只答了一個「是」字。肅順此時忍耐不住，便道：「母后訓政，我朝祖制，未曾有過，就使太后有旨垂簾，奴才等也不敢奉旨。」西太后道：「我等並不欲違犯祖制，只因嗣王幼衝，事事不能自主，全仗別人輔助，所以董元醇一折，也不無可採處。你等果肯竭誠贊襄，乃是很好的事，何必我輩訓政！但現在梓宮奉安，嗣主回京的兩樁大事，尚且未曾辦就。哼！哼！於贊襄二字上，恐有些說不過去。」載垣聽了此語，心中很不自在，不覺發言道：「奴才等贊襄皇上，不能事事聽命太后，這也要求太后原諒。」西太后變色道：「我也叫你贊襄皇上，並不要你贊襄我們，你既曉得『贊襄皇上』四個字，我等便感你不淺。你想皇上是天下共主，一日不回京，人心便一日不安，皇上也是一日不安，所以命你等檢定回京日子，勞你等奉喪扈駕，早日到京，乃就是贊襄盡職了。」端華也開口道：「梓宮奉安，及太后同皇上次鑾，原是要緊的事情，奴才等何敢阻難。不過恐京城未安，稍費躊躇呢。」西太后道：「京中聞已安靜，不必多慮，總是早日回去的好。」三人隨退即出。

肅順氣得要不得，又與怡、鄭二王，回寓會商，定了一計，擬派怡親王侍衛兵丁，護送后妃，在途中刺殺西太后，聊以洩忿；就擬定九月二十三日，皇太后、皇上，奉梓宮回京。到了啟行這一日，由怡、鄭二王扈從皇太后、皇上，肅順、穆蔭等護送梓宮。照清室禮節，大行皇帝靈櫬啟行，皇帝及后妃等，都行禮奠酒，禮畢，立即先行，以便在京恭迎，此次自然照例辦理，鑾輿在前，梓宮在後。載垣等預定的密計，擬至古北口下手，偏這西太后機警得很，密令侍衛榮祿，帶兵一隊，沿途保護。那拉后才具確是不小。榮祿係西太后親戚，有人說西太后幼時，曾與榮祿訂婚，後因選入宮中，遂罷婚約，這話未免虛誣。但榮祿生平，忠事西太后，西太后得此人保駕，恁你載垣、端華如何乖巧，竟不敢下手。及至古北口，大雨滂沱，榮祿振起精神，護衛兩宮，自晨至夕，不離兩宮左右，一切供奉，統由榮祿親自檢視。載垣、端華二人，只有瞪著兩目，由他過去。

九月二十九日，皇太后、皇上安抵京城西北門，恭王奕訢率同王大臣等，出城迎接，跪伏道旁。當由安太監傳旨，令恭王起來。恭王謝恩起身，隨鑾輿入城，載垣、端華，左右四顧，見城外統是軍營駐紮，兩宮經過時，都俯伏行禮，不由得心中忐忑。只因梓宮尚未到京，想一時沒有變動，便各回原邸安宿一宵。翌晨起來，剛思入朝辦事，忽見恭王奕訢，大學士桂良、周祖培，帶了侍衛數十名，大著步進來。載垣接著便問何事？奕訢道：「有旨請怡王解任。」載垣道：「我奉大行皇帝遺命，贊襄皇上，那個令我解任？」奕訢道：「這是皇太后、皇上諭旨，你如何不從？」正在爭論，端華亦走入廳來，約載垣同去入朝，見了奕訢、載垣兩人相爭，還不知是何故，只見奕訢對著他道：「鄭王已到，真正湊巧，免得本邸往返。現奉諭旨，著怡、鄭二王解任！」端華嗤的一笑，隨道：「上諭須要我輩擬定，你的諭旨，從哪裡來的？」奕訢取出諭旨，令二人瞧閱。二人不暇讀旨，先去瞧那鈐印。但見上面鈐著御寶，末後是「同道堂印」四字。載垣問此印何來，奕訢道：「這是大行皇帝彌留時，親給兩宮皇太后的。」載垣、端華齊聲道：「兩位太后，不能令我等解任。皇帝衝幼，更不必說。解任不解任，由我等自便，不勞你費心！」奕訢勃然大憤道：「兩位果不願接旨麼？」兩人連說：「無旨可接。」奕訢道：「御寶不算，有先皇帝遺傳的『同道堂印』，也好不算麼？」奕訢此時，也只知太后了。喝令侍衛將兩人拿下。後人有詩詠同道堂璽印道：

北狩經年蹕路長，鼎湖弓劍望灤陽；
兩宮夜半披封事，玉璽親鈐同道堂。

畢竟兩人被拿後，如何處置，且至下回續敘。

以國士待我，當以國士報之，曾公之意，殆亦猶是。若載垣、端華、肅順輩，以宗室懿親，不務安邦，但思擅政，何其跋扈不臣若此？無莽操才，而有莽操之志，卒之弄巧成拙，反受制於婦人之手，寧非可媿？唯慈禧心性之敏，口給之長，計慮之深，手段之辣，於本回中已嶄然畢露。吳道子摹孔子像，道貌如生，作者殆亦具吳道子之腕力矣乎？

罪輔臣連番下詔　剿劇寇數路進兵

卻說載垣、端華兩人，被奕訢飭侍衛拿下，載垣、端華道：「我兩人無故被譴，究係如何罪名？」奕訢道：「你聽著！待我宣旨。」遂捧著諭旨朗讀道：

上年海疆不靖，京師戒嚴，總由在事之王大臣等，籌劃乖方所致。載垣等復不能盡心和議，徒誘獲英國使臣，以塞己責，致失信於各國，澱園被擾，我皇考巡幸熱河，實聖心萬不得已之苦衷也。嗣經總理各國事務衙門王大臣等，將各國應辦事宜，妥為經理，都城內外安謐如常，皇考屢召王大臣議迴鑾之旨，而載垣、端華、肅順，朋比為奸，總以外國情形反覆，力排眾論。皇考宵旰焦勞，更兼口外嚴寒，以致聖體違和，竟於本年七月十七日，龍馭上賓，朕搶地呼天，五內如焚，追思載垣等從前朦蔽之罪，非朕一人痛恨，實天下臣民所痛恨者也。朕御極之初，即欲重治其罪，唯思伊等係顧命之臣，故暫行寬免，以觀後效。

孰意八月十一日，朕召見載垣等八人，因御史董元醇敬陳管見一折，內稱請皇太后暫時權理朝政，俟數年後，朕能親裁庶務，再行歸政；又請於親王中簡派一二人，令其輔弼；又請在大臣中，簡派一二人，充朕師傅之任。以上三端，深合朕意。雖我朝向無皇太后垂簾之儀，朕受皇考大行皇帝付託之重，唯以國計民生為念，豈能拘守常例？此所謂事貴從權，特面諭載垣等著照所請傳旨。該王大臣等嘵嘵置辨，已無人臣之禮；擬旨時又陽奉陰違，擅自改寫，作為朕旨頒行，是誠何心？且載垣等每以不敢專擅為詞，此非專擅之實跡乎？縱因朕衝齡，皇太后不能深悉國政，任伊等欺矇，能盡欺天下乎？此皆伊等辜負皇考深恩，若再事姑容，何以仰對在天之靈？又何以服天下公論？載垣、端華、肅順，著即解任！景壽、穆蔭、匡源、杜翰、焦祐瀛，著退出軍機處！派恭親王會同大學士六部九卿翰詹科道，將伊等應得之咎，分別輕重，按律秉公具奏！至皇太后應如何垂簾之儀，一併會議具奏！欽此。

載垣、端華聽畢，便道：「恭王！你是西后的心腹，總算是亡清的功臣。滅清朝者葉赫，這句話要應驗了。罷！罷！罷！我等與你同去。」句中有眼。當下恭王奕訢，令侍衛等牽出載垣、端華，到宗人府署，交宗令看管，即入宮復旨。西太后畢竟辣手，就命將載垣、端華、肅順，革去爵職，著宗人府會同大學士九卿等，嚴行議罪。一面派睿親王仁壽、醇郡王奕譞，迅將肅順拿問。

睿、醇兩王，奉了懿旨，遂帶領侍衛番役百名，出了京城，兩人在途中密商，託詞迎接梓宮，以便誘擒肅順。計畫已定，行了百餘里，正與梓宮相遇，扈送梓宮的第一大員，趾高氣揚，正是御前大臣肅順。兩王下了馬，與肅順拱手，肅順亦下馬相迎，隨即由肅順導至梓宮前，行過了禮。兩王復對了肅順，好言慰勞，肅順正欲探鑾輿消息，便問兩宮皇太后及皇上安。睿親王仁壽說了一個「安」字，醇郡王奕譞獨說是到了驛站，再好細談。三人同行了一程，已至梓宮停歇的地點，大眾停住。仁壽、奕譞便在站中吃了晚餐，餐畢，又歷數小時，各人都要安寢，唯肅順尚與二王閒談。奕譞不覺起立道：「有旨拿革員肅順！」肅順大驚，但見侍衛、番役等，已一齊進來，將肅順按住，上了鎖。肅順喧嗓道：「我犯何罪？」奕譞道：「你的罪多得很，且至宗人府再說。」肅順道：「哪個叫你來拿我？」奕譞道：「奉上諭拿你。」肅順道：「六歲小兒，何知拿人？無非是裡面的那拉氏，跟我作對。你等都是那拉氏走狗，她要這麼，你便這麼！呂雉、武曌出世，我等老臣，原是該死。」從肅順口中譏刺慈禧，用筆便靈。奕譞也不與多辯，便命侍衛帶著肅順，夤夜進京。次日巳牌，便降旨道：

前因肅順跋扈不臣，招權納賄，種種悖謬，當經降旨將肅順革職，派令睿親王仁壽，醇郡王奕譞，即將該革員拿交宗人府議罪。乃該革員接奉諭旨後，咆哮狂肆，目無君上，悖逆情形，實堪髮指。且該員恭送梓宮，由熱河回京，輒敢私帶眷屬行走，尤為法紀所不容。所有肅順家產，除熱河私寓，令春佑嚴密查抄外，其在京家產，著即派西拉布前往查抄，毋令稍有隱匿！欽此。

是日即授恭王奕訢為議政王，在軍機處行走。越二日，梓宮已抵得勝門，兩宮皇太后及皇上，出得勝門跪迎，奉梓宮入紫禁城，停乾清宮。於是大學士賈楨、副都統勝保等，亟請太后訓政。大學士周祖培，奏改建元年號，因原擬祺祥二字，意義重複，應請更正。一班拍馬屁朋友，都應時出來。當由兩宮下諭，命議政王、軍機大臣等，改擬新皇年號。議政王等默窺慈懷，恭擬「同治」二字進呈。西太后瞧這兩字，暗寓兩宮同治的意義，私心竊慰，遂命以明年為同治元年，頒告天下。翌日復降旨一道，其辭云：

載垣、端華、肅順，於七月十七日皇考升遐，即以贊襄政務王大臣自居，實則我皇考彌留之際，但面諭載垣等，立朕為皇太子，並無令其贊襄政務之諭。載垣等乃造作贊襄名目，諸事並不請旨，擅自主持，即兩宮皇太后面諭之事，亦敢違阻不行。御史董元醇條奏皇太后垂簾事宜，載垣等獨擅改諭旨，並於召對時，有伊等係贊襄朕躬，不能聽命於皇太后，伊等請皇太后看折，亦係多餘之語，當面咆哮，目無君上情形，不一而足。且每言親王等不可召見，意存離間，此載垣、端華、肅順之罪狀也。肅順擅坐御位，於進內廷時，當差時，出入自由，目無法紀，擅用行宮內御用器物，於傳取應用物件，抗違不遵，並請兩宮皇太后應分居召對，詞氣之間，互有抑揚，意在構釁，此又肅順之罪狀也。一切罪狀，均經母后皇太后，聖母皇太后，面諭議政王、軍機大臣，逐款開列，傳知會議王大臣等知悉，茲據該王大臣等，按律擬罪，請將載垣、端華、肅順凌遲處死，當即召見議政王奕訢，軍機大臣戶部左侍郎文祥，右侍郎寶鋆，鴻臚寺少卿曹毓瑛，惇親王奕誴，醇郡王奕譞，鐘郡王奕詥，孚郡王奕譓，睿親王仁壽，大學士賈楨、周祖培，刑部尚書綿森，面詢以載垣等罪名，有無一線可原？據該王大臣等，僉稱載垣、端華、肅順，跋扈不臣，均屬罪大惡極，於國法無可寬宥。朕念載垣等均屬宗人，遽以身罹重罪，悉應棄市，能無淚下？唯載垣等前後一切專擅跋扈情形，實屬謀危社稷，是皆列祖列宗之罪人，非獨欺凌朕躬，為有罪也。在載垣等未嘗不自恃為顧命大臣，縱使作惡多端，定邀寬宥，豈知贊襄政務，皇考並無此諭？若不重治其罪，何以仰副皇考付託之重？亦何以飭法紀而示萬世？即照該王大臣所擬，均即凌遲處死，實屬情真罪當。唯國家本有議親議貴之條，尚可量從末減，姑於萬無可貸之中，免其肆市。載垣、端華，均著加恩賜令自盡！肅順悖逆狂謬，較載垣等尤甚，本應凌遲處死，現著加恩改為斬立決。至景壽身為國戚，緘默不言，穆蔭、匡源、杜翰、焦祐瀛，於載垣等竊權政柄，不能力爭，均屬辜恩溺職。穆蔭在軍機大臣上行走最久，班次在前，情節尤重。該王大臣等，擬請將景壽、穆蔭、匡源、杜翰、焦祐瀛革職，發往新疆，效力贖罪，均屬咎有應得。唯以載垣等凶焰方張，受其箝制，均有難於爭衡之勢，其不能振作，尚有可原。御前大臣景壽，著即革職，加恩仍留公爵，並額駙品級，免其發遣。兵部尚書穆蔭，著即革職，加恩改為發往軍臺效力贖罪。吏部左侍朗匡源，署禮部右侍郎杜翰，太僕寺卿焦祐瀛，均著即行革職，加恩免其發遣。欽此。

是旨一下，即派肅親王華豐、刑部尚書綿森，往宗人府逼令載垣、端華二人自殺。又派睿親王仁壽、刑部右侍郎載齡，至宗人府拿出肅順，至午門監斬。三人臨死時，都痛罵西太后及恭王奕訢。肅順越罵得厲害，索性連西太后歷史，背了一遍，方才就刑。自己失策，罵亦何益？三人已死，盈廷大吏，哪個還敢違忤母后？遂於十月甲子日，六齡幼主，在太和殿重行即位禮，受王大臣等朝賀。十一月朔日，奉兩宮皇太后，在養心殿垂簾聽政。同治元年二月十二日，皇帝在弘德殿入學讀書，特簡禮部尚書前大學士祁雋藻，管理工部事務前大學士翁心存，工部尚書倭仁，並翰林院編修李鴻藻授讀。嗣是清廷政治，都由兩宮太后主張，慈安后本無意訓政，垂簾後不過掛個名目，萬事都是慈禧專斷，慈安坐受其成。慈禧后煞是英明，用人行政，多有特識。東南軍務，專責成兩江總督曾國藩，令他統轄江蘇、安徽、江西三省，並浙江全省軍務，所有四省巡撫提鎮以下，悉歸節制。這般重大的責任，自清朝開國以來，連皇親國戚，都沒有受此異數。國藩是個漢員，獨邀朝廷重眷，豈不是慈禧太后的慧眼麼？

是時湖北巡撫胡林翼，自太湖還援湖北，收復黃州、德安等處，積勞成疾，得咯血症，竟病歿武昌，遺疏薦李續宜為代。朝旨即命續宜為湖北巡撫。曾國藩以轄地太大，恐怕疏忽，特薦左宗棠督辦浙江軍務，奉旨令左宗棠赴浙剿賊，浙省提鎮以下，均歸左宗棠調遣，豈不是慈禧后的從諫如流麼？

只安徽知府吳棠，經慈禧垂簾後，累次超擢，不幾年竟授四川總督，這是未免私意。然古來漂母一飯，韓信猶報千金，慈禧幼年，受過吳公的大德，知恩報恩，乃是慈禧后的厚道，不足為怪。圓明園內四春娘娘，後來竟不知下落，或說是發放出宮，或說是被慈禧處死。大約處死一說，不足為據。漢朝人彘，唐室醉媪，言者慘鼻，獨清宮恰未聞有此慘劇，也總算是慈禧的好處。

話休煩絮，這一段是敘西太后初政時行誼。且說曾國荃克復安慶，滿擬沿江而下，直搗江寧，只濱江兩岸各要隘駐紮的長毛，尚是不少，國荃會同楊載福水師，節節進剿，連克敵壘。長毛酋忠王李秀成，侍王李世賢，竄入江西，復陷瑞州。國藩飛檄鮑超赴援。鮑超兼程馳去，前面懸紅綾丈餘，中間大書一「鮑」字，沿途經過，長毛望見「鮑」字旗幟，即紛紛逃去。秀成、世賢，還想與他對敵，無如部眾膽落，一戰即潰，被鮑超連破七十餘營，驅逐出境。江西又報肅清。強弩之末，難穿魯縞。

國荃聞江西已平，上游安靖，遂與國藩會商，進攻江寧。國藩恐兵勇不足，令國荃回至湖南，添募鄉勇。奉旨賞國荃頭品頂戴，任浙江按察使，授鮑超浙江提督，恰是令他援浙的意思。浙江自張玉良收復後，長毛仍四擾不休，且因和春兵潰，蘇、常相繼淪陷，江浙交界的嘉興縣，至此也遭殃及。玉良率兵往援，連戰不利，退入杭城，屬縣多失守。李秀成、李世賢，又自江西入浙境，攻陷嚴州。玉良復自省城出剿，總算將嚴州克復。秀成等竄至湖州，城紳趙景賢，募集團勇，一陣擊退。李世賢走入江西，李秀成走入安徽。世賢被左宗棠擊敗，秀成被鮑超殺退，兩人仍竄入浙境，復陷嚴州及金華，順道浦陽江，從臨浦鎮攻蕭山、諸暨，勢如破竹，進據紹興，轉攻杭州。是時浙江巡撫，已改任王有齡，堅守兩月，援絕，乃嚙指寫成血書，飛至安徽乞援。國藩注重江皖，不願分師，唯促左宗棠由贛赴浙，左軍未入浙境，省城已是不支。張玉良師至江干，又被長毛列炮擊斃，城內糧盡援絕，遂致失守。

巡撫王有齡、將軍瑞昌及總兵饒廷選，一概死難。

國藩聞浙江被陷，自請嚴議，詔從豁免，反授他協辦大學士職銜；西太后權術，可愛可敬。並命左宗棠為浙江巡撫，令與曾國藩統籌大局，亟圖補救等語。國藩感激異常，越思竭力報效，適朝旨因杭城陷沒，淞滬戒嚴，飭國藩派員防剿。國藩物色人材，又保舉一員大人物，看官道是誰人？就是後來的傅相李鴻章。鴻章字少荃，安徽合肥縣人，道光年間進士，曾任福建省道員。國藩聞他多才，招為募賓，嘗疏請簡於江北，興辦淮揚水師，事未果行。至是因政府旁求將帥，遂薦他才大心細，勁氣內斂，堪膺封疆重寄，奉旨報可。國藩即令鴻章回募鄉勇，照湘軍成制，練淮徐兵丁，又選湘軍名將程學啟、郭松林，做他幫手。鴻章初出茅廬，悉心訓練，遂組成鄉勇一大隊，稱為淮軍，作湘軍的後勁。淮軍出現。同治元年二月，鴻章率淮勇至安慶，國荃與弟國葆，亦率湘勇馳至，於是統轄東南的曾大帥，顯出生平絕大的抱負，調遣精兵猛將，分路出剿，進攻江寧的兵馬，歸國荃統帶，佐以楊載福、彭玉麟二路水師，規取江蘇的兵馬，歸李鴻章統帶，佐以黃翼升的水師；恢復浙江的兵馬，歸左宗棠統帶。另調廣西臬司蔣益澧，率所部至浙助剿；廬州一帶，歸多隆阿剿辦；寧國一帶，歸鮑超剿辦；李續宜已調撫安徽，潁州一帶，歸他戡定。數路大軍，統由曾大帥節制。餘外還有淮上的袁甲三，揚州的都興阿，鎮江的馮子材，雖未經曾帥調遣，亦由曾帥統籌兼顧。正是馬援聚殿前之米，張華推局上之枰，金玦分頒，鐵騎四出，眼見得太平天國，要保不住了。好一部點將錄。

國藩駐節安慶，居中指揮，軍書旁午，捷報飛傳。都興阿獲勝天長，左宗棠克復遂安，曾國荃、國葆，會合水陸各軍，一破長毛於荻港，再破長毛於望城崗，三破長毛於銅城閘。拔巢縣、含山縣、繁昌縣及和州，乘勢奪西梁山，復太平府城。彭玉麟入金柱關，襲據東梁山，收復蕪湖縣，與國荃合逼江寧。

多隆阿進攻廬州，擊敗四眼狗陳玉成，緣梯登城，玉成遁去。玉成為太平天國名將，至此被多軍擊走，日暮途窮，往依練總苗沛霖。沛霖係安徽鳳臺縣人，嘗為團練頭目，時人叫他苗練，頗有威名。太平天國誘他叛清，畀以封爵，旋由清副都統勝保，招撫沛霖，奏擢道員。沛霖首鼠兩端，居心叵測，適勝保復出駐潁州，沛霖感勝保薦擢，遂誘四眼狗入城，出其不意，把他捆住，並將他家眷部屬，盡行拿下，解送潁州勝保營。勝保勸降，玉成不從，乃檻送京師，有旨令在河南衛輝府伏法。只玉成妻很有姿色，中勝保意，留住營中，作為侍妾。婦人家水性楊花，有幾個曉得貞烈？昨日偶玉成，今日偶勝保，總教是個有情男子，就是衵衾與裯，亦所甘願。勝保憐她秀媚，非常寵愛。後來苗練復叛，勝保被逮，連侍妾押解過河，為德愣額所見，說是陳玉成賊婦，不得隨行，將侍妾軋住。其實德楞額也愛她美色，截住這個淫婦，自己受用去了。一般是狗，一般是賊。

曾玉成既死，楚皖間遂沒有劇寇。鮑超又攻克寧國府城，走太平輔王楊輔清，降其將洪容海。曾國荃亦連克秣陵關、大勝關，進駐雨花臺，距江寧城僅四里，分軍與國葆，留屯三汊河江東橋一帶，傍水築壘，輸通餉道。好一座金陵城，至此既失了皖南的犄角，復受水陸各軍的圍困，洪秀全焦急萬狀，亟促李秀成、李傳賢還援。兩李未至，國荃軍忽遭疾疫，病的病，死的死，國藩令國荃退守，國荃執意不允。忽報李秀成率蘇、常悍黨二十萬人，還救江寧，要去攻撲國荃大營了。國藩聞警，亟奏請另簡大臣，馳赴江南，有「分重大之責任，挽艱難之氣數」等語。旋奉上諭，節錄如左：

朝廷信用楚軍，以曾國藩忠勇，發於至誠，倚以挽救東南全局。今疾疫流行，將士摧折，深虞隳士氣而長寇氛，此無可如何之事，非該大臣一人之咎。意者朝廷政事多闕，是以上干天和，我君臣當痛自刻責，實力實心，勉圖禳救之方，為民請命，以冀天心轉移，事機就順。刻下在京，固無可簡派之人，環顧中外，才力氣量，如曾國藩者，一時實難其選。該大臣素嘗學問，時勢艱難，尤當任以毅力，矢以小心，仍不容一息少懈也。欽此。

國藩接旨，知京中已無意發兵，飛檄調蘇州程學啟軍，浙江蔣益澧軍，馳救國荃大營。怎奈接得覆書，都說軍務吃緊，不能應命，竟令這足智多謀的曾大帥，弄得無法可施。正是：

帷幄方聞成算定，疆場可奈寇氛深。

究竟國荃大營，果被長毛陷沒否？看官不要性急，續閱下回自知。

載垣、端華、肅順，非無可殺之罪，但為抗爭垂簾事，驟置重闢，則未免冤誣。母后臨朝，歷代所戒，至若兩宮垂簾，尤為歷代所未有。即謂嗣主衝幼，專貴從權，究不得因故舊諫諍，橫加誅戮。本回迭錄諭旨，正以明三人罪案，無非為抗爭垂簾而致。且諭中有兩宮皇太后，將三人罪狀，面諭議政王、軍機大臣，是所謂罪狀者，俱出皇太后之私意，慈安本無意構成此獄，主其事者，實為慈禧，哲婦固可畏也。獨信用曾國藩，實為慈禧之卓識，畀以重任，言聽計從，卒能削平大難，戡定東南，清之不亡於洪氏，慈禧與有力焉。然吾聞狄仁傑姨盧氏云：「吾止有一子，不願使事女主」，今曾公聞之，得毋為之汗顏乎？若以剿滅長毛，目為漢賊，吾尚無取此說云。

曾國荃力卻援軍　李鴻章借用洋將

卻說曾國荃進攻江寧，長毛酋李秀成率眾馳援，國藩恐其弟有失，檄江浙軍助剿，許久不至，此時江寧及蘇浙三處，都在血戰的時候，小子只有一枝筆，不能並敘，只好先接著上文，敘述國荃對敵事。國荃兵不滿萬，合楊、彭兩路水師，尚不滿二萬人，加以瘟疫盛行，死亡相繼，正危急得了不得。突聞李秀成帶了數十萬長毛，自蘇常到來，國荃誓眾固守，預浚營濠，堅築壁壘，準備抵敵。布置才畢，秀成已經馳到，麾眾猛撲。國荃堅壁勿動，秀成不能入，乃結成營壘二百餘座，圍住國荃營。國荃晝不得安，夜不得眠，只指揮三軍，竭力堵禦。秀成令部眾更迭進攻，前隊不勝，後隊繼上；後隊不勝，前隊復上。無如國荃真是能耐，憑他如何攻法，總是守定營盤，一動都沒有動。接連十晝夜，彼此未曾休息，到第十日早起，炮聲陡發，山鳴谷應，震得營盤都搖搖不定。國荃部將倪桂亟率軍堵截，突來了一顆砲彈，滴溜溜滾將下來，撲的一聲，彈丸炸開，遍地都是火星。倪桂被火觸著，立即倒斃。軍士洶洶道：「這是開花炮！這是開花炮！」言未絕，國荃已怒馬直出，把首叫開花炮的人，一刀削去腦袋，竟上前親擋砲彈。寫得突兀。恰值第二個砲彈又至，國荃將手中令旗對彈一拂，那彈墮入濠中，偏偏不炸。實是天幸。軍士瞧著，才知開花砲彈，也不是個個會炸的，膽氣一壯，自然向前。國荃下令，用火箭火球，飛擲出去，長毛到死了不少，只是抵死勿退。次日，天氣陰沉，間以微雨，開花炮越發沒效。一連下雨好幾日，長毛用槍來攻，國荃令軍士持槍還擊，相持之下，國荃面上受了一粒彈子，血流交頤，他忍著痛，益向前督戰。軍士見主帥如此奮勇，自然努力效死。到第十六日間，李世賢又自浙趕來，擁著無數人馬，來助秀成，望將過去，差不多有十數萬，一到濠外，就來猛撲。這時候，曾營裡面，已是九死一生，逃又沒處逃，躲又沒處躲，索性拚了命去，與長毛死鬥，殺了兩晝夜，方得稍稍休息。除已死的軍士外，也沒一個不汗透重衣，腿臂麻木。解開戰袍，有重傷的，也有輕傷的，國荃親與將弁裹創，將弁又與部下裹創，指臂相聯，痛癢相關。因此人人感德，個個齊心。

過了數天，長毛反不甚起勁，似乎有些懈怠的樣子，國荃向眾將道：「此必有詐，須特別小心！」果然到了次晨，一聲怪響，土石上飛，壁壘坍去數丈，長毛逾垣而進，前仆後繼，國荃亟命將士亂擲火球，夾以槍炮，足足支撐了三個時辰，方將進來的長毛，擊斃了幾千名，缺口亦堵塞完工。長毛又白費心思，懊喪回營。嗣後長毛仍暗開地道，私埋火藥。國荃分軍為三，一軍專務防堵，一軍增築內牆，一軍專伺地道。長毛掘地洞七處，都被曾營發覺，搶險塞住，長毛已自心灰，守兵尚有餘力。國荃竟開壁出戰，鼓號一響，如潮衝出，長毛見了，無不失色。當下被國荃衝破營盤十餘座，斬首數百級，方才回營。長毛見曾營難下，分兵去截餉道，餉道係國葆保護，早已防得嚴密，只國葆也遭時疫，寒熱交乘，此時力疾從公，強起督戰，與長毛打一仗，勝一仗。國荃復分軍接應，又將長毛殺退。自同治元年閏八月十九日起，直至十月初四日，共計四十六天，國荃目不交睫，衣不解帶，與長毛相持，憤恨已極，軍士也怒氣填胸。初五日黎明，長毛又來環攻，國荃率全營軍士，開壁出來。這次比前次厲害，真是一當百，百當千，千當萬，踏破敵營數十座，長毛望風披靡，好像瓦解土崩一般，秀成、世賢，支持不住，分途潰去。國荃大營之圍始解，這是湘軍第一場惡戰。

曾營內的將士，獰目鬖面，皮肉幾盡；國荃亦疲憊不堪；國葆竟一病不起，於十一月十八日卒於軍。國葆字季洪，易名貞幹，係本籍諸生，從軍後累戰有功，晉同知銜，此次復擢升知府，因積勞病歿，由李鴻章奏請逾格優恤，特旨照二品例飾終，予謚靖毅，敕建專祠，宣付史館立傳。

這且按下，且說李鴻章帶領淮勇，正擬出發，適江蘇紳士錢鼎銘、潘馥等，備銀十八萬兩，至皖迎師。鴻章遂乘了便船，與程學啟、郭松林諸將，同抵上海。上海係各國通商碼頭，與蘇州相近，長毛既據蘇州，並欲東圖上海，蘇松太道吳煦，聯合英法各軍，設立會防局，分頭防禦。美人華爾，出守松江，連破長毛，尤為出力，及鴻章至上海，部下各兵，統是衣冠樸陋，不禁大笑。鴻章道：「兵貴能戰，不在華美，待吾一試，笑也未遲。」忽有吳縣諸生王韜求見，由鴻章召入，王韜獻計道：「此處大吏，屢借洋兵攻敵，愚意以招募洋兵，人少餉費，不如令本國壯勇充數，只僱洋人教練火器，自可收效。」鴻章甚以為是。王韜去後，道員吳煦進謁，鴻章便問洋將優劣，吳煦道：「英國水師提督何伯、法國水師提督卜羅德，統願幫助中國，但他是外國艦長，不受我國駕馭。最好是美人華爾，他是獲罪本國，逃匿上海，經吳某與美領事商洽，替他洗刷罪名，代我教練洋槍。他已死心塌地，為我出力，若招他練兵，必無變志。」鴻章大喜，便命吳道臺檄調華爾。不到二日，華爾馳至，鴻章好言勸勉，令他竭誠練勇。華爾一口應承，遂募鄉勇三千人，歸華爾督練，叫做常勝軍。

適朝旨命鴻章署理江蘇巡撫，鴻章初受兵事，兼轄疆圻，遂令參將李恆嵩，會同華爾，並聯繫英法兵，攻克嘉定、青浦二城。英提督何伯，請鴻章會攻浦東廳縣，乃令程學啟、劉銘傳、郭松林、滕嗣武、潘鼎新諸將，進兵南匯縣的周浦鎮，作為北路；英提督何伯、法提督卜羅德，自松江進金山衛，作為南路。兩軍才發，忽聞李秀成出攻太倉州，知州李慶琛兵潰，秀成進攻嘉定，洋兵敗走，嘉定復陷，青浦垂危。鴻章急調程學啟，移扼虹橋，截擊秀成，復諮英法兩提督，馳救青浦。時英法兩提督，正攻克奉賢，接鴻章諮文，移師青浦，適遇秀成部眾，兩下開戰，卜羅德中槍身死，何伯驚退。華爾正守青浦城，見英法各軍敗潰，亦突圍出走松江。秀成直犯上海，薄程學啟營。學啟兵只八百人，秀成兵不下十萬，眾寡懸絕，學啟毫不畏懼，親登營牆，見長毛圍營數十匝，他卻自放開山炮，轟擊長毛。長毛九卻九進，屍與濠平，將藉屍登牆；忽東北角上，來了一支大隊，旗幟飄揚。學啟用遠鏡窺望，見旗上大書「署江蘇巡撫李」六字，知是鴻章來援，大撥出擊。長毛駭愕起來，隨即卻走。鴻章與學啟，合軍追殺過去，刀斬斧劈，好似削瓜切菜，殺得沿途儘是血水。秀成帶來有十二個悍酋，都抱頭鼠竄而去。這場大勝，映入洋人眼簾，傳到洋人耳鼓，才曉得淮軍勇敢，李撫英偉，不敢揶揄了。合肥自此著名。

嗣是復南匯，復金山衛，復青浦、嘉定。長毛酋慕王譚紹洸，聽王陳炳文，復糾蘇、杭、嘉興長毛，從崑山、太倉入犯，鴻章檄諸軍堵截，聽程學啟指揮。學啟分道進擊，譚、陳二酋，退據三江口，紹洸屯江北，炳文屯江南。鴻章親去督戰，令劉銘傳當中堅，郭松林當左，程學啟當右，自辰至未，長毛堅守勿退，松林、銘傳，率軍士冒死逾濠，匍伏而前。有黃衣酋登牆迎戰，被松林覷準要害，一槍洞胸，黃衣酋墮地，長毛駭噪。學啟乘勢攻入，身中數傷，仍裹創疾前，長毛不能抵當，且戰且走。官軍三面掩殺，長毛大敗而遁，松滬解嚴，詔實授鴻章江蘇巡撫。

時寧紹臺道史致鄂，因長毛攻陷慈谿，向滬上乞救。鴻章令華爾率常勝軍往援，復慈谿城，華爾中炮死，常勝軍還松江，由美人白齊文代為統帶。不料白齊文閉城索餉，隨處劫奪，鴻章解白齊文兵柄，勒令歸國，另用英將戈登續統常勝軍。白齊文反投入李秀成處，陰為謀主，旋被浙軍擒住，解至上海訊治，中途舟覆溺死，這是後話。外人之不可濫用如此。

鴻章既解松滬圍，遂進規蘇常，招降常熟長毛駱國忠，及太倉長毛錢壽仁，搗福山，取崑山，逼蘇州。李秀成自江寧敗還，趨入江北，聞寧國府城已被鮑超攻破，東西梁山，又由國荃分軍守禦，遂回走蘇州。適值李鴻章督兵進攻，秀成倍道來援，徑至常熟，但見城上刀槍齊列，為首一員將官，面目很熟，仔細一瞧，確是駱國忠，不過已改服清裝。秀成便大呼道：「你如何背叛天朝？」國忠道：「忠王！你也是一時豪傑，難道不識時務麼？洪氏滅亡在邇，你不如下馬乞降，免得玉石俱焚。」為秀成特留身分。秀成瞋目叱道：「我是烈烈丈夫，寧效汝等昧良！」道言未絕，兩旁鼓聲亂鳴，左有李鴻章，右有劉銘傳，兩路軍蜂擁而來。秀成忙分軍迎敵，炮聲槍聲，鬧成一片。殺了三四個時辰，長毛毫不懈怠，越戰越悍，越悍越戰，不防後面殺入郭松林，戴板揮刀，十蕩十決，渾身都被人血汙漬，好像一個血人兒。長毛相顧驚愕，霎時潰退。官軍追至無錫，秀成入城拒守，調戰艦百艘，雲集城外，作為犄角。郭松林會合黃翼升水師，定議火攻，巧巧遇著順風，一把火起，烈焰騰空，把長毛百艘戰艦，燒得一隻不留。李秀成兀坐城樓，見江中火發，料知戰艦失守，忽報戰船已被燒盡，水兵死了萬餘，不由得涕淚交垂，便道：「這是天絕我天國了。」何不上訴天父？

正欲棄城出走，城外來了白齊文，在上海掠得輪船二艘，入獻秀成，並說：「船中載有巨炮，很是厲害。」秀成也管不得好歹，便出城下船，親去一試，對著黃翼升水師，突開巨炮，一炮甫發，對面的戰船，果轟破了數艘。再令開第二炮，不防對面來了兩三艘劃船，約離秀成座船丈許，為首的執著短刀，一躍而過，隨後又有數十名兵士，陸續跳上，來殺秀成。秀成認得首領，是錢壽仁，便道：「錢壽仁！你做什麼？」壽仁道：「哪個是錢壽仁？我卻是周壽昌，特來取你首級。」這人比駱國忠更凶。原來錢壽仁卻是假姓名，降清朝後，復姓名為周壽昌。秀成也不再多說，便持刀對敵。無如清水師越來越多，索性縱火焚船，秀成見事機已急，只得棄了座船，跳至白齊文船，拔遁去。

清軍奪了無錫，乘勝追至蘇州，秀成已先入城，與譚洸等固守。清軍運至炸炮二十具，把城外敵壘，統行毀去。學啟攻城南，戈登攻城北，鴻章親自指麾，誓破此城，城中恟懼。秀成、紹洸率悍黨萬人，突出婁門拒戰，學啟令驍將王永勝、陳忠德、陳有升、周良才、龔生陽、朱寶元等，分頭攔截，自已至未，將城中長毛殺回。鴻章令將士射書入城，略說：「降者免死，斬酋出降者有賞。」於是城中悍將郜雲官縋城夜出，徑詣副將鄭國魁營，甘心投誠。國魁引至程學啟處，雙方訂約，願斬譚紹洸首以獻。學啟並命殺李秀成，雲官不忍，只允殺譚而去。自此學啟一面攻城，一面專等內應，接連數日，毫無影響。忽一夜，天黑如墨，胥門水瀆，隱約有鼓棹聲。學啟聞報，忙親自巡閱，已不見片影，因天昏月暗，不便追襲，只命軍士特別留心，誰知李秀成已於是夜出走。秀成心靈眼快，窺透郜雲官異謀，三十六著，走為上著，遂將城守事付與紹洸，對他慟哭一場，握手為別。秀成已做了鎩羽之鳥。秀成已去，紹洸勢孤，苦守數日，郜雲官令部將汪有為，隨紹洸巡城，出其不意，從紹洸背後一槍，貫入心窩，霎時倒斃。紹洸手下還有親從千餘人，與雲官奮鬥，怎禁得雲官同志多至數萬人，不到一時，統與紹洸揹包裹去了。

雲官開齊門迎降，學啟入城，撫視降酋，共有八人，都是容貌猙獰，彷彿魔鬼。八人至學啟前，仍傲然自若。學啟按名檢閱，第一個是太平國納王郜雲官，第二個是比王伍貴文，第三個是康王汪安均，第四個是寧王周文佳，還有范啟發、張大洲、汪懷武、汪有為四人，俱自署天將。學啟眉頭一皺，計上心來，便好言撫慰。郜雲官道：「李帥既准我等投誠，應該替我等保舉，大的是總兵，小的是副將。」學啟道：「這個自然，兄弟應代白李帥。」雲官道：「還有一樁要求，我等部下，差不多有二十營，須仍歸我八人統帶，駐紮閶、胥、盤、齊四門。盜賊心腸，總是不改。學啟也隨口答應，言甘心苦。匆匆出城，與李鴻章談了一夜。次晨入城，令八人出謁受賞，八人欣然領諾。學啟先出城，部署諸軍，張設營幄，約至午牌，鴻章在營高坐，候八人入見。八人騎馬出城，到營方才下馬，由學啟導入，行過了禮，鴻章令兩旁坐定。學啟出營，帶兵徑入，八人方在驚愕，不料鴻章下令，將八人拿下。八人手無寸鐵，如何抵擋？即被學啟部兵擒住。八人大呼無罪，學啟道：「你託名投降，居心狡詐，妄想擁兵弄權，恃眾橫行，還說無罪麼？」便請軍令將八人正法。鴻章尚在猶豫，學啟道：「虎已縛住，萬難再放，他甘心負譚紹洸，寧不敢負我大帥？」鴻章點頭，當下把八人推出，霎時間獻上血淋淋的八顆首級。學啟將首級懸出，傳令城內外長毛，各繳軍械，不得再生異心，否則以此為例。長毛觳觫萬狀，多將軍械繳出，只有二千餘人，不肯遵行，又被學啟一一殺訖，遂整眾入蘇州城。獨戈登以殺降非義，痛詈學啟，誓不相容，洋人尚義，不無可敬。虧得鴻章委曲調停，才肯罷手。

鴻章加太子少保銜，戈登亦得賞頭等功牌，並銀萬兩。這是鴻章作用。遂分軍兩路，一路由程學啟、劉秉璋、潘鼎新、李朝斌統帶，兜剿浙西長毛，遙應左宗棠、蔣益澧軍，肅清江浙通道；一路由鴻章自行督領，率李鶴章、劉銘傳等，進攻常州，與曾國荃、鮑超軍相呼應。兩路大兵，分頭出發，勢如破竹，所向無敵。學啟下平湖、乍浦、海鹽、澉浦，直攻嘉興，太平堵王黃文金，自湖州趨援，由學啟一鼓擊退，遂促將士登嘉興城。城上槍炮雨下，血肉枕藉，學啟憤甚，持矛親登，額上中了一彈，復墜城下。部將劉士奇、王永勝，見主將受傷，怒氣填胸，麾眾繼上，人聲鼎沸，砲彈縱橫，長毛酋挺王劉得功、榮王廖發壽，不能阻攔，被他一擁而入，城遂破，劉、廖二酋戰死。學啟負創回蘇州，醫治漸癒，只額下留有敗骨，飲食不便。學啟非常忿懣，竟將敗骨剜出，創口復裂，大叫數聲而亡。這是好殺降人之報。

此時鴻章已克宜興，拔溧陽，進圍常州，水陸炮聲如雷。太平守將護王陳坤書、烈王費天將，凶狠有名，至是與鴻章連戰數次，無一得勝。城外營壘，陸續被毀，只好入城死守。鴻章督兵猛撲，連日不下，又值春雨綿綿，越生阻礙。鴻章調回嘉興軍，併力攻城，等到天已大晴，風向城內，遂乘風放炮，煙焰迷天。這城牆已受大雨浸漬，不甚堅固，被炮一擊，頓時坍壞數十丈。陳、費二悍酋，用人塞缺，炮過彈炸，手足旗幟磚石，飛揚天中，盤旋空際。長毛原是忍心，鴻章亦乏仁術。鴻章令郭松林、王永勝、劉永奇、周盛波，攜藤牌噴筒，冒死殺入，在城上接戰良久，松林生擒陳坤書，周盛波生擒費天將，長毛見頭目被擒，各棄械乞降。常州以咸豐十年四月六日失陷，越四年克復，月日時都不爽，時人稱為奇事。蘇常已復，江蘇全省，除江寧外，已都平靖。長毛多分竄江西，由曾國藩檄鮑超軍還援，李鴻章亦分軍代堵，獨撤去常勝軍，遣戈登歸國。自是淮軍名譽，推重世界，並稱李鴻章能善馭洋將，鴻章的功勞，算是很大了。語下有不足意。小子有詩詠此事云：

淮軍練就掃紅巾，百戰賢勞算藎臣；
可惜誅鋤非異種，猶留慚德笑歐人。

這詩末韻，係指李鴻章使德，與德相俾斯麥閒談，盛述自己打長毛的功勞。俾斯麥道：「歐洲人以殺異種為榮，若專殺同種，反屬可恥。」鴻章不禁自慚。

這且不必細說，下回續敘江浙的事情，請看官接閱便了。

本回敘曾、左二人之戰功，亦即敘李秀成之敗史。太平軍中，後起驍將，無如李秀成，率數十萬眾，馳救江寧，圍攻曾國荃營，四十餘日，終被國荃擊退，眾不敵寡，詎不可怪？迨轉援蘇州，一籌莫展，遇戰即怯，臨敵即潰，何其困憊若此？蓋一鼓作氣，再而衰，三而竭，左氏之言，其明證也。以長毛之暮氣，當湘淮各軍之朝氣，其敗亡也宜矣！曹操至赤壁而蹶，苻堅至淝水而挫，寧特一秀成然哉？若借洋將，殺降酋，第一時權宜之策耳，不足以為訓。

戰浙東包團練死藝　克江寧洪天王覆宗

卻說李鴻章克復蘇常的時候，左宗棠在浙，亦屢獲勝仗。宗棠自克復遂安後，嚴州一帶，依次肅清。太平侍王李世賢，率金華大股長毛，圍衢州，宗棠親自往援，殺敗世賢，世賢回金華。臺州為閩將林文察所復，寧波為寧紹臺道史致鄂，及英將丟樂德克等所復。唯湖州被太平堵王黃文金，輔王楊輔清攻破，團紳趙景賢被執，不屈死。宗棠以浙省長毛，金華最眾，決計由衢州攻金華，乃遣蔣益澧等，拔龍遊蘭溪，金華長毛，亦棄城遁去。

看官！你道金華長毛，為什麼不戰而潰？他因諸暨有個包立身，很是厲害，遂一齊拔營，去圍包村。包立身世務農業，膂力過人，他幼時曾習奇門遁甲，上知天象，下知地理，他因長毛犯浙，聚集村人，築塞設堡，專與長毛相抗。長毛去一千、死一千，去二千、死二千，因此長毛大憤，糾眾圍攻，有「寧失南京，毋失包村」的意義。以包村抵南京，未免擬不於倫。時蘇松兵備道吳曉帆，本係浙人，代理藩司事，聞包立身有異能，欲招致幕下，引為己助，苦無人前去致意。適佐雜班中，有個馮仰山，自稱係立身姑表兄弟，曉帆令他蓄髮三月，備文前往。到了包村附近，見四面都紮長毛營壘，馮逡巡不敢入，巧遇包村勇目，逸出村外，與仰山素識，引他繞道二百里，始得入村。仰山單身前進，被村中巡勇捉住，疑為長毛細作，虧得仰山認包至戚，乃引馮入見，各道艱苦。是時包村附近數百里居民，都搬至包村避難，倚包先生若長城，連仰山家眷，也在其內。仰山與家族相見，不覺欣慰，便備述吳公所招意。立身嘆道：「我亦知孤村無援，勢難固守，且兵糧僅支兩月，安能持久。只村內百姓群集，棄之不忍，欲要一同出圍，恐不容易，是以尚在躊躇。」包先生頗具婆心。

正議論間，忽聞村外炮聲隆隆，料是長毛猛攻，便邀仰山登高瞭望，遙見前山上面，設有大砲，正對村施擊。立身輪指一算道：「這炮在艮方，今日月神適犯我村，恐於我不利。」言未已，急推仰山伏地，自己亦向地伏著。但聽得一聲響亮，炮子簌簌然從上飛過，仰山嚇得亂抖。立身道：「嗣後不妨，可以起來。」立身遂脫帽散髮，跣足仗劍，如道家步罡狀，選了勇目三名，衣皂隨行，自己喃喃誦咒，飛行而去。勇目緊隨不捨，仰山猶立在高阜，只見立身出村，竟馳至前山，把劍向前一指，守炮的長毛，紛紛撲地。立身即令勇目三人，將炮抬歸。仰山即馳下迎迓，立身已在前面。三人所抬的炮，不下四五百斤，仰山不禁奇異，便道：「弟與兄自幼同學，並未識兄有異術，後來弟赴蘇州，遠離鄉井，聞兄嘗韜晦田園，罕至城市，何時得六甲真傳，具此神妙？」立身道：「我於二十年前，曾遇異人授我祕冊，雖非全帙，然天文地理，略知一二，此刻去取敵炮，就是六丁縮地法，可惜我所學習，還是皮毛，若能盡知底細，雖有千萬長毛，亦何足慮！」仰山又問長毛何時可平，立身道：「我夜觀星象，並占易數，江浙長毛，不久即平。只我村恐保不住。」兩人隨談隨走，已至營中。

立身升帳，傳集村勇，即發令道：「明日當有大雨，汝等出戰，向西殺去，定能衝破賊營，雖然不能大勝，也可殺賊數百，挫他凶鋒。」仰山因天久不雨，疑信參半。到了次日，村勇三千人，執五色旂，分作五隊，奉令出去。啟行時，天色猶霽，一出村門，忽然黑雲層合，大雨滂沱，仰山瞠目良久。約一小時，村勇已整隊回來，報稱破賊西營，得牲口器械數十具。仰山忙問立身道：「既已得勝，何不追殺一陣？」立身道：「賊勢猶旺，不應追殺，追殺必敗。」俄有長毛入村求見，立身命他進來，長毛說：「奉天將令，願以紹興府城相讓，嗣後毋與天兵作對。」立身笑道：「這明明是誘我的計策，無論浙東俱陷，孤城難守，且入城後，如入陷阱，糧草更易斷絕，將來恐無人得脫了。」喝令立斬來使，仰山請道：「來使不要殺他，不如放他回去，叫他解圍為是。」立身搖頭道：「他那裡就肯解圍？殺了他，免得再來嘗試。」太屬粗莽！當下將通使的長毛，推出斬訖。

長毛酋聞了此信，越發調兵進攻，仰山未免焦急，遂請回報吳公，發兵接應，並欲挈眷同行。立身道：「試為一卜。」卜得吉占，便道：「老弟啟行，便在今夕。」是夜大雨，立身命仰山束裝，攜眷出村，只飭護勇六人，仿著長毛服色，改裝相送。仰山不敢多請，只與立身訂約，速定行期。立身應允，與仰山握別。仰山冒雨而出，黑暗中見有無數衛兵，戴著紅帽，穿著皂衣，站立兩旁。仰山怯甚，私問護勇，勇但搖手，引仰山繞出小徑，匆匆別去。

仰山去後，長毛愈集愈眾，防立身有異術，遍掠民間婦女，將她們上下衣服褫去，赤身露體，驅作前隊。婦女活活遭劫。又用雞羊狗血，盛入噴筒，向村中亂射。立身被他厭禳，所用法術，未免不靈，遂決計突圍。先占一卦，大驚道：「細察卦象，唯今夜二鼓可出，若交子正，便無出圍的日子，大禍且不遠了。」遂令團勇速即收拾，約黃昏啟程。宵夜已畢，便令團勇四千人，分作五隊，隊各八百人，用紅旗隊作先鋒，次白旗隊，又次是青黃兩隊，皂旗殿後。時值戌初，紅旗隊已發，遠聞金鼓震天，槍炮聲相續不絕，立身正調發白旗隊，忽見村中百姓，扶老攜幼，聚哭包門，都說包先生若去，我等從亦死，不從亦死，現在只有留住包先生，仗他保護，或可苟延性命。立身出來勸慰，怎奈人聲鼎沸，連包先生的說話，沒有一人聽得清楚，只是阻住門前，不容出去。立身頓足道：「這是天數，時將錯過，大限難逃，奈何奈何？」因令後隊暫停不發。這時紅旗隊已衝圍而去，白旗隊隨後繼進。長毛料村人絕糧夜遁，不去追趕前隊，獨率眾搗入村中，噴筒火箭，接連射入。頓時火光燭天，殺聲震地，村勇已無鬥志，又值難民紛擾，不戰先亂，當下被長毛毀門衝入，見屋便燒，逢人便刃，滿村盡被煙焰迷住，進退無路。殺到天明，村中已雞犬不留，包先生亦不知去向，大約已死在亂軍中。有人謂包先生已經遁去，只包先生有一妹子，也知兵法，被長毛擒住，五馬分屍，這也不知是真是假，小子不敢妄斷。恃術者卒以術敗。

包軍一破，蔣益澧軍已到，長毛已打得筋疲力盡，聞左軍到來，料知抵敵不住，霎時逃散。有幾個逃得慢的，被蔣軍截住，沒奈何匍匐乞降，遂復諸暨。寧波軍亦進克上虞、臺州，並復紹興府城。朝命授左宗棠為閩浙總督，兼署浙江巡撫。宗棠檄蔣益澧軍，自諸暨直下，取道臨浦義橋，直趨蕭山，渡錢塘江，規取杭州。復令水師驍將楊政謨，與益澧會楊政謨把江上敵舟，縱火燒盡，遂薄望江門。太平守將聽王陳炳文，飛調附近各長毛，會援杭州，益澧遣康國器、魏喻義等，分頭堵截，自督高連陞等，屯六和塔萬松嶺，俯瞰杭城。既而左宗棠亦自嚴州移駐富陽，徵法國總兵德克碑，率洋槍隊攻陷富陽城。宗棠進薄餘杭，命德克碑轉助益澧，這時蘇軍已克嘉興，海寧守將蔡元隆，向蔣益澧處納款請降，於是杭城餉絕援窮。陳炳文出城死戰，自晨至暮，不能取勝，仍回城督守。德克碑用炸炮轟鳳山門，城塌三丈。炳文率眾堵塞，益澧不能入，再令德克碑晝夜炮擊，城中危急萬分，炳文知不可守，遂黃夜開北門出走。杭城遂復。餘杭守將康王汪海洋，亦棄城走德清。宗棠乃移駐省城，與益澧經營善後事宜，全浙百姓，方漸漸蘇息。後人有《聞見篇》四章，古節古音，不減杜少陵〈哀江頭〉諸作。小子走筆至此，記將起來，不忍割愛，爰次第錄成，供諸君一讀。

〈豬換婦〉：朝作牧豬奴，暮作牧豬婦，販豬過桐廬。睦州婦人賤於肉，一婦價廉一斗粟，牧豬奴牽豬入市廛，一豬賣錢十數千，將豬賣錢錢買婦。中婦少婦載滿船，篷頭垢面清淚漣，我聞此語坐長吁。就中亦有千金軀，嗟哉婦人豬不如？

〈屋劈柴〉：屋劈柴，一斧一酸辛，昔為棟與梁，今成樵與薪。市兒詆價苦不就，行行繞遍江之濱。江風射人天作雪，饑腹雷鳴皮肉裂，江頭邏卒欺老人，奪柴炙火趨城闉。老人結舌不能語，逢人但道心中苦，明朝老人無處尋，茫茫一片江如銀。

〈娘煮草〉：龍遊城頭梟鳥哭，飛入尋常小家屋。攫食不得將攫人，黃面婦人抱兒伏，兒勿驚！娘打鳥，兒饑欲食娘煮草。當食不食兒奈何？江皖居民食草多。兒不見門前昨日方離離，今朝無復東風吹。兒思食稻與食肉，兒胡不生太平時。

〈船養姑〉：月彎彎，動高柳，烏篷搖出桐江口。鄰舟有婦初駕船，亂頭粗服殊清奸，櫓聲時與歌聲連。月彎彎，照沙岸，明星耿耿夜將半。誰抱琵琶信手彈，三聲兩聲摧心肝，無窮幽怨江漫漫？或言婦本江山女，名隸江花第一部，頭亭巨艦屬官軍，兩妹亦被官軍擄，婦人無大唯有姑，有夫陷賊音信無。富商貴胄聘不得，婦去姑老將安圖？嗚呼！婦去姑老將安圖？婦人此義羞丈夫。

浙江本是僻處東南的海疆，與全局沒甚關係，長毛起初並不注意，後來江寧被困，長毛才竄入浙省，欲分江寧圍軍的勢力，因此浙省被兵，百姓辛苦流離，已到這樣地步。看官！你想江西、安徽的地方，三五次吃這長毛苦頭，比浙江的情形，更如何呢？後人還說長毛乃是義兵，實是革命的大人物，小子萬萬不敢贊同。索性駁倒長毛，免得盜賊藉口。

話休煩絮，小子且要補述石達開事情。應六十七回。石達開自江寧出走，初至江西，與曾國藩相持；旋走湖南，被駱秉章遣將擊走；馳入廣西，又為蔣益澧等所破。達開此時，已自張一幟，與洪秀全不通聞問。自思湖廣一帶，無可駐足，不如竄入滇蜀，還可獨霸一方。其時川寇藍大順、李永和，方四出劫掠，達開與他勾通，乘機入蜀。清廷因駱秉章剿寇有功，令他移督四川。秉章督師西上，先剿平藍、李二寇，然後專力圍攻達開。達開生平，奔突萬餘里，蹂躪百餘城，專以出沒邊地，避實蹈瑕為能事。秉章遂將計就計，與暮僚劉蓉定議，決逼達開入邊，四面兜剿，使他無路可走，自入羅網。達開果率大隊西渡金沙江，擬向越雋廳出發。秉章遣重兵潛躡其後，並檄邛部土司嶺承恩橫截其前。達開避入小徑，至柴打地方，想由大渡河過去。適值天雨如注，山水暴發，不能徑渡。天意亡項，何由免脫。川將唐友耕追至，達開奔老鴉遊，友耕會合土兵，左右環逼，達開尚欲渡河，甫至半渡，為諸軍所蹙，大半溺死。達開妻妾五人，及幼子俱沉於河。只達開鳧水而遁，直至對岸，巧遇嶺承恩候著，乘他上來，一鼓擒住，檻送軍前。友耕押達開至成都，對簿時猶侃侃談論，口若懸河。自稱年三十三，凡太平天國諸將及清軍諸帥，都加貶辭，獨推重曾國藩，說他知人善任，規劃精嚴，實是得未曾有的大帥。英雄識英雄，可惜達開自誤，後竟被磔於成都市。

嗣是洪氏所有的要地，只一江寧城，餘外雖尚有黨羽，分擾贛皖，勢已成為弩末。秀全自知窮蹙，將各處頭目，一律封王，滿望他感激圖效，誰意封王越多，紀律越亂，一切號令，轉不得行。曾國荃聞蘇浙俱已得手，獨江寧未克，日夜獎勵諸軍，節節進攻。李秀成領敗眾數萬，分布丹陽、句容間，自率數百騎入江寧，勸秀全棄都避難。秀全不從，秀成貽書李世賢，約他就食江西，自留江寧助守，屢出死黨撲國荃營。國荃添募兵勇，先奪雨花臺，次平聚寶門外石壘九座，分軍扼孝陵衛，只九洑洲為江寧對岸重鎮，長毛集數百戰艦，嚴行擁護，一面接應城中，一面遏截長江。又有闌江磯、草鞋峽、七里洲、燕子磯、上關、下關諸隘，都豎長毛旗號，氣勢甚盛。楊載福已改名岳斌，率水師至九洑洲，與彭玉麟分隊夾擊。彭玉麟自草鞋峽進，楊岳斌自燕子磯進，各帶火槍火彈，隨擲隨入。洲兩岸純是蘆荻，岳斌用油澆灌，遍地縱火，大江南北，煽成一片火光，長毛屯船，多被燒著。彭玉麟率總兵成發翔，冒煙直上，先登南岸，北岸長毛，尚與楊岳斌死戰，總兵胡俊友中炮死，岳斌大憤，傳令洲破乃還師，否則傳餐而戰，必破此洲乃已。部將俞俊明、王吉、任星元等，更番迭攻，戰至日暮，將士乘暗登洲，冒炮爭上，踐屍而過，九洑洲竟破，萬餘寇無一脫死，並獲馬三百餘匹。

自此洲破後，江寧益困，國荃乘勢攻克鐘山石壘。這鐘山石壘，長毛叫做天保城，乃是江寧城外第一保障。天父想已死了，所以保守不住。國荃得了此隘，遂得合圍。鮑超又攻克句容、金壇，長毛潰走江西，鮑超會合楊岳斌水師，同追長毛，向江西而去。彭玉麟又移駐九江。清廷恐國荃勢孤，亟令李鴻章助攻江寧。看官！你想曾國荃自進攻江寧以後，費了無數心血，吃了無數辛苦，才得把江寧城團團圍住，此時功成八九，偏有人出來分功，非但國荃不願，就是國荃部下諸將士，也是沒一個情願呢。李鴻章本是國藩保薦，自然不欲奪國荃功勞，只推說有病在身，延久不至，將輪船經費五十萬兩，撥充國荃營餉。國荃復鼓勵將士，攻克龍膊子山陰堅壘，這壘比鐘山還要堅固，長毛叫做地保城。天也不保，地也不保，洪天王不死何待?地保城得手，就在城上造起炮臺，日發大砲射擊城中。可憐城中糧草早絕，饑民嗷嗷，天王府內，供給蔥韭菜菔白菜，幾與黃金同價。始而米盡，繼之以豆;豆盡，繼之以麥;麥盡，繼之以熟地薏米黃精，或牛羊豬犬雞鴨等物。復盡，用蘼根草根，調糖蒸熟，糊成藥丸一般，取了一個美名，稱作甘露療饑丸，還想騙人。名目雖好，無濟實事。這班饑民，夜間私自縋城，出來就食，嗣後長毛也禁止不住，白日裡亦縋城而出。

到同治三年五月，洪天王挨不得苦，仰藥自盡。洪仁發、仁達等，擁立幼主福瑱即位，年紀不過十五六齡。國荃聞這消息，飭軍士輪流苦攻，連鑿地道三十餘穴，俱被城內堵住。復由國荃部將李臣典，率吳宗國等，從敵炮極密處，重開地道。至六月十六日，地道告成，國荃懸不次之賞，嚴退後之誅，安放引線，用火燃著。不到一刻，驀地火發，聲如霹靂，轟開城垣二十餘丈。煙塵蔽空，磚石如雨，李臣典率官軍蟻附爭登，從缺口衝入，長毛用火藥傾盆而下，軍隊少卻。彭毓橘、蕭孚泗等，手刃數人，弁勇皆奮，分路齊進。王遠和、王仕益、朱洪章、羅雨春、沈鴻賓、黃潤昌、熊上珍等進擊中路，直撲天王府。劉連捷、張詩日、譚國泰、崔文田等，進擊右路，由臺城趨神策門，適朱南桂、朱唯堂、梁美材諸人，亦從神策門緣梯而入，兵力益厚，鏖戰至獅子山，奪取儀鳳門。左路由彭毓橘、武明良等，自內城舊址，直擊至通濟門。蕭孚泗、熊登武、蕭慶衍、蕭開印等，復分途奪取朝陽、洪武二門，時太平忠王李秀成，率眾巷戰，見大勢已去，擬向旱西門奪路衝出，不料清將陳湜、易良虎等，正由旱西門攻進，被他攔住，不得已折回清涼山，隱匿民房。黃翼升率水師攻奪中關，攔江磯石壘，進薄旱西門，遂與陳湜、易良虎，奪取水西、旱西兩門，全城各門皆破。

天色已晚，只天王府尚未攻入，國荃令軍士暫行休息，唯督王遠和、王仕益、朱洪章等，酓夜搏戰。三更時，天王府突然舉火，衝出悍黨千餘人，手執洋槍，向民房街巷狂奔。官軍也不去追趕，齊入天王府內，撲滅煙焰，檢點遺屍，多是府內宮女，單不見秀全屍首及幼主福瑱。時已天明，國荃復下令閉城，搜殺三日夜。斃長毛十餘萬人。這也太慘。到十九日，蕭孚泗搜獲洪仁發、李秀成等，訊得實供，方識秀全屍首瘞埋宮內，幼主福瑱乘官兵夜戰時，已由缺口遁走。當下飛報曾國藩，由國藩主稿，推湖廣總督官文居首，連銜入告。隨奉上諭道：

本日官文、曾國藩，由六百里加緊紅旗奏捷，克復江寧省城一折，覽奏之餘，實與天下臣民，同深嘉悅。發逆洪秀全，自道光三十年倡亂以來，由廣西竄兩湖三江，並分股擾及直隸山東等省，逆蹤幾遍天下。咸豐三年，占踞江寧省城，僭稱偽號，東南百姓，遭其荼毒，慘不忍言。罪惡貫盈，神人共憤。我皇考文宗顯皇帝，赫然震怒，恭行天罰，特命兩湖總督官文為欽差大臣，與前任湖北巡撫胡林翼，肅清楚北上游，胡林翼駐紮宿松一帶，籌辦東征；復特授曾國藩為兩江總督，並命為欽差大臣，東征江皖，號令既專，功績日著。十一年七月，我皇考龍馭上賓，其時江浙郡縣，半就淪陷，遺詔諄切，以未能迅殄逆氛為憾。

朕以衝幼，寅紹丕基，只承先烈，恭奉兩宮皇太后垂簾聽政，指示機宜，授曾國藩協辦大學士，節制四省軍務，以一事權。該大臣自受任以來，即建議由上游分路剿賊，飭彭玉麟、楊岳斌、曾國荃等，水陸並進，疊克沿江城隘百餘處，斬馘外援逆匪十數萬人，合圍江寧，斷其接濟。本年六月十六日，曾國荃率諸將克復江寧，多年悍賊，經各將士於十七八日，搜殺淨盡。三日之內，斃賊十餘萬人，偽王偽主將偽天將，及三千餘名，無一得脫者。此皆仰賴昊蒼眷佑，列聖垂庥，兩宮皇太后孜孜求治，識拔人材，用能內外一心，將士用命，成此大功。上慰皇考在天之靈，下孚溥海人民之望。自維藐躬涼德，何以堪此？追思先皇未竟之志，不克親見成功，悲愴之懷，何能自已？

此次洪逆倡亂粵西，於今十有五載，竊踞金陵，亦十有二年，蹂躪十數省，淪陷百餘城，卒能次第蕩平，殄除元惡，該領兵大臣等，櫛風沐雨，艱苦備嘗，允宜特沛殊恩，用酬勞勳。欽差大臣協辦大學士兩江總督曾國藩，自咸豐三年，在湖南首倡團練，創立舟師，與塔齊布、羅澤南等，屢建殊功，保全湖南郡縣，克復武漢等城，肅清江西全郡，東征以來，由宿松克潛山太湖，進駐祁門，疊復徽州郡縣，遂拔安慶省城，以為根本，分檄水陸將士，規復下游州郡。茲幸大功告蕆，逆首誅鋤，實由該大臣籌策無遺，謀勇兼備，知人善任，排程得宜。曾國藩著賞加太子太保銜，錫封一等候爵，世襲罔替，並賞戴雙眼花翎。浙江巡撫曾國荃，以諸生從戎，隨同曾國藩剿賊數省，功績頗著。咸豐十年，由湘募勇，克復安慶省城。同治元二年，連克巢縣、含山、和州等處，率水陸各營，進逼金陵，駐紮雨花臺，攻拔偽城，賊眾圍營，苦守數月，奮力擊退。本年正月，克鐘山石壘，遂合江寧之圍，督率將士鏖戰，開挖地道，躬冒矢石，半月之久，未經撤隊，克復全城，殄除首惡，實屬堅忍耐苦，公忠體國。曾國荃著賞太子少保銜，錫封一等伯爵，並賞戴雙眼花翎。記名提督李臣典，於槍炮叢中，開挖地道，誓死滅賊，從倒口首先衝入，眾即隨之，因而得手，實屬謀勇過人，著加恩錫封一等子爵，並著賞穿黃馬褂，戴雙眼花翎。蕭孚泗督辦炮臺，首先奪門而入，並搜獲李秀成、洪仁發，實屬勳勞卓著，加恩錫封一等男爵，並賞戴雙眼花翎。欽此。

其餘文武一百二十餘員，亦論功進秩有差，一場大亂，總算從此結束。

曾國藩由安慶至江寧，始發掘洪秀全屍首，遍體統用繡龍黃緞包裹，頭禿無髮，須已間白，遵尚異教，不用棺木。國藩令即戮屍，焚骨揚灰，並將洪仁發、李秀成等處死。只洪福瑱不知下落，國藩奏稱大約已死，其實洪福瑱已出走廣德，轉入湖州去了。小子又有一詩道：

覆巢自古無完卵，密網由來少漏魚；
為語暴徒應反省，天心彰癉果何如？

畢竟洪福瑱能逃出性命否，容下回續敘詳情。

包立身以一隅團勇，抗數十萬勁寇，事雖不成，亦足自豪。然天下唯正可以勝邪，斷未有以邪克邪者。後世以異術推包立身，吾謂包之敗，正坐此異術之害也。獨怪長毛不圖挽大局，徒甘心於寸土，不勝為笑，勝之不武。死一包立身，若九牛亡一毛，於官軍無損，於洪氏無益，何其愚頑若此？洪氏至死不悟，尚欲以蕁麻草根，取名甘露療饑丸，令民間如法泡製。百姓無長物久矣，即有草根，何處得蔗漿？「天下饑，何不食肉糜」，自古有此笑語，洪氏子亦其流亞也。江寧一陷，斃長毛十數萬眾，殺戮固未免太過，抑亦長毛冥頑不靈，自致死地，強梁者不得其死，觀此益信。

僧親王中計喪軀　曾大帥設謀制敵

前回說到洪福瑱出走，自廣德轉入湖州。其時浙江諸郡縣，次第克復，獨湖州尚為長毛酋黃文金所守，蘇浙官軍，會攻未下。文金迎幼主福瑱，至湖州就食，左宗棠、李鴻章探知消息，急檄部將努力圖功。於是浙將高連陞、王月亮、蔡元吉、鄧光明等，攻湖州東南，蘇將郭松林、劉士奇、王永勝、楊鼎勛等，攻湖州西北，迭毀城外石壘，連破敵眾。黃文金率悍黨數萬，啟西門出戰，郭松林督水陸軍攻其左，王永勝由山徑攻其右。文金袒露兩臂，銜刀狂突，往返數回，終被槍炮截住。文金尚冒死力爭，忽報浙軍已攻入湖州東門，頓時心慌意亂，擁福瑱西走，遁至寧國府山中，不料兜頭碰著鮑超，大殺一陣，殲斃無算，沒奈何回走浙江淳安。途中又遇浙將黃少春，弄得文金無路可奔，捨命相撲，身被數十創，方突出重圍。聞李世賢、汪海洋等在江西，決計由浙赴贛。約行數十里，文金創病大發，嘔血而亡，遺命兄弟黃文英，力衛福瑱入江西境。

文英遂挾福瑱至廣信，浙軍緊追不捨，前面又有江西軍要擊，只得轉趨石城。記名按察使席寶田，方在崇仁攻李世賢，探聞洪福瑱已入江西，防他與世賢軍聯合，急率輕騎由間道出截，至石城縣楊家牌地方，危崖盤鬱數十里，夕陽已銜掛山麓，暮色如畫。前鋒逗留不進。寶田召前鋒前校，問伊何故逗留，將校以日暮對。寶田怒道：「過嶺即逋寇所在，汝何懈我軍心？」喝令推出斬首，諸將股慄，奮勇而上。走了一夜，嶺路漸平，東方亦漸明亮，遙見嶺下有一簇長毛，正在早炊，軍士大呼而下，長毛錯愕相顧，不及逃避。黃文英勉強格拒，馬蹶被擒；還有洪族中洪仁、洪仁政，及他酋數十人，亦被寶田軍擒住，單不見了洪福瑱。寶田訊問黃文英等，都不肯實供，只俘虜中有一牧馬小兒，由寶田誘出供詞，說小天王逃遁不遠，尚在山中。寶田乃分兵堵住谷口，自督部將沿山搜尋，甕中捉鱉，網裡捕魚。不到二日，部將周家良，報稱已擒住洪福瑱，當下由寶田親鞫，可憐十五六歲的童子，殺雞似的亂抖，只答了一個「是」字。寶田即將洪福瑱及黃文英等押解南昌。巡撫沈葆楨，迅速奏聞，上諭下來，叫他就地正法。自是福瑱被磔，黃文英、洪仁、洪仁政等，都隨了小天王，同登鬼籙去了。了結洪氏。

是時太平酋康王汪海洋，正糾合餘眾十萬，來迎福瑱，距戰處僅百里，聞得福瑱被虜，眾心解散，海洋氣奪，竄入福建。李世賢亦自贛入閩。閩省空虛無兵，不意窮寇猝至，汀漳二郡，盡被蹂躪。按察使張運蘭，率五百人拒戰，眾寡不敵，陷沒陣中，被他支解而死；提督林文察，亦戰死漳州，閩省大震。左宗棠飛檄黃少春、劉明燈，自衢州趨延平為中路軍；劉典、王德榜，自建昌趨汀洲為西路軍；高連填自寧波泛海，趨福州出興泉為東路軍。三路官軍至閩，不甚得手，李鴻章亦遣郭松林、楊鼎勛，統軍乘輪船至閩，合圍漳州，鮑超亦自江西至武平，各軍會集。李世賢、汪海洋，乃由閩竄粵。海洋攻入鎮平，李世賢亦至，由海洋郊迎入城。兩人議論軍事，意見不合，海洋竟刺殺世賢。到此還要相殺，可謂至死不悟。又欲返走江西，為席寶田所阻，殺了一場。海洋背受矛傷，仍回廣東，陷嘉應州。左宗棠促鮑超率軍赴粵，自己亦入粵督師。由是浙軍圍嘉應州東南，鮑軍當州城西面，北面由粵軍方耀軍環攻，唯南面駐紮敵營。海洋傾寨出戰，官軍失利，嗣復出攻浙軍，黃少春、劉典、王德榜等亦敗卻。長毛得勝，可謂迴光返照。海洋乘勝追趕，黃少春等選槍炮隊抵禦海洋，更番注射，長毛反奔。諸軍聞浙營得勝，三面夾攻，海洋中炮死，餘黨敗入城中，推僧王譚體元主城守事。譚體元懦弱無能，開南門出走，官軍追至黃沙嶂，山回谷絕，荒僻無人，將長毛逼入谷內，四圍兜剿，長毛膽落，環跪乞降，體元及諸魁皆被誅，太平軍才殺盡無遺。時已同治四年十二月了。了結長毛餘眾。

長毛盡殲，捻子尚騷擾山東、河南、陝西等省，清廷命科爾沁親王僧格林沁及湖廣總督官文會剿捻子。官文本是個因人成事的腳色，雖然出省督師，卻只遷延觀望，獨僧親王驍悍善戰，所向無前。同治二年，攻破雉河集老巢，擒斬捻酋張洛型，只洛型從子張總愚遁去。適苗練沛霖復叛，陷壽州，圍蒙城，攻臨淮，眾號百萬。僧王毫不畏懼，直向蒙城出發。那時苗練部下，聞到僧格林沁四個大字，統已魂馳魄喪，望風歸降。苗沛霖勢成孤立，被僧王逼得無路可走，為部下所殺。另有沛霖一班義兒，個個生得眉清目秀，彷彿美人兒一般，遇著這粗豪勇莽的僧王，偏生成一種好殺的奇癖，每獲一人，總叫劊子手細細剮碎，他卻當作一樣樂事，坐在上面，斟酒暢飲。犯人越哀號，他越快活。所以苗練一死，這班狡童俱同歸於盡。南風固不足愛，其如慘無人道何？

僧王復回軍河南，馳入湖北，降長毛餘黨藍成春、馬融和等，逼死扶王陳得才，獨捻匪張總愚，糾合黨羽任柱、賴文洸，東奔西竄。僧王追到東，他卻走到西，僧王追到西，他又走到東，憑你僧王勇悍過人，他竟不與一戰，專尋山谷沮洳、峰迴路阻的地方，分隊匍伏。僧王手下，統是滿蒙鐵騎，在平原曠野間，無人敢擋，若逢著山路崎嶇，騎不得騁，馬不得馳，真是有力也沒處用。獨僧王不管厲害，只飭諸將追入，諸將稍有違慢，他便鞭責杖笞，不肯少恕，所以諸將聞令，無一敢怠。奈一入山中，屢遇賊伏，良將恆齡、舒通額、蘇克金等，統同戰死。僧王愈怒，日夕馳二三百里。宿不入館，衣不解帶，席地而寢，天未明，即令軍士造飯，早餐一頓，餘外盡帶乾糧，僧王執鞭在手，上馬疾馳，主帥一動，將士自個個隨上。奈這捻子狡猾得很，從湖北竄河南，又從河南竄山東，弄得僧軍晝夜窮追，氣竭力弱。總兵陳國瑞、何建鰲，叩馬諫阻。僧王那裡肯從，只命將士盡力追趕，一程復一程，直到曹州。已是英雄末路。此時已是同治四年四月，天氣微炎，南風習習，僧軍多追得氣喘吁吁，汗流浹背，遙聽山後隱隱有號炮聲，僧王傳令速進，當下爬山過嶺，越了幾個巒頭，仍不見敵蹤，只小坳內有樵夫數名，不待僧軍往問，他已走謁馬前，報稱捻匪在前，願為前導。分明有詐。僧王大喜，便令樵夫前行，自率軍緊緊相隨，但見暮靄橫空，落霞散綺，孤鴉覓隊，倦鳥歸林，敘入暮景，另有一番描寫。軍士不及宵夜，已是面帶饑容，勉強前進。忽聞四面吶喊，前後左右，擁出無數捻子，把僧軍困在垓心。僧王尚不在意，只督令諸將殺賊，捻眾偏不與力敵，專用槍炮亂擊，相持一二時，天色昏黑，僧軍洶洶欲潰。諸將請突圍出走，僧王不許，再三固請，乃飭召引路的樵夫，仍擬從原路殺出。樵夫恰也不逃，只說王爺隨小的出去，絕不有誤。僧王尚命親兵進酒，飲了數鬥，吃得酒氣醺醺，才提鞭上馬，那馬偏無故倔強，兀立不動。僧王加了幾鞭，馬反跳躍起來，險些兒把僧王掀下。馬亦有知，人不如馬奈何？僧王易馬突圍，眼睜睜望著樵夫，殺將出去。

誰意樵夫引著僧王，偏向捻子最多處引入，總兵陳國瑞見捻子重重攔阻，料知樵夫心懷不良，忙叫王爺速回。那樵夫聞國瑞大呼，霎時變臉，怒目相向，反叫捻子圍殺僧王，國瑞忙挺身出救，無如捻子如蜂擁上，把僧王、國瑞衝作兩截。國瑞捨命上前，連突數次，統被捻子擊回。此時國瑞知無可救，只得自己尋條血路，衝殺出來。等到國瑞殺出，天色已經微明，檢點手下殘卒，只剩了數百人，方思下馬暫憩，見有一隊敗卒，踉蹌而來。國瑞忙問王爺何在?有一敗卒道：「黑夜中人自為戰，未識王爺下落。但百忙中見有賊首戴著三眼花翎，揚揚而去。賊首哪裡來的花翎，想總是王爺殉難了。」國瑞道：「我等且再向前去探尋王爺蹤跡，果得確實消息，方可奏聞。」部兵總不敢前行，由國瑞登高瞭望，已不見捻子片影，遂帶部兵趨回原地。沿途屍如山積，仔細檢視，覓得總兵何建鰲及內閣學士全順屍身，未免嘆息。復尋將過去，只見一屍，臥叢篝中，有身無首，旁有一屍，卻還身首俱全。國瑞令軍士辨認，才識身首俱全的死屍乃是僧王帳前馬卒，無首的死屍不是別人，正是親王僧格林沁，身上已受了八創。國瑞相對淚下，遂率軍士羅拜，舁屍歸省。連何總兵、全學士的屍身，也一同載回。當下飛章奏告，兩宮太后亟下懿旨，從優議恤，准建專祠，並令配享太廟，予諡曰忠。

小子敘到此處，於上文樵夫底細，尚未詳述，究竟樵夫是真是假?不得不補敘數語。樵夫實是捻子桂三假扮，導僧王走入絕地，僧王一味粗莽，不暇詳辨，所以中計。繳足上文。

這時曾國藩正在南京，聞僧王輕騎追敵，每日夜行三百里，國藩嘆道：「兵法忌之，必蹶上將軍。」方擬草疏密陳，忽報廷寄到來，僧王在曹州戰歿，令他攜帶欽差大臣關防，赴山東剿捻，所有直隸、山東、河南三省綠旗各營，及文武官弁，統歸節制。兩江總督職任，由李鴻章暫署，另命劉郇膏護理江蘇巡撫。先是朝旨賜國藩為毅勇侯，國荃為威毅伯，官文為果威伯，左宗棠為恪靖伯，李鴻章為肅毅伯。國藩持盈戒滿，自思於功臣中，獨膺侯爵，未免高而益危，至此接節制三省的上諭，遂上疏力辭，朝旨不許，只催他速赴山東，國藩不得已受命。是時捻眾方戰勝僧王，鴟張益甚，自山東編造木筏，搜劫民船，蓄意北犯，畿輔戒嚴。兩江署督李鴻章，恐直隸兵單，亟遣布政使潘鼎新，統帶鼎字淮軍十營，由海道赴天津，與直督劉長佑，籌固京防。捻眾乃還集亳州一帶，窺伺雉河。又想歸老巢來了。曾國藩聞這警耗，急調劉銘傳、周盛波等，率本部淮軍往援。劉周兩統領，向在鴻章麾下，係淮軍中著名健將，此次奉調出剿，縱橫掃蕩，所向無前。捻首任柱、賴文洸，雖竭力抗拒，究竟不是他對手，霎時間陣勢已亂，分頭竄去，雉河得轉危為安。

朝旨獎賞有差，並促曾國藩剋期平捻。國藩老成持重，復陳目下情形，萬難迅速，一因楚勇裁撤殆盡，僅存三千作為親兵外，現只留劉松山一軍及劉銘傳淮勇各軍，不敷調遣，當另募徐州勇丁，就楚軍規模，開齊兗風氣，最快亦須數月，方可成軍；二因捻匪戰馬極多，單靠步兵，斷不足當騎賊，須派員赴古北口採辦戰馬，在徐州添練馬隊，乃可進兵；三因扼賊北竄，全恃黃河天險，現辦黃河水師，亦須數月，始可就緒；四因直隸一省，應另籌防兵，分守河岸，不宜令河南兵卒，兼顧河北。末後最要緊數語，乃是齊豫蘇皖四省，不能處處顧到，山東只能辦兗沂曹濟四郡，河南只能辦歸陳兩郡，江蘇只能辦徐淮海三郡，安徽只能辦廬鳳潁泗四郡。這十三府，係捻匪出沒的地方，可以責成臣辦，此外須責成本省督撫，屯駐泛地，各有專屬等語。確是老成持重之言。兩宮太后方倚重國藩，自然照准。

國藩恰安排多日，方出駐徐州。那時捻眾恰東馳西突，隨地蔓延，忽擾安徽，忽走山東，忽入河南，雖由官軍四處追剿，總難圈住敵鋒。朝旨免不得詰問國藩，又由國藩復奏，大致謂：「捻匪已成流寇，官兵不能與之俱流，現唯擇要駐軍，不事馳逐，軍餉器械，由水道轉運，江南作根本，清江浦作樞紐，溯淮潁而上，可達臨淮關，溯運河而上，可達徐州濟寧。目下正分設四鎮重兵，安徽以臨淮為老營，歸劉松山駐紮；山東以濟寧為老營，歸潘鼎新駐紮；河南以周家口為老營，歸劉銘傳駐紮；江蘇以徐州為老營，歸張樹聲駐紮。一處有急，三處往援，首尾相應，或可以拙補遲，徐圖功效。」清廷也不能駁他，只好聽他緩緩的布置。曾侯不求速效，隱懲僧邸覆轍，然平捻之機，實自此始。

會張總愚竄入南陽，兩宮太后又焦急起來，令李鴻章督帶楊鼎勛等軍，馳赴一帶防剿。結末又有「與曾國藩妥同商酌，不必拘泥諭旨，務期計出萬全」云云。國藩恰奏稱：「河洛無可剿之賊，淮勇亦無可調之師，李鴻章若果入洛，豈肯撤東路布置已定之兵，挾以西行，坐視山東、江蘇之糜爛而不顧？」等語。看曾侯此奏，似憤懣得很。還有李鴻章一奏，更說得剴切懇摯，他奏疏中有三大綱，曾由小子憶著，節錄以供眾覽，便知當日用兵的情形。其文云：

臣按我朝從前武功，專恃兵力，此次軍務，全資勇力。臣初至軍營，習聞周天爵、福濟、琦善、向榮、和春諸臣之議論，皆謂綠旗弁兵，馴謹而易調遣，各省勇丁，桀驁而少紀律，其不得已而用勇，就地召募，隨時遣汰，尚無甚流弊，若遠調數千里外，終必嘩潰誤事。咸豐初年，廣西所募潮勇最多，向榮、張國梁，帶赴江南，沿途騷擾，卒至十年三月金陵之變，一潰而不可收拾矣。自曾國藩、江忠源、胡林翼、李續賓等創練楚勇，不用一兵，蓋深知綠營廢弛已久，習氣太深，萬不足以殺敵致果。而以楚將練楚勇，恩信素孚，法制嚴密，又由湖南北轉戰江皖，一水可通，人地相宜，是以歷久而能成功。然李續宜、唐訓方以楚勇剿淮北之捻，劉長佑以楚勇剿直隸之騎馬賊，均未大著功效，則以離鄉太遠，南北異宜，勇性未能馴服，何能得其死力？曾國藩有鑒於斯，故於金陵克復，東南軍事將竣，即將所部湘勇，全行遣撤，但屬臣暫留淮勇，以備中原剿捻，自係因地制宜。

夫捻匪係皖豫東三省無賴糾合而成，其隸皖籍者，大都蒙亳潁宿人，皆在淮北。臣籍隸廬州，實在淮南。所部淮勇，則廬州、六安、安慶、揚州人居多，皆濱江之處，於長江上下防剿最宜。軍士戰於其鄉，亦較得力。若赴河洛山陝，水土不習，誠恐遷地勿良，勇心渙散。朝廷期望於臣，欲以西北軍事相屬，不過以臣在吳，粗立戰功，而臣亦唯賴所部將士，踴躍用命。若令臣去，而平素所用之健將勁兵，不得隨行，臣復何能為役？曾國藩籌設徐州、濟寧、周家口等處防軍，皆臣部最出力者。臣若不調西行，則聲勢不能大振。若全調他往，則東皖無以自立。若另圖添募馬步，而隨身先無親信可恃之兵勇，必致僨事，無裨全局，此兵勢不能遽分者一也。

凡欲滅賊，必先治兵，欲強兵，必先足餉，欲籌餉，必先得人與地。臣自咸豐三年至八年，皆在皖北軍中，竊見和春、鄭魁士之軍，戰陣頗勇，旋因餉缺而潰。袁甲三、翁同書繼之，更因餉絕而敗。即十年江南大營之潰，十一年浙江之陷，皆由於糧餉斷絕。官文、胡林翼，籌鄂餉以供東征，曾國藩進圖江皖，以江西、湖南、廣東釐金為餉源，左宗棠以浙餉辦閩浙之賊，臣以蘇滬入款，辦江浙之賊，皆能自我為政，轉諭不匱，幸而蕆事。從古至今，言兵事未有不先籌餉糈者也。曾國藩夏間奉命剿捻，臣忝署江督，即以後路籌餉，引為己任以安其心。數月來分屯豫東蘇皖千餘里，湘淮兵勇四萬餘，糧運供支，源源接濟，又兼籌蘇松揚州留防各陸營，長江外海各水師，皖南江西防剿遣撤各湘軍之餉，雖以入抵出，不敷尚多，竭力匀撥，幸無貽誤。臣若奉命西征，則現在進圖剿捻後路分防各軍之餉，尚無專責之人，即臣帶兵遠出，餉源當居於何處？籌餉當責成何人？且欲圖兜滅北捻，必須多練馬隊以備衝突，廣置車騾以資轉運，餉需甚鉅，豫中蹂躪已久，力難供應。若專指蘇餉，目下蘇滬稅釐，分供前敵，淮軍已虞饑潰，再添練馬步，人數益多，道路益遠，勢必不支。臣一經離任，恐亦不能遙制，此餉源不能專恃者二也。

臣軍久在江南剿賊，習見洋人火器之精利，由是盡棄中國習用之抬槍鳥槍，而變為洋槍隊，現計出省及留防陸營五萬餘人，約有洋槍三四萬桿，銅帽月需千餘萬顆，粗細洋火藥，月需十餘萬斤，均按月在上海、香港各洋行，先期採買，陸續供支。臣每親自料理，又有開花炮隊四營，一為潘鼎新帶往濟寧，一交劉秉璋鎮守蘇州，其副將羅榮光、劉玉龍兩營為臣親兵，現分守金陵城外之下關江東橋兩處江口，以杜奸人覬覦。臣若出省督師，必須酌量調往，籍壯聲勢。唯炮隊所用器械子彈，盡仿洋式，所需銅鐵木煤各項工料，均來自外國，故須就近設局製造。蘇州先設有三局，嗣因丁日昌在滬購得機器鐵廠一座，將丁日昌、韓殿甲兩局，移並上海鐵廠，曾經奏明欲再移設金陵，為久遠計。臣若遠赴他省，則炮局與鐵廠，久必廢弛，不但技藝不能漸精，且慮工費多有缺乏，而臣軍接濟，亦有斷絕之時，此軍火不能常常接濟者三也。

臣所慮者只此三端，倘蒙皇上天恩，俯憫愚忱，熟思審處，俾微臣帶兵遠出，日後無掣肘之患，臣得效命疆場，幫同曾國藩，為國家殲此殘孽，萬死何辭！謹奏。

奏入，奉諭照舊辦理，毋庸更張。於是曾國藩在徐州，除分設四鎮外，添練馬隊一支，令李鴻章弟昭慶統帶，作為一隊游擊兵，令他先赴河南，然後移節前進，駐紮周家口，居中排程。捻眾聞報，竟另闢一路，竄入湖北，任柱、賴文洸向黃岡，張總愚向襄陽，蘄黃一帶，遍地寇氛。曾國藩急調劉銘傳援鄂。銘軍一至，任、張兩大股捻子，又並竄山東，連撲運河，被潘鼎新軍擊敗。又入河南，遇著銘軍回援，復東走淮徐，忽東忽西，忽分忽合，弄得官軍疲於奔命。當由從容坐鎮的曾大帥，想一個防河圈捻的計策出來，正是：

欲防獸逸先施穽，為恐鴻飛且設羅。

畢竟曾侯所設的計策，是否有效，且看下回分解。

捻眾四出滋擾，純係盜賊性質，無爭城奪地之思想，其知識更出洪楊下。然其東西馳突，來去飄忽，比洪、楊尤為難平。以此伏跡者一二百年，構亂者十三四年。僧親王銳意平捻，所向無前，戮張洛型，誅苗沛霖，鐵騎所經，風雲變色，乃其後卒為張總愚等所困，戰歿曹南。蓋有勇無謀，以至於此。曾、李二公，更事既多，行軍自慎，讀其奏疏，不啻舉二十年戰事，盡繪紙上，故本回可為輕躁者戒，慎重者勖云。

潰河防捻徒分竄　斃敵首降將升官

卻說欽差大臣曾國藩，因捻眾四出為患，決議扼守沙河、賈魯河，逼捻眾入西南，為竭澤而漁之計。自河南周家口以下，至槐店止，這一帶屬沙河，自周家口以上至朱仙鎮止，這一帶屬賈魯河，兩處統設重兵扼守。自朱仙鎮以北四十里，至汴梁省城，又北三十里，至黃河南岸，無河可扼，挖濠設防。自槐店以下至正陽關，尚是沙河餘流，亦派重兵駐紮。自正陽關以下，統濱淮河，由水師與皖軍會防。各分泛地，逐層布置，依次緊逼，免得捻眾四溢。規劃已定，遂檄劉銘傳、潘鼎新、周盛波各軍，分防沙河，嚴扼要隘，遍築牆堡。捻首張總愚與牛老紅正渡沙河南下，任柱與賴文洸亦渡淮並趨南路，這防河圈捻的計策，正用得著。各鎮官軍，方擬四面兜剿，不料夏雨過多，水勢盛漲，南陽微山等湖，與運河連成一片，各路所築堤牆，多半坍毀。想係捻眾尚未該絕，所以如此。兼且積潦盈途，深過馬腹，軍中米糧子彈，輸運遲滯，文報往來，亦多延誤，民廬漂沒，餓莩盈野，捻勢因之益橫。張、牛、任、賴，併合全力，由汴梁省城附近，排牆而進，直犯豫軍。豫軍只有撫標二營，敵不住大股捻匪，立時潰退。那捻眾夷塹填濠，向東馳去。

是時劉銘傳方在朱仙鎮，遙望火光漸迤西北，料知豫中泛地有警，忙令烏爾圖那遜，帶領馬隊向東馳援，唐殿魁帶領步軍，望北截剿。兩軍到開封境內，捻眾大股，已渡過黃河，竄入山東，只有幾個小捻匪，剩落後面，做了刀頭之鬼。當下山東告警，菏澤、曹縣、鄆城、鉅野一帶，紛紛乞援。警報迭達清廷，這種酒囊飯袋的王大臣，遂交章彈劾國藩，說他暮氣已深，不能再當重任。慣說現成話。事為國藩所聞，未免氣憤，竟至成疾，因上疏請假。朝命李鴻章攜帶關防，馳赴徐州，排程湘淮各軍，防衛淮徐以東，並與山東巡撫閻敬銘，商辦山東軍務，互相策應。

及鴻章到徐州後，劉銘傳、潘鼎新兩軍，已躡捻眾至鄆北，與捻眾戰了一仗，大獲全勝。捻眾復折回西竄，又入河南，謀決黃河，斷流徒涉，方在薄河掘堤，銘鼎兩軍，先後追至，捻眾分路散走，張總愚由河南竄陝西，任柱、賴文洸由河南竄安徽，自是張稱西捻，任、賴稱東捻。這位憂讒畏譏的曾侯，已告假了數日，索性再上奏章，自稱剿捻無功，願即開缺撤封，降為散員，留營效力。曾侯亦思效張子房耶？兩宮太后垂念舊勳，不從所請，令他在營調理，賞假一月，這一月內，著李鴻章署理欽差大臣，國藩尚請開缺另簡，以專責成。李鴻章也上疏推辭，仍把分兵籌餉的兩樣難處，申奏一番。朝議遂將曾李二人，易一位置，兩人不便再違，遂遵旨奉行。

當曾、李交替的時候，東捻復從安徽回河南，從河南竄湖北。國藩弟國荃，時為湖北巡撫，聞東捻竄入，出駐德安，飛諮欽差大臣李鴻章，調兵進剿。鴻章急檄劉銘傳、劉秉璋等，自周家口拔隊進固始商城，與周盛波張樹珊各軍，分道入鄂。任柱、賴文洸，本思由湖北入陝西，聯合西捻，因被曾國荃所扼，不能前進，遂率眾直趨德安，綿亙數十里。周盛波、張樹珊軍，正自河南馳至，與捻眾開仗，任、賴麾眾衝突，由周、張開放炸炮，連環轟擊，捻尚未退。前者仆，後者繼，自未至戌，鏖戰四時，周、張兩軍，拋了無數炸炮，遍地爆裂，斃捻無數，捻眾始折奔西北。張樹珊與盛波軍，東西分追，相距約二十餘里。樹珊至德安府境王家灣，遙見捻眾在前，尚不下數萬名，當即麾兵直上，至新家閘。捻眾列陣以待，樹珊分兩翼夾進，自督副隊居中，用馬隊為外護，奮勇殺入，斃敵無算，捻眾復回頭竄去。兵法有云：「窮寇莫追」，樹珊仗著銳氣，滿望得當殲敵，仍率兵踴躍前進，為這一追，適中兵法所忌，又蹈僧王覆轍了。樹珊前追數十里，忽後面喊聲大起，有大隊捻子殺到，前面的捻子，也轉身夾擊，把張軍前後隊衝斷。樹珊久戰無繼，免不得窮蹙起來，戰至夜半，不得出圍，所督副隊及親兵，傷亡殆盡。樹珊自知必死，大呼陷陣，殺傷略當，力盡墮馬，遂遇害。樹珊，廬州人，係張樹聲兄弟，自咸豐四年，隨兄至皖北帶勇，隸李鴻章麾下，樹聲以謀勝，樹珊以勇勝，相輔而行，故所向有功。至同治四年，樹聲赴徐海道任，樹珊已洊升至右江鎮總兵，此次奉命援鄂，鴻章頗慮其輕敵，令與周盛波合進。不意樹珊偏孤軍追敵，竟墮了捻子前後夾攻的詭計。敘明樹珊履歷，猶是旌忠之意。

劉銘傳聞樹珊敗沒，馳至德安，會周盛波軍，追蹤進躡，擊敗捻眾於下沙港，捻眾東竄棗陽，西折至安陸府屬的尹灉河。時鮑提督超，正駐軍樊城，銘傳與他函商，約期夾擊。銘軍由北而南，先至尹灉河，望見捻眾均紮駐對岸，遂留王德成、龔元友兩營，護守輜重，自率大眾渡河。至中流，捻眾作要擊狀，被銘軍砲彈擊退。銘軍既登對岸，捻眾不戰而走，由銘軍追殺五六里。銘傳老將，胡猶不知捻匪詐計？此可見行軍之難。忽有緊報傳來，說是捻子已渡河劫輜重，銘傳大驚，急分前敵步隊三營，馬隊三營回顧後路，六營方發，任、賴二捻，竟悉眾回撲銘軍，銘傳即分中、左、右三軍迎敵。戰不多時，左軍統帶劉盛藻，敗退過河，捻子併力攻中右兩軍，中軍營官李錫增，中彈身亡，銘傳也不能支，只得且戰且退。右軍統帶唐殿魁被困，戰沒陣中，於是捻眾乘勢掩殺，虧得王德成、龔元友兩營沿河救應，方得護銘傳過河。捻眾又渡河追來，銘傳正在危急，幸鮑超親率霆軍來援，兩軍齊奮，方將捻眾殺退，向安陸西路竄去。銘傳收拾餘軍，五停中已喪失一停，詢問王龔兩營官，才知搶劫輜重乃是捻子謠言，故意誤人，搖動銘傳軍心之計，銘傳懊喪不迭，奏聞清廷，自請處分。有旨加恩寬免，只責劉盛藻督隊不力，拔去花翎，撤去勇號，仍令帶罪圖功。其餘陣亡將士，各賜恤有差。捻匪計中有計，不可謂無人。

同治六年，李鴻章抵徐州，朝旨令他任湖廣總督，仍著在營督軍剿捻。鴻章接旨後，復自徐至周家口，定議先剿東捻，後剿西捻，又因樹珊戰歿，銘傳敗退的緣故，料得窮追無益，決計用曾老舊謀，仍主圈地。聞任、賴等尚在鄂境，劫掠裹脅，乃檄各路統領，陸續赴鄂，圍攻捻眾。賴文洸刁猾得很，與任柱商議，由鄂竄豫，至信陽州。劉銘傳急統軍回防，周盛波亦隨後踵至，兩路夾擊，陣擒捻黨汪老魁、陳大狗、祝老伏等十八人，斬餘捻二千餘名，只陣亡總兵劉啟福。任、賴經此大創，只得折回，轉而圖皖，又被劉秉璋、楊鼎勛等擊敗。任、賴急得沒法，還想下竄，由劉銘傳馳入鄂邊，攔頭痛剿，連敗數陣。適時當仲夏，天久不雨，湖河盡涸，人馬轉戰疲憊，無水不足以制敵。水溢不足制敵，水涸又不足制敵，流寇確是難剿。鴻章正在憂慮，俄聞捻眾又逼近南陽，忙檄劉銘傳尾追，周盛波迎截，潘鼎新、劉士奇等分路兜剿。任、賴聞風東趨，竟自河南竄山東，日夕馳數百里，勢如飆發。各軍馳追不及，竟被他衝破運防，直達濟寧。運防是什麼要隘？因前次曾侯督師時，除豫省賈魯河、沙河兩岸設防外，又於山東省的運河東岸，修堤築牆，防捻東竄。豫防潰陷，運防尚屹然如故。任、賴等遠竄鄂中，距運防已遠，戍卒多懈，不防捻眾突然馳至，衝過運河東岸長牆，把東軍防營內的軍械，搶掠殆盡，並擄脅民船，迫渡全師。東軍統帶王心安、水師統帶趙三元、都逃得不知去向，一任捻眾所為，這叫做「蝗蟲吃稻，蚱蜢當災」。王心安太安心了，趙三元想是癩頭黿轉世，故鳧水隱去。

鴻章聞報，亟自周家口赴歸德，調集淮軍全營，赴東防堵。劉銘傳、潘鼎新為淮軍領袖，因捻眾漸趨登萊，遂建倒守運防，進扼膠萊的計議，鴻章甚為贊成，遂派銘軍由濟寧向泰安、萊蕪，徑趨青州為中路，鼎軍由濰縣昌邑赴萊州為北路，又派徐州鎮董鳳高，昭通鎮沈宏富馬步十五營，由郯城蘭山進莒州為南路，三路兜截而前，期逼二捻酋到海濱，使他進退無路，束手就斃。於是將大略疏陳，復旨命他移駐東境，就近排程。鴻章乃再自歸德趨濟寧，又調周盛波、劉秉璋、楊鼎勛各軍，分成運河。並諮河南巡撫李鶴年，派張曜、宋慶兩軍扼東平，並約安徽巡撫英翰，派黃秉鈞、張得勝、程文炳各軍，扼守宿遷上下游一帶。並調水師三營，入運巡護。乃弟李昭慶，亦令守韓莊八閘。各軍陸續到防，旌旗飄蕩，戈戟森然。就中有坍陷的河堤、毀壞的牆垣，令弁勇趕緊修築，不論炎風烈日，統是晝夜不停。這一番布置，真是密密層層，像銅牆鐵壁一般，一些兒沒有滲漏。鴻章復親去巡視，東至運河，西至膠萊河，都已籌防完固。只淮河西岸，統是沙灘，接近海口，一時不及築牆，當遣東軍十營防堵，想亦無妨。遂回駐濟寧，眼睜睜的望著捷報。布置妥帖，總望有成，誰料尚有缺點。

第一次報到，捻匪竄即墨縣，由東撫率軍擊退；第二次報到，捻匪犯新河，由潘鼎新軍擊退；第三次報到，捻匪大股撲豫軍，由宋慶等併力殺敗，追奔二十餘里。鴻章暗想道：「這番的捻匪，已入我籠中，就使插翅也難飛去了。」過了兩三日，接到一角緊要文書，拆開一瞧，乃是捻匪全股，從海神廟撲渡濰河，王心安營潰，營官胡祖勝等陣亡，亡字未曾看完，不由得將來文擲下，勃然道：「混帳的王心安，前次為運防失陷，已經革職，只望他效力贖罪，他又潰走，誤我大事，真正可恨！但尚有王成謙十營，為什麼坐視不救呢？」看官聽著！這王成謙係候補道員，就是東軍十營的統領，濰河西岸，歸他防堵，他因營牆未成，不免心虛，左思右想，只有已革總兵王心安，原紮辛安莊，頗有營牆掩護，遂與他商議，令他移駐海神廟。海神廟係在海口，心安總道捻匪不來，便亦允商。都是避難就易的想頭。當下將所部四營移紮，偏這任柱、賴文洸，與他作對，竟從此衝出，心安又跳身遁去。王成謙袖手旁觀，竟被捻眾一擁過河。心安善走，成謙善避，真是一對好同宗。至劉銘傳、潘鼎新，及董鳳高、沈宏富等，聞警馳至，那捻眾已似漏網魚、脫籠鳥，遠颺而去。惱得李鴻章無自洩憤，一口氣都噴在王成謙身上，拜表彈劾，立即革職。一面專顧運防，親赴臺莊，妥慎布置。

清廷的王大臣，又疑議起來。一班飯桶，又想出頭。說是：「膠萊且潰，何論運河？」即寄諭詢問李鴻章。鴻章復奏：「膠萊河防三百餘里，尚不可靠，沿運千里，似更難恃，但從前議守運河，原恐膠萊河防，倉猝難成，所以畫一圓圈，扼捻歸路，檄皖豫鄂各軍，出境守運，既便顧外，尤便顧內。若自撤運防，令捻匪得以竄逸，將來流毒數省，貽害無窮。」這數語感動天聽，有旨報可。果然任、賴二酋，急欲突出運河，竄至宿遷，幸虧劉銘傳、潘鼎新、周盛波各軍攔住廝殺，截回捻眾。任、賴又圖撲蘇境，經各軍前截後追，打一仗，輸一仗，沒奈何仍返山東。是時已秋盡冬初，捻酋聞濰縣有糧，想擄掠一番，為禦冬計，不意銘軍急急追來，任柱等方到濰縣，銘軍潛躡而至，乘其不備，夤夜攻入，把捻巢截作三段，捻眾大亂。捻黨王雙如等被斬，張斯、潘德、楊三窪等受擒，任柱、賴文洸，尚抵死拒戰，當由銘軍疊放排槍，中者死，著者傷。又斃捻眾數千人，獲住好幾個頭目。任、賴也幾乎成擒，只得落荒逃走。任柱等經此一戰，吃虧的了不得，所有精悍，多半被殲。奔到日照縣，那劉銘傳仍不肯舍，率馬步兩隊追至，槍彈無情，又將任柱右耳擊傷，任柱再向南竄，徑奔江蘇贛榆縣境。遙望後面塵頭又起，料知銘軍殺到，不禁大憤，向手下黨羽道：「今日定要決一死戰，有他無我，有我無他。汝等如不從令，先血吾刃。」一味蠻抗，有何益處？當下選捻子數萬名，設伏城東叢林中，自己恰裏創以待。劉銘傳追至贛榆，也防任柱設伏，分兵兩路，一路由城東進，派副都統善慶、溫德勒克統帶，一路由城西進，派總兵陳振邦及副將徐邦道、勇目陳鳳樓等統帶。陳振邦等甫過西關，正遇著賴文洸，率馬步數千人前來，兩下接仗，不到數合，賴捻即退，振邦麾眾尾追，甫及里許，喊聲大起，有一大股捻子，都執著長矛，相夾而進。賴捻也轉身殺來，振邦頗覺心寒，幸來了劉盛休、唐定奎兩將領著步隊，接應振邦，夾擊捻眾。捻眾毫不畏怯，奮勇死鬥，正殺得難解難分。劉銘傳親督全軍，搖旗而至，那邊瞥不畏死的任柱，望見銘傳親來，就將叢林內的伏捻，一齊號召，向刺斜裡殺出。說時遲，那時快，善慶、溫德勒克一支人馬，也從城西繞到，敵住任柱。東來西應，頗覺好看。這時候炮聲颼發，彈焰星攢，一面是只思脫險、猛鷙異常，一面是滿望立功、悍勇無匹。酣鬥了好幾時，尚是不分勝負。忽然煙霧四塞，昏不見人，賴文洸一股，紛紛退走，劉銘傳趁這機會，派劉克仁步隊六營及丁壽昌、滕學義等，乘著霧，由城北繞出，攻任捻的背後。自率各軍會合善慶等，專攻任柱。任柱分股相拒，越鬥越狠，瘈狗一般不管死活，一味亂噬。不到數刻，劉克仁、丁壽昌等，從背後衝入捻陣，捻眾始亂。獨任柱指麾自若，仍一些兒沒有驚慌。劉銘傳下令，得任賊首，立膺上賞，軍士越加感奮，踴躍上前。怎奈任柱手下的悍捻，煞是能耐，左擋右攔，無隙可入。猛聽得一聲大叫道：「任柱中槍死了。」這聲傳出，捻眾驚噪，乃大奔。銘傳揮軍掩殺，窮追二十餘里，擒斬千餘名，奪得騾馬器械無數，方才收軍。

當下拜表奏捷，敘明降人潘貴升的首功。有旨自銘傳以下，均加賞賚。獨降人潘貴升，補用千總，並賞加游擊銜，又給銀二萬兩。看官！你道這潘貴升，何故獨蒙優賞呢？原來貴升見任捻勢蹙，曾向陳鳳樓馬隊營內，密信乞降，願殺任捻為進身階。這日兩邊接仗，戰久不下，貴升混入清營，密報哨官鄧長安，計殲捻首。長安為語銘傳，令他立功受賞。貴升即返，也是任柱命數該絕，天大煙霧，前後迷濛，被貴升施槍洞胸，頓時斃命。貴升大呼而出，至銘軍處報功。捻眾無頭自亂，焉有不潰之理？補敘任柱中槍之原因，是作者慣手。小子曾戲作十六字道：

任柱不任，貴升偏貴。
天道昭彰，賊死無悔。

任柱已死，只剩了一個賴文洸，獨木不成林，不怕他不死了。欲知後事，且看下回。

圈地剿捻之謀，實是制捻勝算。曾國藩剏之於前，李鴻章踵之於後，蕭規曹隨，不是過也。乃一潰河防，而言官文劾曾侯，再潰河防，而言官群詆李督，眾口鑠金，積毀銷骨，設非老成人，堅持到底，鮮有不隳成謀，破全局者。閫外之事，將軍主之，此乃顛撲不破之至理，悠悠之口無取焉。任柱為捻徒各股總頭目，桀黠稱最，自被其下潘貴升所刺，而捻眾乃瓦解矣。然非圈地制捻之計行，則任柱之勢不蹙，貴升固捻黨耳，豈肯反噬乎。讀此回吾服李督，吾尤服曾侯。

清史演義——從議和英軍到太平禍起

作　　者：蔡東藩
發 行 人：黃振庭
出 版 者：複刻文化事業有限公司
發 行 者：複刻文化事業有限公司
E-mail：sonbookservice@gmail.com
粉 絲 頁：https://www.facebook.com/sonbookss/
網　　址：https://sonbook.net/
地　　址：台北市中正區重慶南路一段 61 號 8 樓
8F., No.61, Sec. 1, Chongqing S. Rd., Zhongzheng Dist., Taipei City 100, Taiwan
電　　話：(02)2370-3310
傳　　真：(02)2388-1990
印　　刷：京峯數位服務有限公司
律師顧問：廣華律師事務所 張珮琦律師
定　　價：350 元
發行日期：2024 年 06 月第一版
◎本書以 POD 印製

國家圖書館出版品預行編目資料

清史演義——從議和英軍到太平禍起 / 蔡東藩 著 . -- 第一版 . -- 臺北市：複刻文化事業有限公司 , 2024.06
面；　公分
POD 版
ISBN 978-626-7426-91-3(平裝)
857.457　　113007894

電子書購買

爽讀 APP

臉書